實用 劇本寫作
Screen Writing for Film
電影篇

張覺明 ★ 著

序

中國電影編劇和中國電影的歷史一樣久遠，都超過了百年。而中國電影編劇教材的歷史，也即將滿百年。近百年來，中國編劇學習電影編劇專業知識，歷經了三個階段。

第一階段：受戲劇理論的影響

1924年，徐卓呆編譯的《影戲學》是中國第一部電影（編劇）理論著作。全書共分八章，約六萬字。其中有整整四章集中地講述了電影劇作的理論。

1924年，上海成立昌明電影函授學校，周劍雲和程步高合著《編劇學》，共五章，約一萬八千餘字，列入昌明電影函授學校講義。著眼於電影劇本與小說、戲曲和話劇劇本的不同。

1926年，侯曜編著《影戲劇本作法》，是一本重要的劇作教材。全書共十一章，除了最後一章為《棄婦》劇本外，正文共兩萬餘字。

1935年，洪深著《電影戲劇的編劇方法》。

1959年，夏衍著《寫電影劇本的幾個問題》。

1966年，徐天榮著《編劇學》。

此階段的編劇理論受戲曲、章回小說、文明戲、影戲影響很大。

第二階段：受翻譯著作的影響

1966年，翟國謹譯《實用電影編劇學》。

1978年，約翰‧霍華德‧勞遜著《戲劇與電影的劇作理論與技巧》。

1979年，弗雷里赫著《銀幕的劇作》。

1983年，赫爾曼著《電影電視編劇知識和技巧》。

1984年，新藤兼人著《電影劇本的結構》。

1991年，吳光燦、吳光耀譯《影視編劇技巧》。

此階段的編劇理論受歐美影響很大。

第三階段：讀國人的著作

1981年，王方曙等著《電影編劇的理論與實務》。

1982年，劉文周著《電影電視編劇的藝術》。

1984年，汪流著《電影劇作結構樣式》。

1985年，北京電影學院文學系電影劇作教研室編寫《電影劇作概論》。

1988年，馮際罡編譯《小說改編與影視編劇》。

1991年，趙孝思著《影視劇本的創作與改編》。

此階段的編劇理論電影、電視不分。

上述著作仍有不足，或以個人編劇經驗為主，有術（方法）而無學（理論）；或只論部分，不夠全面。有鑑於此，拙著《電影編劇》，大量參考中外書籍，理論實務並重，教學自修皆宜。1992年9月出版後，一直是影視科系的教科書，電影公司、電視公司及傳播公司和寫作班採用為訓練教材，更多的是自學者當作進修教材。歷經多次增訂，2008年改名《實用電影編劇》。

2008年7月大陸簡體版《實用電影編劇》推介：

《實用電影編劇》寫作過程中作者參閱編劇類中英文教科書近三百本，因而本書最大的特色是內容豐富、針對性強、實用有效。該書（原名《電影編劇》）自1992年9月出版以來，一直是台灣大學影視系的教科書、影視公司及寫作班的培訓教材，歷經多次修訂，現為最新增訂版，並首次在大陸出版中文簡體版。

2008年12月台灣繁體版《實用電影編劇》封底推介：

《電影編劇》自1992年出版以來，一直是大學電視或是電影系所教科書，以及電視、電影公司、寫作班的訓練教材，歷經多次增訂改版，與時俱新。

作者張覺明參閱大量中外書籍，從參考書目就可以知道，他讀過中、英文編劇書近三百本，這個紀錄至今無人能及，所以本書資料最豐富，內容最實用，這就是本書的最大特色。他的書一直大受歡迎，最新增訂版改名《實用電影編劇》，繼續保持領先。

　　2013年初，再加修訂，參考書目已超過三百本，補充許多新材料，章節安排更合理，內容更完善，無論教學或是進修都更為適合，改名《實用劇本寫作【電影篇】》，以符合歷久彌新之意。

張覺明

2013年6月

目 錄

Chapter 1

編劇的導論

第一節　編劇的重要

　　編劇是電影文學劇本和文字撰稿的創作者，主要以文字表述的形式完成電影的整體設計。具有某方面專業知識，經廣泛、深入研究，能把一定內容以劇本或稿本形式表現出來。掌握電影特性及創作規律，善於運用視聽造型來表達事情，和導演一起研究劇本，做出修改，使其更加適合電影表現。

　　編劇為整部電影或電視劇的核心與靈魂，不僅故事要靠他，劇本要靠他，演員對白也都要靠他。而劇本的「本」所表示的並不僅僅是本子，還有根本、基本的含義。在不同的國家地區，編劇的地位都不盡相同。在日本，無論電視、動漫，還是電影，管理整個劇情的往往是編劇，導演反而較次；在美國，編劇年薪大都不低，編劇地位非常強勢，甚至成為真正意義上的製片人。美國電影的崛起與強大，與編劇在製作中處於強勢地位、專業化和個性化呈現密不可分的關係。美國著名的奧斯卡獎自1929年第一屆起，每年頒發最佳改編劇本獎或最佳劇本獎，自1951年第二十三屆起，每年同時頒發最佳改編劇本獎及最佳原著劇本獎，一年有兩位編劇受到獎勵，編劇受重視，不言而喻。

　　在電影創作過程中，編劇從事的是最孤獨、最艱難、平地起樓閣、無中生有的工作。而一般人認為電影創作是從導演開始的，其實是編劇給了導演、演員等人創作的機會，因為沒有劇本一切都無從談起。

　　在早期的中國電影中，編劇都是在片頭字幕中排第一名，之後才是導演等其他主創人員的名字，編劇占有絕對的主導地位。近十幾年來，編劇的署名位置發生了很大的改變，基本排在製片、主演等人後面，地位愈來愈低下。

　　周星在Blog星星點燈上所寫的〈中國電影編劇地位和問題出在哪裡分析〉一文中，描述了大陸編劇地位低下，甚至電影節不設最佳編劇獎的原因：

　　　國內電影節不設最佳編劇獎已經是慣例也時日有多，荒唐而成了習慣，但為什麼不設編劇獎的確值得深究：

1. **電影導演強勢主宰一切時代所然。** 電影是影像的藝術，在導演絕對操持下，文學語言的表述必須變成影像運動的語言，導演的最終取捨決定了電影的風格和品質，於是編劇內在骨架和質地的支撐便被忽略，好的表現都說成是導演把持得好，不好就可以歸咎於受到劇作的限制云云。注重外在操作的時代人們也只在喧鬧的前方只看到導演，而看不到導演所依據的是劇作的思想和藝術情感渲染。所以，忽略編劇是影視濃然的實用主義和的確導演具有改變劇作走向的職權，也是影視的確不是劇作的靜態和內在可以確定最終一切的另外一種藝術所分不開的。

2. **編劇地位下降附庸意識所然。** 在影視這一形式依據群體力量創造的背景下，編劇的確只是綜合性藝術的一個原初環節，在包括主宰經濟的製片人取用與否、導演尊重如何、演員是否能夠傳達精神、攝影是不是實現效果等等因素，目前，編劇只是一個微末的角色。重要的是編劇在一般生存和採納與否面前，多數是屈服下尊貴的頭顧而隨行就市，不用說稿費經常被拖延乃至於縮減，就是編劇的收入和影片大賣都沒有任何關係，而實際上編劇能在強勢的市場面前得到用場都不容易，所以何談地位？只有個別厲害的成名者才可能張揚自身而不擔心沒有用場。於是更多的編劇屈服，乃至於成為偏見的附庸：只要有劇本可寫、可用就OK，久而久之，編劇在作品成為成品時被不屑一顧也就難免。

3. **電影文化品質不足商業主宰是原因之一。** 編劇決定著電影的基本品質，但在個體操作中品質才得以顯現，而電影愈來愈作為工業化產品，商業利益的高漲使得時代的藝術追求成為一個問題，應當承認編劇無論如何商業其常態是藝術的，但藝術的被理解和被市場接受都會遭到問題。於是市場強權便會粗暴的驅除藝術，而大眾的偏向卻也擁戴熱鬧的表象。這就是中國電影已經有了很大發展，但好電影的編劇地位與電影品質相得益彰卻抵擋不住大量電影沒有劇作的衝擊。而品質差的編劇也給予導演隨意竄改提供了說頭。這就是中國電影依然得不到嚴肅藝術節認可的主要原

因，而市場自然不管不顧，照樣在趨眾和媚俗中更能得到回報，於是商業就是一切的庸俗，遮蓋了無論西方東方，好電影包括好商業回報的電影都是劇作及其出色的本相。

4. **電影忽略內涵而欺侮編劇的功利觀體現。**電影只看到影像外在，包括投資者和大眾只在表面上取捨，意味電影就是鏡頭和表演，卻不知道電影其實是內容和內涵的表現，於是把外在的當成投資的主體，把外在的宣傳策劃以及計謀的運用當成了主導，這是時代急功近利和見利忘義趨向的體現。實際上，中國電影忽視內涵肯定得不到大眾的長久青睞，卻難以被多方認同。編劇是電影的起點，丟掉起點就是丟掉根本，丟掉起點其實是丟掉對於行業守則的欺侮。而編劇代表著影片的文化水準，忽視也就無形中丟掉了文化的堅守。

5. **審美傳統的靜態感受消淡。**電影的文化應該是藝術審美文化，文化的多樣性造就了非審美文化的高揚，審美的消淡是當下的現實，也似乎受到大眾市場的青睞，但其實人的內心對於觸發情感精神的審美有根本的憧憬。可惜，在喧鬧的時代審美這樣高雅不宜的追求被忽視也已經成為常態，隨意的搞笑和無須精美的胡編亂造經常在大家的嘻嘻哈哈中得到回報，藝術編劇的精心鍛造卻可能門可羅雀，於是愈發丟去審美而屈就庸俗似乎更為簡單而得利，還需要那些認真的編劇幹嘛？時常有導演在非審美的時代打心眼裡瞧不起編劇——那樣不諳世事還職守於傳統！被時潮所薰染，許多編劇也自然墮落，而連鎖反應就是編劇無須品格只能御用驅使。

6. **市場主宰超越政策。**市場是永遠大於精神追求的，但精神追求其實肯定比市場長壽，但可惜人們寧願短壽享受、看重當下而不顧子孫，於是明知道根本所在卻都願意追求勢利。我們的政策也把市場放在第一，忘卻了市場追求是人的本能卻不是人的內心，而且在達到一定市場後不用推動就可以前行的利益，不用政策去巴結，反而應當用政策去鼓勵非市場的藝術審美。

7.沒有**編劇行業工會**。這是一個重要問題，單槍匹馬的爭辯編劇地位，其實抵擋不了強檔的體制。編劇需要避免單一行動，你指責之時，肯定有更多的編劇期望有活幹，於是抵消了一切，而實際上悲劇的市場弱勢還得不到提高。（本文取材自http://blog.sina.com.cn/s/blog_48f2e1ec0100mf3u.html，檢索日期：2013年5月27日）

著名的電影編劇者尼古爾斯（Dudley Nichols）認為，電影製作過程中最重要的人就是編劇。他說：

我認為編劇在電影製作工作方面是最主要的。電影的夢中人、想像者、構想者便是編劇❶。

米哈伊爾·羅姆（Mikhail Romm）在其《電影創作津梁》一書中也強調編劇的重要性，他說：

劇本決定一部影片的好壞。

各方面都很重要：演員的工作重要；導演的獨創性，他創作的細緻程度、表現力、氣質，是否善於運用鏡頭和群眾場面這也重要；蒙太奇重要；造型處理重要；構成觀賞性的電影所有要素全都重要。不過，一部影片的基礎是劇本。劇本決定著影片的成功，既確定思想上的成果，也確定藝術上的成果❷。

一部電影的成敗，在決定題材時，即已注定其命運❸。日本著名的導演小津安二郎說：

拍電影，最困難的部分就是寫腳本❹。

丁牧在其《電影劇本創作入門》中敘述了編劇的實況：

影片的攝製如同一項龐大的建築工程，在開工之前必須有一個可靠的設計圖。電影劇本就是影片攝製工程的基本設計圖。這個圖搞得愈出色、愈細緻，後面的工程進展就會愈順利，工程質量就會得到更多一些

的保證。一個大的設計圖，總是先從原則性的創意開始，到產生總體的布局結構，再到細部的精雕細鏤，這樣逐步地形成的。本書所介紹的電影劇本的創作步驟，就是建立在這種構成規律的基礎上。真正理解這個構成規律，是掌握創作技能的前提。

在故事影片的創作中，編劇是將生活轉化為藝術的第一個創作者。影片向觀眾所傳述的內容，從根本上講，是編劇對生活感受和思考的結晶，是編劇的立場和愛憎。影片中一切藝術創作因素的立足點和出發點都是來自劇本，來自編劇心底的激情與呼喚。由這個意義上說，無論導演還是演員，在電影創作中，都是編劇的代言人。

然而，編劇的現實地位卻遠非如此，做一名編劇不僅是艱難的，而且是悲壯的，因為從事這項工作，除了需要進行艱辛的和長期的生活積累和藝術耕耘，需要以堅韌不拔的毅力去忍耐經常伴隨著自己的孤獨和寂寞，需要具有面對並且戰勝一次次挫折與失敗的堅強勇氣和信念外，還要時常忍受對自己的藝術勞動甚至人格尊嚴的不公正蔑視及踐踏。

儘管幾乎所有成功的影片，都是建立在一個成功的劇本基礎上的，但在電影界，電影編劇這個職業卻歷來沒有享受到應有的尊重。隨便翻開哪一部電影史，你會看到，電影藝術史基本上都被描繪成了電影導演藝術史，編劇在其中不過是陪襯而已。在現實生活中亦復如是，一個只拍了幾部有爭議影片的新生導演在影壇的地位，可以迅速遠超過許多頗有成就的資深編劇……

但是，無論如何，電影劇本是故事影片的創作基礎，沒有劇本就沒有故事影片，劇本寫不好影片就拍不好，這個事實也無可改變❺。

在美國的電影工業中，電影劇本的生產是流水線式的，劇本在一個人寫完後，再交由另一個人修改和增補，另有一至二位編劇負責全域統籌。為了劇情更好看，很多劇情甚至是十幾個編劇坐在一起討論的結果。但值得注意的是，多輪刪改下來，很多編劇到了影片上映時已經找不到自己寫的東西了。至於最後在主創名單中署名的編劇，多是劇本生產的統籌者以及負責抓大方向或劇本最後定稿的某位大牌編劇。

第二節　劇本的名稱

電影腳本是導演的本錢，它從原始素材開始，造成合成的映像，互相激盪，構成電影。電影腳本也許來自概念、印象、故事、舞台劇本、繪畫、音樂、詩作、舞蹈，總之，是任何可感覺的事物。

電影腳本是給電影導演用的一種工作圖樣。他用來拍攝一連串的電影段落，結合好這些段落後，再加上適當的音效和配上背景音樂，這些段落就成為電影了。因此，在創作電影的第一步基本元素，就是編寫電影腳本。

電影腳本不同於舞台劇本（play）或小說（novel），它有下列不同的英文名稱：script、shooting script、screenplay或scenario。它很少成為文學藝術作品，它像建築用的工程藍圖，只作為一種中間階段。

英、美電影書籍，對電影腳本的解釋，差異甚大，困擾讀者，在此特地介紹出來，對釐清觀念或有助益。

script、screenplay和scenario在有些書裡不分[6]，而歐、美用法又不同，歐洲人喜用scenario，美國人喜用script、screenplay和shooting script，看歐、美電影，或英文的電影腳本即可印證。但這些術語的解釋又各異其趣，茲分述如下：

scenario

分場腳本

分場腳本是比情節處理又更進一步的寫作，正確寫明電影故事中的發展方法……

分場腳本是用段（paragraph）的方式寫出，同時，也常按照段落（sequences）的方式，分條逐項的寫。換句話說，第一個段落也許分為四個、五個或者更多的段來寫。第二個段落（第三個段落和第四個段落）也可能有好幾個段。就段而言，雖然每個段不一定等於一場，但是，從段落的數

目中，大概可知其中的場數。例如：艾森斯坦（S. E. Eisenstein）寫《舊與新》（*Old And New*），又名《總體戰線》（*The General Line*）的分場腳本共有六個段落，但分成37場。分場腳本如同情節處理，應寫明電影的特色和觀點[7]。

📹 電影故事

介於段落和場之間的電影故事的形成[8]。

📹 拍攝腳本

一個拍攝腳本[9]。

這個詳細的工作藍圖——準備拍攝要用的——也就是拍攝腳本的形式，必須提出每一個鏡頭的詳細說明，即使最小的細節也不能忽略，而且要註明執行拍攝時每一技巧的運用方法。

當然，要求一個編劇者用這樣的方式去編寫腳本，可以說也就是要求他變成導演一樣，但是，腳本非如此編寫不可。如果編劇者不能編撰出一個這樣嚴格的拍攝腳本，那麼，他最起碼也要提供一個接近這個理想的形式。因為他要提供給導演的不是一連串要他去克服的障礙，而是一連串可供他運用的刺激之物[10]。

📹 電影腳本

一種大概已經過時的電影腳本形式的術語，寫著籌拍中電影一般情節的描寫[11]。

📹 腳本大綱

腳本的大綱[12]。

📹 完成的腳本

完成的腳本[13]。

script

電影腳本

　　電影腳本是一個總稱，通指製片時所使用寫定的電影人物和情節。它最早或最簡單的形式是一個劇情概要，以簡略的形式提供電影最重要的概念和結構。該階段經過幾次故事會議後，就進一步從劇情概要到情節處理，到粗稿電影腳本或定稿電影腳本。

　　在電影腳本的最近完成階段，screenplay或scenario細分為包括鏡頭，有時也包括技術資訊，通常叫作拍攝腳本。電影剪輯完成準備上映時，常要準備一個剪輯腳本（cutting continuity script），記錄鏡頭的號碼、種類、時間、轉接方式、精確的對白和音效等。拍攝腳本是個詳細文字的藍圖，雖然導演通常在拍電影的地方採用某種程度的即興辦法。從「概念」的電影，和剪輯腳本的發展，本質上固然要靠很多不同的變數，但是，最主要的還是依靠電影編劇者和導演，以及這兩者之間的關係。

　　現在我們看到各種不同電影腳本的機會愈來愈多，例如從有詩意的、非技術性的英格瑪‧柏格曼（Ingmar Bergman）和艾森斯坦，到《大國民》（*Citizen Kane*）的比較技術性的拍攝腳本（cutting continuity）[14]。

　　電影腳本很少是為考究地嗜好的閱讀而作，因為電影腳本像成品的藍圖[15]。

screenplay

電影腳本

　　電影或電視節目的腳本，通常包括攝影機運動的簡單描述和對白。最早被稱為photoplay[16]。

　　電影腳本就是用畫面講述的故事[17]。

shooting script

拍攝腳本

是指寫成鏡頭的完整電影腳本，包括全部的拍攝技術方法，以及一切有關導演、剪輯師、攝影師、藝術指導、製片經理和音樂指導所必需的，有關電影全部畫面與聲音細節等技術敘述的定稿腳本[18]。

分鏡腳本

一種用逐個鏡頭記述電影情節的詳細電影腳本，作為製片的藍圖之用[19]。

continuity

拍攝腳本

一個詳細的拍攝腳本[20]。

故事情節

在英國當作故事情節[21]。

連戲

為了連戲，確定一個鏡頭裡的細節和另一個吻合，即使這兩個鏡頭的拍攝時間隔了好幾個星期，甚至好幾個月，場記也要記錄每一個鏡次的詳細資料[22]。

流暢

電影中從一個部分到另一個部分轉接的流暢性，引導觀眾的注意力，從一個鏡頭到下一個鏡頭，其間無不順的中斷或矛盾[23]。

master scene script

🎬 主戲腳本

有些電影公司比較喜歡用主戲式（master scene）的腳本，即整段戲裡，把所有的動作和對話都寫得明明白白，就是沒有指定攝影角度[24]。

主戲腳本基本上是從完整對白情節處理，轉換到某種接近藍圖之類的東西的第一步。主戲是完整動作的樣本，像莎劇中的景一樣。但是，在時間長度方面有所不同，從幾秒鐘到十分鐘，或者更多。所以，在這個階段，編劇者不必把場景分割成個別的特寫、遠景等。主戲腳本可以作為初步選擇演員、設計、拍攝進度表和擬訂預算（除非早已決定好預算）等工作的依據[25]。

英文裡master scene script[26]，有時又稱作master scene screen play[27]。

treatment

🎬 劇情概要

一部影片的大致敘述，比簡單的大綱長，但比完成的腳本短[28]。

Treatment又稱為「情節處理」[29]，有些書稱為story treatment[30]或film treatment[31]。

post-production script

🎬 剪輯腳本

是指電影拍完後，記載有關剪輯、字幕、配音等等各方面事後細節的腳本[32]。

cutting-continuity script

📹 剪輯腳本

電影剪輯完畢準備上映，通常要準備一個剪輯腳本，記載鏡頭的號碼、種類、時間、轉接方式、精確的對白和音效等[33]。

註釋

❶ 哈公（黃宣威）譯，《電影：理論蒙太奇》（*Film: A Montage of Theories*），第77至78頁。尼古爾斯撰寫的作品超過三十部，如《革命叛徒》（*Informer*）、《驛馬車》（*Stagecoach*）、《巡邏隊失蹤》（*La Patrouille Perdue*）、《育嬰奇譚》（*Bringing up Baby*）、《追捕逃犯》（*Manhunt*）、《血紅街道》（*The Scarlet Street*）等。

❷ 張正芸等譯，《電影創作津梁》，第30頁。米哈伊爾·羅姆（1901-1971）是蘇聯電影劇作家、電影導演和電影理論家，享譽世界影壇的大師。他一生成就輝煌，編導過大量膾炙人口，甚至被奉為蘇聯電影經典的影片，如《列寧在十月》（*Lenin in October*）、《列寧在一九一八》（*Lenin in 1918*）、《普通的法西斯》（*Ordinary Fascism*）等。他還長期從事電影教學和理論著述，作育英才無數。

❸ 美國聯美公司出品的《天堂之門》（*The Gate of Heaven*），由麥克·席米諾（Michael Cimino）導演。由於選材不當，把不太適於拍攝電影的題材，投下巨資去製作，結果票房奇慘無比，虧損得使整個公司改組。劉藝著，《電影編劇技法》，刊《電影評論》第15期，第49至66頁。

❹ 李春發譯，《小津安二郎的電影美學》，第17頁。

❺ 丁牧著，《電影劇本創作入門》，第219至221頁。

❻ 路易斯·吉內帝（Louis Gianetti）著，《瞭解電影》（*Understanding Movies*），第483頁。

❼ 麥羅金（Haig P. Manoogian）著，《電影作家的藝術》（*The Filmmaker's Art*），第53至54頁。

❽ 林格倫（Ernest Lindgren）著，《電影的藝術》（*The Art of The Film*），第235頁。

❾ 同❽，第235頁。

❿ 普多夫金（Vsevolod Pudovkin, 1893-1953）著，《電影技巧與電影表演》（*Film Technique and Film Acting*），第33頁。

⓫ 史威恩（Dwight V. Swain）著，《實用電影編劇》（*Film Scriptwriting: A Practical Manual*），第363頁。

⓬ 莫內克（James Monaco）著，《如何欣賞電影》（*How To Read A Film*）附錄。

⓭ 同⓫，第363頁。

⓮ 格杜德、葛德斯曼（Harry M. Geduld and Ronald Gottesman）合編，《圖解電影術語彙編》（*An Illustrated Glossary of Film Terms*），第137頁。

⓯ 同❻，第294頁。

⑯ 同⑫，附錄。

⑰ 費爾德（Syd Field）著，《電影腳本寫作的基礎》（*Screenplay: The Foundations of Screenwriting*），第7頁。

⑱ 同❽，第236頁。

⑲ 同⑪，第363頁。

⑳ 同⑪，第358頁。

㉑ 同⑪，第358頁。

㉒ 同⑫，附錄。

㉓ 同❽，第220頁。

㉔ 羅學濂譯，《電影的語言》，第11頁。

㉕ 泰倫斯・馬勒（Terence St. John Marner）著，《導演的電影藝術》（*Directing Motion Pictures*），第6頁。

㉖ 同⑪，第168至184、361頁；赫爾曼（Lewis Herman）著，《電影編劇實務》（*A Practical Manual of Screen Playwriting*），第93頁。

㉗ 赫爾曼著，《電影編劇實務》，第166至173頁。

㉘ 同⑫，附錄。

㉙ 李拉（Wolf Rilla）著，《編劇者與銀幕》（*The Writer And The Screen: On Writing for Film and Television*），第29、32至34頁；同❼，第52至53頁。

㉚ 同❼，第52頁；同❻，第115至130頁。

㉛ 同⑪，第25至41頁。

㉜ 卡爾・林德（Carl Linder）著，《電影製作實用指南》（*Filmmaking: A Practical Guide*），第290頁。

㉝ 同⑭，第137頁。

Chapter 2

編劇的歷史

第一節　初期的編劇

電影劇本的真正誕生，是1920年代以後的事。這就是說，從歷史的角度看，電影劇本並沒有與電影同步開始，而是電影發展到一定水準的產物。

據趙孝思的研究，電影劇本從無到有，大致經歷了三個階段：即興階段、草圖階段、劇本階段❶。他的大作《影視劇本的創作與改編》，在第一章〈電影劇本的任務〉中，言簡意賅地介紹了電影劇本發展的歷史，頗具創見，引錄於下：

即興階段

電影，當它誕生之初，內容都極為簡單，大多是一些片段情景，或實況的照相式的動態紀錄，僅供娛樂、消遣甚至獵奇而已。放映的時間，短則半分鐘，長則不過五、六分鐘。而且由於受到製作技術方面的限制，所拍的內容大多圍於一定的時空，一般都只在同一地點、依著時間順序一一攝來。就以標誌著電影時代正式開始所放映的《水澆園丁》、《火車到站》等世界上幾部最早的影片為例。其中《水澆園丁》，是表現一個淘氣小孩在園丁澆水時壓住橡皮水管搗蛋，等園丁低頭尋找斷水原因時，小孩卻腳一抬，水一下子從橡皮水管中噴出，那園丁被噴得一臉是水，影片便到此結束。《火車到站》則更為簡單，僅僅是表現火車到了車站的情景而已。而即使十九世紀末傳入我國的早期影片，所表現的也無非都是些打鬧戲耍、逗人發笑的實地實景，例如：「一人變戲法，以巨毯蓋一女子，及揭毯而女子不見，再一蓋之，而女子仍在其中矣！」又如：「賽走自行車，一人自東而來，一人自西而來，迎頭一碰，一人先跌於地，一人急往扶之，亦與俱跌。霎時無數自行車麇集，彼此相撞，一一皆跌；觀者皆拍掌狂笑。忽跌者皆起，各乘其車而沓。」

像上述那樣的影片，當然無須什麼劇本。事實上，當時的影片製作者多為隨地選取素材，即興拍攝，是為取悅觀眾，使電影這門剛剛誕生的藝術能為社會所確定。

草圖階段

電影誕生不久，由於其獨特的娛樂價值，很快受到廣大觀眾的歡迎，並迅速傳播到世界各地。於是，電影製作者也不再滿足於那種一味追求雜耍打鬧式的即興拍攝，或者對日常生活外界的一般觀察，他們開始利用電影中活動著的畫面圖像嘗試著講起故事來。即使在最簡單的電影中，也往往有一個相對完整的故事情節，並合乎情理地安排它們的開始、發展直到結束。由於製作技術的發展（如剪輯術的發現），拍攝時已能突破時空框框，即不再限於同一時間同一地點所發生的事，而且還可由一個場景轉換到另一個場景，攝下同一時間不同地點所發生的事。例如，1930年美國人埃德溫‧S‧鮑特（Edwin S. Porter）拍攝的《一個美國消防員的生活》：一個消防員領班在他的辦公室睡覺，夢見一個母親和她的嬰兒被大火圍困在臥室。恰巧這時，警報鈴聲響，消防員領班和他的學員們都被驚醒，紛紛從床上一躍而起，前往失火地點救火，救母親和嬰兒。顯然，同《水澆園丁》、《火車到站》等影片相比，《一個美國消防員的生活》不但故事情節比較完整和豐富，而且還融入了一定的思想意義，表現了消防員良好的職業心態和「警聲就是命令」的統一意志。當然，同今天的一些影片相比，這類影片在內容上還是比較簡單的，在長度上也還是不夠的，因此不至於非要寫出劇本後才能拍攝不可；至多在拍攝前大致勾畫一個情節提綱或故事梗概、拍攝草圖之類的東西，只是為拍攝時提供一個總體框架，以提高製片效率。不過有一點應該肯定，隨著從即興階段到草圖階段，人物處於銀幕形象中的核心地位這一事實已基本形成。

劇本階段

直到1920年代以後，蒙太奇等技巧的被認可，電影真正成為一種新型的藝術實體時，影片的攝製才開始有賴於電影劇本的創作；爾後，由於聲音的加入，電影劇本的地位更是進一步得到了確認。

世界電影史上真正令人注意的電影劇本，便出現在這一時期；我們第一部比較完整的電影劇本，即洪深的《申屠氏》，也於1925年問世，發表在《東方雜誌》上。

以上所述雖具創見，仍未道盡電影編劇演進的過程。為方便讀者做更進一步的研究，特將電影編劇的歷史詳述於後。

 **劇本的誕生**

在電影的發展初期，導演根本沒有劇本，只是在布景前即興地處理每一場戲，劇情故事只是裝在導演腦海裡的梗概，或者是寫在導演袖口上的簡要綱領。後來才慢慢發展成一種類似導演計畫的場面或鏡頭表似的劇本，它僅僅標明畫面上應該有什麼，順序如何排列，只起到一些技術性的輔助作用。

匈牙利電影理論家貝拉‧巴拉茲（Bela Balazs）說：

> 有聲電影誕生後，電影劇本就自動躍居首要的地位❷。

直到有聲電影誕生以後，電影技術和電影藝術的發展日趨成熟，分工也愈來愈細緻，電影的綜合性特點也愈來愈鮮明突出，電影才有了專門編劇，或由作家編寫的劇本❸。

早期電影創作，沒有完善的編劇制度，電影劇本是以一種不完整的形式而存在的。電影藝術發展初期，拍攝影片用的劇本叫「電影腳本」，它是按照提綱的形式來編寫的，就像即興戲劇和啞劇劇本那樣。隨著電影表現手段的不斷豐富，電影聲音的出現，以及電影事業本身的迅速發展，電影劇本終於從最初的提綱式腳本，演變成具有完整形式的文學作品。現在，電影編劇的作用愈來愈重要了，寫出完美、優秀的電影文學劇本提供拍攝，已成為導演以及電影製作各部門開展工作的前提。人們鑽研電影劇本的創作技巧，總結電影劇本創作的藝術規律，既推動了電影文學事業的發展，也推動了電影藝術事業的發展。

電影發明初期，銀幕上表現的，只是一些簡單的動作，如：人們走路、風吹樹動、車輛飛馳、馬匹踢躍，都被認為是很好的題材。可是，慢慢地，電影的題材內容開始擴大了——遊行、汽車比賽、群眾活動場面……隨著攝影技術的改進，它開始拍攝一些新聞事件、演習戰、政界人士就職典禮、拳

擊比賽、警察局和消防隊的活動等。直到1900年，當喬治‧梅里愛（Georges Méliès）[4]的影片輸入美國，震撼了美國製片界的時候，大家才認識到電影戲劇化表現的潛在力量。

喬治‧梅里愛是法國電影的創始者。談到他對美國，甚至世界電影業的影響，美國著名電影導演、電影史家路易斯‧雅各布（Lewis Jacobs）在其名著《美國電影的興起》（*The Rise of the American Film*）中說道：

> 他從拍攝一個簡單場面改為拍故事，這些故事多由他自己創作或從文學作品改編而成，要包括很多場面。這樣做需要預先組織題材：場面須事先設計、排演好，才能把故事敘述得頭頭是道。梅里愛把自己設想的這個方法叫作「人為安排場景」。這種新穎而先進的拍攝影片的方法，使美國人的電影製片方法發生了深刻的變化。當時，他們還不會預先安排場景；事實上，他們還吹噓說他們的這些題材沒有一個是「弄虛作假」的[5]。

梅里愛對電影的最大貢獻，就是他在電影藝術史上，第一個系統地把舞台劇的一切，如劇本、演員、服裝、化妝、布景、分場等，搬到電影中來，從而創立了電影的戲劇化傳統，影響所及，電影的行話中拍戲、演戲、戲劇衝突、戲劇結構等概念，乃廣為流行。

劇本初期的樣式

梅里愛的新方法第一次得到輝煌成功的實踐，是在1900年年底拍出的影片《灰姑娘》（*Cinderella*）。這部影片的成就是史無前例的，與當時其他尚未成形的影片相比，確實朝前走了一大步。這部神話故事片的重要情節，分為二十個「動作畫面」，是梅里愛自己所題給場景的稱呼，按故事發展加以選擇、排練和拍攝的。

以下是梅里愛的原來計畫[6]：

《灰姑娘》

　　1.灰姑娘在廚房。

　　2.仙女。

　　3.老鼠的變形。

　　4.南瓜變成馬車。

　　5.王宮舞會。

　　6.午夜鐘聲。

　　7.灰姑娘臥室。

　　8.鐘的舞蹈。

　　9.王子和水晶鞋。

　　10.灰姑娘的教母。

　　11.王子和灰姑娘。

　　12.來到教堂。

　　13.婚禮。

　　14.灰姑娘的姊妹。

　　15.國王。

　　16.婚禮儀仗隊。

　　17.新娘跳舞。

　　18.天上的星體。

　　19.變幻。

　　20.灰姑娘的勝利。

　　梅里愛的作品與其說是再創作，還不如說是鋪陳了這種神話故事。儘管作品還是初創階段，場景的秩序安排的確顯得連貫、合乎情理，而又通順暢達。一種製作影片的新方法發明出來了。

　　法國電影史家喬治·薩杜爾（George Sadoul）❼在其經典名著《世界電影藝術史》中，提出了他的看法：

　　　《灰姑娘》一片是一部拍攝下來的啞劇，它不過是把舞台上演員們的表演，原封不動地照樣搬到銀幕上來而已❽。

在1902年，梅里愛製作了《月球旅行記》（*A Trip to the Moon*），是根據約爾·凡爾納（Jules Verne）和H·G·威爾斯（H. G. Wells）兩部有名的小說改編而成，梅里愛親自改編的劇本，共有三十個場景，內容如下[9]：

《月球旅行記》

1.天文俱樂部的科學大會。

2.計畫月球旅行，指定探險人員和隨從，散會。

3.工廠車間，建造旅行飛行器。

4.鑄造廠、煙囪林立，鑄造巨型大炮。

5.太空人員走進炮彈。

6.裝填大炮。

7.巨型大炮、炮手大隊走過，放炮！升旗禮。

8.太空飛行，靠近月球。

9.正巧射進月亮的眼中！

10.炮彈飛入月球，從月球看地球出現。

11.平原上的噴火口、火山爆發。

12.夢景（大熊星、太陽、雙子座、土星）。

13.暴風雪。

14.零下四十度，從月球火山口下降。

15.進入月球內部，巨型菇山洞。

16.與月球居民相遇，逃之夭夭。

17.階下囚！

18.月球王國，月球軍隊。

19.逃跑。

20.狂追。

21.太空人員找到大炮彈，離開月球。

22.垂直落進太空。

23.濺落在公海上。

24.大洋底。

25.遇救，返回港灣。

26.大宴會，凱旋儀仗隊走過。

27.旅月英雄加官授勳。

28.水兵陸戰隊和消防隊的行列。

29.議會和委員豎立的紀念碑揭幕典禮。

30.群眾歡樂歌舞。

喬治‧薩杜爾評論了該片，他說：

　　梅里愛說過，這部能放映十五分鐘的影片，共花去攝製費1,500金路易。按1948年一部法國電影的成本來說，放映一分鐘的攝製費約需40萬法郎。梅里愛在寫他的回憶錄時，估計攝製這部影片的費用超過這個正常標準的三倍到四倍之多[10]。

分鏡頭故事腳本

　　美國愛迪生影片公司攝影師埃德溫‧鮑特[11]，搜遍了愛迪生公司舊影片的存貨，尋找適合的場面來編造一個故事。他找到了許多消防隊活動的影片。由於消防隊的樣子和活動，具有那麼一種強大的、受人歡迎的魅力，鮑特便選擇了他們作為題材。

　　鮑特虛構了一個令人驚奇、與眾不同的故事：母親和孩子被圍困在失火的大樓裡，在最後關頭，消防隊救出了他們。

　　這樣一個虛構，在今天看來雖然平凡，但在那時卻是具有革命性的。到當時為止，美國製作的影片還沒有一部是具有戲劇性的。

　　鮑特下一步便是按影片的需要，增添一些場面，等這些場面拍完之後，他就著手把所有的鏡頭集合起來，成為一個戲劇性的排列：

1.開端：消防隊領班夢見在萬分危急中的婦女和孩子。

2.發生事情：火警信號器響了。

3.行動：消防員聽到警鈴聲，急忙趕去救火（緊迫的懸疑就此製造出

來）。消防員能及時趕到火災現場嗎？

4.火災現場的緊急情況是這樣描寫的：火光熊熊中的大樓。

5.高潮：火中束手無策的受難者瀕於死亡。

6.最後，鬆了一口氣：救援來到。

依照這個程序把這些場面銜接起來，鮑特創造了戲劇性的分鏡頭腳本，他把這部影片取名為《一個美國消防員的生活》（*Life of an American Fireman*）。它是好萊塢直到今天還在使用的分鏡頭腳本的原始樣式：

《一個美國消防員的生活》

第一場　消防員夢中所見處境萬分危急的女人和孩子

消防員領班坐在他辦公室椅子上。他剛剛看完晚報，進入夢鄉。弧光燈減弱的光線照在他的身上，把他的影子顯眼地映現在辦公室的板壁上。消防員領班正在做夢，在牆上一個圓形畫托裡出現了他夢中的幻象：母親正把她的孩子放在床上，原來他夢見的就是他的妻子和兒子。他突然醒來，心神不寧地在房間裡走來走去。毫無疑問，他在想著這時候也許有各式各樣的人正處在火災險境之中。

（這裡，我們把畫托融入第二場）

第二場　紐約火警亭的近景

畫面上現出門口的字牌和每一個細節，以及火警信號器。接著有一個人走到火警亭前，急忙打開門，拉動鉤鏈，讓電流通過，驚醒了數百名消防員，並把大城市消防處的火警裝置送到火災現場。

（畫面再次融化，現出第三場）

第三場　臥室

畫面上現出一排床鋪，每張床上安然睡著消防員。突然一陣警鈴，消防員紛紛從床上跳起，在五秒鐘的規定時間內穿好衣服。在地上，開著一個大孔洞，中間豎立著一根黃銅柱，大家擁上前去，第一個救火員抓住銅柱，剎

那間從洞孔中滑下去消失了。其餘的消防員立刻跟著他做，這是一個十分緊張的場面。

（我們又把這個場面融入機房內部）

第四場　救火車的機房內部

出現馬匹從馬廄中衝出，衝向攝影機而來。這也許是這套影片七個場面中最緊張和美妙的，它可以說是自有電影以來第一部真正扣人心弦的影片。當人們以閃電般的速度從銅柱上滑到地面，救火車機房後面的六個馬廄的大門立刻同時敞開，每個馬廄內有一匹救火用的大馬，馬頭高昂，現出一種急於要衝到火災現場去的樣子。消防員立刻走到他們各自用的馬具前，在幾乎難以相信的五秒鐘裡駕好馬匹，準備奔往火場。消防員急忙跳上救火車和水龍車，由龍騰虎躍的馬匹拉著依次離開車房。

（到這裡我們又融入第五場）

第五場　救火車駛離機房

我們介紹了機房漂亮的外表，大門拉開，救火車駛出，這是非常動人的畫面。駿馬跳躍著，消防員整理著他們的防火帽和防火衣。當他們駛過我們的攝影機時，從救火車上開始冒出煙來。

（到這裡我們融入第六場）

第六場　奔向火災現場

在這個場面裡我們介紹了從未放映過的最逼真的火景。新澤西州的大城市紐瓦克的全部消防部門幾乎都聽從我們的指揮，我們映出了數不清的救火機、救火車、雲梯、水龍帶、水龍車等，以最高速度駛過一條大街，馬匹全力飛奔。救火車煙筒裡噴出了大片煙霧，更使這套影片給人以逼真的印象。

（融入第七場）

第七場　抵達火災現場

在這個動人的場面裡，我們映出了前面描寫過的所有消防員抵達現場。

前景中心有一座樓房正在焚燒，後景右邊可以看見消防隊以最快速度趕來。等到各種各樣的救火器械和救火車依次抵達它們的地點，立即從馬車上拉出了水龍帶，把雲梯安排到各個窗口，水龍把水噴向焚燒物。在這個決定性的時刻，出現了這套影片的偉大高潮。我們融入到樓房的內部，映現出臥室裡一個女人和她的孩子被大火和使人窒息的煙霧包圍著。女人在房間裡來回跑著，竭力想衝出去逃命，她不顧死活地打開窗戶，向下面的群眾呼救。最後她被煙霧燻倒在床上。在這個時候，一個身強力壯的消防英雄用一柄斧頭劈開房門，衝了進來。他撕下著火的窗簾，打掉全部窗框，命令他的夥伴把雲梯架上來。雲梯立刻出現了，他抱住早已筋疲力竭的女人，像嬰兒似地把她背在肩上，迅速地降落地面（現在我們融入焚燒的樓房外部）。昏迷的母親已經恢復知覺，她只穿著一件睡衣，跪在地上，哀求消防員再去救出她的孩子。人們徵求志願者，結果還是那位拯救過母親的消防員挺身而出，願意去救她的孩子。他得到許可，重新進入熊熊大火的樓房，毫不遲疑地爬上雲梯從窗口進去。大家屏息靜氣，等了一會兒，大家以為他一定被濃煙迷住了，但不久他抱著孩子出現，平安回到地上。孩子被救出後看到媽媽，急忙跑到她的跟前，母親緊緊抱住他。這就是這套影片中最真實動人的結尾❶❷。

1903年秋天，鮑特拍攝了《火車大劫案》（*The Great Train Robbery*），這部影片是美國早期故事影片中最成功和最有影響的作品。以下是《火車大劫案》的電影腳本，選自1904年的《愛迪生公司影片目錄》：

《火車大劫案》

第一場　鐵路車站電報房的內景

兩個蒙面匪徒進來，強迫報務員發出信號，命令即將到站的火車停車，叫他發出一個假造的命令給司機到車站取水，以代替正常的紅色停車加水信號。火車停了下來（從電報房的窗子裡看到），列車員走到窗前，嚇得要命的報務員把命令送了過去。這時，匪徒蹲下身來，以免讓人看見，同時用槍威脅報務員。等到列車一離開，他們就把報務員打倒，用繩索捆起來，塞住

嘴巴不讓他喊叫，匪徒們才急忙地離開，去追趕開動的火車。

第二場　鐵路水塔

火車接到了假造的命令停車加水時，匪徒們藏身在水槽後面。當火車開動時，他們在郵車車廂和煤車之間偷偷地跳上了火車。

第三場　快車的內景

郵務員在忙碌地工作，一種異樣的聲音驚動了他。他走到車門邊；在鑰匙孔內發現有兩個人正企圖破門而入。他手足無措地向後退卻。但立即恢復神態，他急忙關上保管財務的保險箱，把鑰匙丟在邊門外。他拿起槍，蹲伏在辦公桌的後面。就在這個時候，兩個匪徒已把門打開，小心地進來。郵務員開槍，發生一場猛烈的槍戰，郵務員被殺。一個匪徒站起來把風，另一個匪徒企圖打開保險箱，發現它是鎖著的，在郵務員身上找不到鑰匙，就用炸藥炸開保險箱，把財寶和郵包帶走，離開車廂。

第四場　這個緊張的場面展示了機車上的司機台內景和煤車。這時火車正以每小時40英里的速度前進

當兩個匪徒搶劫郵車時，另外兩個匪徒爬上了煤車。一個用槍對準司機，另一個追那個手拿煤鏟、爬上煤車的司爐，煤車上展開了一場猛烈的格鬥。他們在煤車上兇狠地揪打，差一點就要從煤車邊緣掉下去。最後他們都倒了下來，匪徒壓在上面。他抓起一塊煤往司爐頭上砸去，司爐失去知覺。於是他把司爐的身體從奔馳的火車上擲了下去。然後匪徒們迫令司機停車。

第五場　火車停下

強盜用槍對著司機頭部，強迫司機離開機車。他們把機車同車廂分開，再駛前100英尺。

第六場　停駛的火車外景

匪徒們脅迫旅客離開車廂，「舉起手，沿著鐵軌排成一行」。一個匪徒雙手執槍監視他們，其餘的匪徒搶劫旅客們的細軟財物。一個旅客企圖逃

跑，立刻被擊倒。這幫匪徒拿走了一切值錢的東西，在跳上機車逃走時，他們朝天開槍，嚇住旅客。

第七場　匪徒逃離現場

匪徒們帶著贓物跳上機車，迫令司機開車，在遠方消失。

第八場　匪徒逃進山裡

在離「攔劫」地點幾里路的地方，匪徒們命令司機將機車停下，逃進山裡。

第九場　美麗的山谷

匪徒們沿著小山走下，涉過一條小溪。騎馬向荒野疾馳而去。

第十場　車站電報房的內景

報務員手腳被綁，躺在地上，嘴裡塞著東西。他的兩腿竭力掙扎。之後，他把腿靠在桌上，用他的下巴操縱電鍵，發出求救的電報，力竭不支昏倒。他的小女兒送午飯進來。她割斷繩子，把一杯冷水澆在他臉上，使他恢復知覺，接著，他想起了可怕的遭遇，急忙奔出房間，前去報警。

第十一場　道地的西部跳舞場內景

現出：男女多人在輕快地跳四對舞。一個「新手」很快地被發現，推入跳舞場中間，被迫跳輕快的舞蹈，旁邊看熱鬧的人向著他腳旁開槍取樂。突然，門開了，嚇得半死的報務員跟蹌地進來。混亂中，跳舞停了下來。男人們拿起槍枝，匆匆離開舞場。

第十二場　槍戰上半段

出現騎馬的匪徒以驚人速度從一個峰巒起伏的山崗上衝下，大隊人馬在後面緊追，在奔馳中雙方相互開槍射擊。一個匪徒中彈從馬上倒下地來，他搖搖擺擺地站起來，向最近的一個追逐者開槍，可是一轉眼他就被打死了。

第十三場　槍戰下半段

剩下的三個匪徒認為他們已躲開了追捕者，從馬上跳下，仔細地瞭望他們周圍的情況，然後開始檢查郵包裡的東西。他們忙著翻郵包，等到發現危險來臨時已經太晚了。追捕者下了馬，悄悄地走近他們，把他們全部包圍。接著發生一場猛烈的格鬥，一場猛烈抵抗之後，全部匪徒和幾個民團隊員被打死了。

第十四場　匪徒頭目巴恩斯的特寫鏡頭

他舉槍瞄準觀眾射擊。這會造成很大的騷動。這個場面可以放在影片的開始或結尾❸。

從此，不但劇情片開始流行，而且電影編劇也成了專業。據《美國電影的興起》一書的記載，當時電影界的情況有如下述：

> 故事影片風行一時，電影劇作也成了專門的「收入很多」的職業。1906年，各製片廠買電影故事要花5美元到15美元。首批電影劇作家都是由電影業中的人，如J‧塞爾‧道利（J. Searle Dawley）、弗蘭克‧馬里恩（Frank Marion）、西德尼‧奧爾科特（Sidney Olcott）、吉恩‧岡蒂爾（Gene Gauntier）、D‧W‧格里菲斯（David Wark Griffith）擔任。因為當時還沒有關於電影方面的版權法，這些演員兼劇作家就把詩篇、短篇小說、流行話劇，以及經典著作，經過加工濃縮和改編，成為銀幕上的簡短劇目。這些材料被寫成原始的場景分鏡頭腳本，提供給導演，導演再用這個劇本，在拍攝時，臨時增加具體細節❹。

製片商在收買了各名著改編權之後，總是想在一部長片中撈回本錢。另一方面，由於觀眾要求在電影中看到被採用的小說或劇本中的全部情節，影片導演因此需要拍攝相當長的影片，使情節不致過分簡單，並在大多數情況下增加字幕說明，這些字幕最後成了真正的對白。

市場需要大量的故事影片，電影製片人被迫轉向舞台和文學作品尋求完整的材料。每一個可能探尋的源泉都找到了：短篇小說、詩歌、話劇、歌

劇、大眾喜愛的暢銷書和古典作品都加以縮寫，改成為拍一卷膠片的電影劇本。1907至1908年，突然興起的電影檢查制度，加快了採用小說和話劇的作法。製片人覺得從正經文學作品選定的題材，讓評論界抓不到什麼把柄進行攻訐，他們比較可以放心。

劇本的創作

如同表演一樣，在商業競爭的刺激下，劇本創作有了進展。1908年以前，「電影故事劇本」就包括簡單的說明，或者幾個場景，場景難得做具體說明，根本比不上鮑特影片的劇本。當導演的要把全部活動、情節進展、每個鏡頭前後順序都記在心裡。不過，當競爭變得激烈、影片加長之後，導演才感到需要有劇作家來撰寫完整的故事，以便滿足有效的影片製作。

到1908年，導演、演員、攝影、編劇、沖印工作，都成為獨立的部門，地位完全一樣。

1907年，美國卡勒姆影片公司（Kalem Company）的首席導演西德尼‧奧爾科特拍了一部《賓漢》（*Ben Hur*）的影片，但由於影片的編劇事前沒有獲得原作者的許可，結果原作者和出版商勝訴（這次判決使電影製作人付了5萬美元），教育了電影公司，讓他們今後必須遵守版權法，凡不是公共所有的文字材料都得出錢購買。

其後採用暢銷小說改編電影的作法是《電影世界》（*The Moving Picture World*）挑起的。它在1910年1月29日曾這樣寫著[15]：

> 大名鼎鼎的著作家轉向新的領域——撰寫電影劇本。
>
> 當這類作家如理查德‧哈定‧戴維斯（Richard Harding Davis）、雷克斯‧比奇（Rex Beach）和埃爾伯特‧哈伯特（Elbert Hubbard）……轉向這個每日迅猛擴大的娛樂領域，把他們的作品投進這個市場的時候，就明明向那些半信半疑的人們說出來，「適者生存」將仍然維持它自古以來的局面。新領域中出現的這些作家不但保證我們有更佳的題材、更高尚的主題、更優美的影片和愈來愈受到全國人們的喜愛，而且他們自

己也正趕上了娛樂事業的新世代。

需要大量劇本和電影編劇，已成為非常迫切的問題，所以電影製片廠廣泛登報宣傳說，他們願意培養作家在創作電影劇本方面的寫作技巧。維太格拉夫公司（Vitagraph Company）就設立了一個劇本創作部門，由薩姆·佩唐（Sam Pedon）和羅林·S·斯特金（Rollin S. Sturgeon）兩人主持，宣稱：

　　凡寄來的劇本都將加以審閱，而且存入檔案以備將來運用。應徵者將接見洽談有關培訓劇本寫作的意見[16]。

西格蒙·魯賓（Sigmund Lubin）接二連三在商業報紙上登出這類廣告：

　　西格蒙·魯賓影片製作公司徵求頭等電影劇本故事，稿酬從優[17]。

聘請電影編劇人員的廣告，突然又從商業出版物大量湧上了影迷刊物；雜誌上還登出個人和學校的啟事，他們都會在給你上幾堂輕鬆的課程中，培養你從事電影劇本寫作的本領[18]。

不但如此，電影寫作的函授班和書籍廣告成倍增加。如：

　　利用業餘時間撰寫電影劇本每月賺100美元。用不著要有經驗。
　　為什麼你不寫劇本呢？我們在十節輕鬆的課程中教給你。
　　有人將電影劇本寫在襯衫袖子上，將它賣了30美元……本書將為你開闢新天地，另謀新職業。定價1美元，匯費免收[19]。

大家愈來愈瞭解，寫作電影故事劇本需要技巧是顯而易見的事。1910年3月5日《電影世界》在社論中提到：

　　創作一個優秀的電影劇本，或話劇，或喜劇，需要有故事情節、有趣味、有場景、次序、符合邏輯等等條件，所以是個了不起的成就……維太格拉夫公司收到從全國各地寄來的二千份劇本草稿中，大多只有2%被接受下來，其中只有四個本子是實際可用的[20]。

《電影世界》為了滿足當前對熟練電影劇本作家的需求，於1911年12月專門成立一個部門來教導寫作方法。這個部門是在埃比斯·W·薩金特

（Epes W. Sargent）指導下進行活動的，名為「電影劇本作者研究室」[21]。這些講解電影結構原理和電影技術的專門文章，雖然都是基礎知識，但是後來卻彙編成一本書，1913年由查默斯出版公司出版，名為《電影劇本的技巧》，這是關於電影劇本寫作的第一批論著之一，它總結出了寫作方法，也培育了不少後起的電影劇作家。

第二節　編劇成專業

　　既然是電影劇作家成長壯大到有了自己的名稱詞彙——這個詞彙甚至比舞台導演的名稱更有技術性——那麼，編寫那些「工作用的電影劇本」的事，就成為更加專門的本領了。電影劇本原稿當中具體規定要有新的攝影技術和故事分鏡頭。電影劇本有許多必備的部分：具體規定攝影機的位置，鏡頭轉換方法，如圖像變換、融入融出、淡入淡出、圈入圈出，以及特別重要的字幕都得寫上，這樣，就把寫電影劇本變成了專門技術。

　　因此，到1914年，電影劇本創作便奠定了作為特殊突出的一門藝術的地位，成為文學和戲劇的一支。電影劇本的數量和品質都有了明顯的提高。雖然銀幕的創作人員名單上仍然沒有編劇的名字，但劇本的價格卻節節上升：50美元已不稀奇，一個劇本付100美元稿酬時有所聞。過去積極聘請著名作家，採用有版權的稿件，尤其是建立可靠的合約關係，用以替代製片廠與電影劇本作家之間自由買賣交易的方式，都有助於提高電影劇本創作的技術和品質。

　　這時出現了一批專業的電影劇作家，大部分來自電影界內部，或來自新聞界。他們過去當過演員、評論員或新聞記者。許多作家抓緊機會，都在這塊欣欣向榮的領域中，占得了最高的地位。

 專業論述書籍的誕生

　　不但如此，電影技術各方面進步迅速，故事片也變得愈來愈重要，這

時，專門致力論述電影作為藝術的書籍也開始出現。這些著作有助於電影界以及電影圈外的人們瞭解，在他們眼前正出現有重要意義的新藝術。

格里菲斯[22]是美國電影史上最著名的導演之一，最令人驚奇的是，格里菲斯在進行這個耗費巨資的冒險事業當中，竟然不用「電影劇本」。沒有事先寫好的分鏡頭腳本，格里菲斯就得運用腦子把整個素材拼湊、提煉、規劃起來。他成竹在胸，心裡有了全盤計畫，在遇到具體表演時，大半就靠他的直觀能力，或者在拍攝進程中，靠他的即興發揮。這是扮演女主角的麗蓮·吉許（Lillian Gish），在若干年以後才披露出來的。她在接受美國國家廣播公司訪問時，說道：「沒有劇本，格里菲斯一生中從沒要過一個劇本。」[23]

格里菲斯甚至在拍攝《國家的誕生》（The Birth of A Nation）時也不用拍攝腳本，所有詳細的電影發展全都藏在他的腦中[24]。像這種不用劇本拍攝電影的天才，實不多見。但也只有在默片時代才能如此，一到了有聲電影時代，這種導演就絕跡了。

格里菲斯的一貫作風，是愛做出一些即興式的決定。他的工作方法與托馬斯·英斯（Thomas Harper Ince）[25]導演的細密計畫截然相反。托馬斯·英斯向來是一絲不苟地按照拍攝腳本進行工作；格里菲斯拍片時，則靠他的直覺觀感來求得連貫流暢，所以常常要解釋影片中發生的那些荒謬事情。

喬治·薩杜爾在《電影通史》一書中，談到托馬斯·英斯的方法，他說：

> 據路易斯·雅各布的記述，英斯常喜歡這樣說：「製作一部影片很像製作糕點，你必須有某些作料，而且知道怎樣把它們混合在一起。」題材選定以後，他就叫人編寫一個草稿，也就是一個內容很細密、規定影片每個鏡頭的「分鏡頭劇本」。這在當時的美國還是一種新的作法。
>
> 在此時，格里菲斯在美國，約克·費德爾（Jacques Feyder）在法國，仍然沿用習慣的作法：在拍攝中間臨時設計鏡頭，劇本只是一個簡短的故事綱要。托馬斯·英斯一反這種作法，先由他自己規定鏡頭的分割，隨後再讓編劇們來寫出分鏡頭劇本，在寫作中間，他一直對他們加以仔細的指導。
>
> 分鏡頭劇本草稿寫好以後，托馬斯·英斯就把它交給一個導演，用

命令口氣說：「完全按照分鏡頭劇本所寫明的內容去拍攝，絕對不得違背。」他很熟悉自然背景和布景，對他培養出來的演員也很瞭解，因此能事前規定出他要求於他的部下的構圖和效果[26]。

英斯所引進來詳細規定的電影腳本，因為這個辦法經濟而且有效，所以各製片廠後來都採用它。時至今日還都用著它，這就是眾所周知的「電影拍攝腳本」，或者叫作「分鏡頭腳本」。英斯習慣於將寫好的腳本交給導演，附帶的指令是「照章辦理」。這個作法別的導演也學來用上了。

劇作家地位受到重視

第一次世界大戰後的頭幾年，最顯著改進的地方，首先並不發生在導演方面，而是在電影劇作上。過去一度被人看作是賣文餬口、海報上不列名字、收入微薄的劇作家，現在脫穎而出，幾乎和演員、導演一樣，受到了人們的敬重。先前有些報社記者利用業餘時間匆匆寫下自己想的幾個故事，把它們賣給電影公司就可以弄點錢花的日子已經過時了。現在拍攝電影的技術提得更高、更細密了，製片廠的生產計畫需要事先安排，大家都把職業劇作家看作是製片廠的重要人員。各製片廠都徵聘著名作家，而且大量刊登廣告使觀眾知道，希望以作家的名氣，吸引更多的觀眾。

好萊塢成了作家的麥加聖地，世界各地業餘作家寫的劇本，也源源不斷地湧進好萊塢。抄襲的作品更是層出不窮，譴責「文抄公」的罵聲愈來愈高。各電影公司很快就拒絕採用不是預約的稿件，只有職業小說家和劇作家還能走進製片廠關上了的大門。「名聲」的崇拜達到了前所未聞的地步。當代成名作家的一篇小說從一般稿費上漲到15,000美元，又漲到20,000美元，最後漲到50,000美元。小說的採用則是快到在印刷出書之前，電影製片廠就要先看到稿樣。

作家儘管受到抬舉，又獲得厚酬，他們還是表示不滿意。他們宣稱，電影製片廠向他們要求的不是什麼作品，而是一種公式概念化情節故事。直言不諱的抗議來了一大堆。

與此同時，事情也愈來愈清楚，一位優秀的劇作家相較於一位傑出的小說家，前者才是電影製片廠最值錢的瑰寶。長期以來，大家都承認劇本寫作是一個特殊的專業，要把情節安排成大家看得見的東西，這種本事還只有少數人才能做到。不論一個作家的名聲怎樣大，他寫的小說或劇本怎麼好，要把小說或劇本變成實質性的東西，先要做的是用攝影機和電影的語言把它表達出來，而做這項工作的本領，不是輕而易舉就能培養成功的，好的電影劇本作家更是鳳毛麟角。因為電影劇本的寫作，不但要求有戲劇的素養，而且要通盤瞭解電影這種獨特的工具。電影事業內部的劇作者，並不一定是聞名世界的作家，但大多是從早年開始就在電影部門工作，具有足夠經驗的電影劇本作者。

　　電影劇本作者把採用了的電影故事先分成幾部分寫成「簡介」，這是故事的大綱，然後加以鋪排，這是比較長的，而且是按照確定的觀點寫成的情節。如果通過了，就把鋪排的故事改寫成分鏡頭腳本，也就是完成影片的文字劇本，因為影片是放映在銀幕上的。這種分鏡頭腳本是最後一道文字形式，就是導演用以拍攝影片的工作腳本。要使分鏡頭腳本真能派上用場有價值，就需要寫腳本的人高度瞭解電影工具的技術性質。因此，分鏡頭腳本的作者很快就被公認為影片生產的主要骨幹，他們在計畫影片最後完成的一道過程中節省了時間，也省掉許多麻煩；生產成本也是從這些方面來計算。

　　雖然電影劇本的作者在外界沒沒無聞，但是他們的權威愈來愈大，完成影片的責任也愈來愈重地壓在他們的肩上。平時，較大的電影製片廠常常不容許或者不讓導演和編劇共同商議故事的結構。在這種情況下，影片的真正導演就是分鏡頭腳本的執筆者。當然，現在大家已經認識到了，只有導演和編劇通力合作，才能取得最好的成績。

　　這個時期中，電影業最重要的編劇之一就是瓊‧馬西斯（June Mathis）。今天我們才知道，電影分鏡頭腳本的開創，應該歸功於她──還有托馬斯‧英斯。因為她強調採用適時的題材，加上她謹慎細緻的布局，由此贏得了名聲。她倡議導演和編劇結合在一起，在拍攝影片之前，共同商討整個影片的情節，這樣取得的結果會減少浪費，節省生產成本，拍出故事流暢、圓滿完整的影片❷❼。

電影的分集

分集也就是敘事的連續，它跟文學一樣古老，可以上溯到荷馬時期。自從影片生產發達以後，這種分集的體裁，在各種不同的影響下，自然地在電影中出現，這些影響是：連篇小說〔如《三劍客》（*The Musketeer*）或《福爾摩斯探案》（*The Completes Sherlock Holmes*）〕、定期出版的小冊，以及浪漫主義時代以來大量發行的報紙上每日連載的小說。

1908年左右，歐洲充斥著每星期出版的小說，這是一種有鮮豔彩畫、文字印得很密的小冊子。當時即有影片公司盛行拍攝分集片，這些分集片就是根據這些大量印行的通俗小冊子所拍攝的。1911年，偵探分集片開始盛行。後來，分集影片也在美國開始流行起來，時當1914年。影響所及，分集影片在美國甚至全世界形成了熱潮，至今仍未消失。

電影的三幕式結構

從世界電影發展歷史來看，默片時代，電影劇本的發展雛形已大致完成，到了有聲電影時代，劇本加上了聲音的描寫，使聲、畫合一，基本上已逐漸發展至成熟階段，但仍未脫舞台劇的影響。

換句話說，在1960年以前，大部分故事片的結構方式受到西洋戲劇的影響，尤其是亞里斯多德（Aristotle）[28]的影響更是深遠。

過去，電影的結構大多採用三幕式。每一幕各司其職：第一幕，介紹人物（character）和前提（premise）[29]；第二幕，遭遇危機（confrontation）及抗爭（struggle）；第三幕，解除（resolution）在前提中呈現的危機。

丹錫傑（Ken Dancyger）和拉許（Jeff Rush）在《電影編劇新論》（*Alternative Scriptwriting*）一書中，提到這種三幕劇結構的電影，他們說：

> 美國主流電影大多採用三幕劇結構，其間又有各種不同的變體。
> 三幕劇形式可以溯源到亞里斯多德的說法：「所有的劇都包含開始、中

間、結束，而且有某種比例來分配三者的比重。」然而亞里斯多德如上的說法太空泛了，說明不了什麼。

主流電影中居主導地位的一種三幕劇形式，實則承自1820年代法國劇作家尤金・史克萊伯（Eugene Scribe）所發表的「結構精良的戲劇」（well made play）。這種形式的特點是結尾有一個清楚、合邏輯的收場。而收場時，劇本中一切紛紛擾擾的事件又都回歸平靜，社會重拾秩序。因此，「結構精良的戲劇」讓我們享受打破世俗規範的幻想，但是又不會真正威脅社會結構。「絕不會留下任何懸而未決的疑問來困擾觀眾。」因此我們便將其命名為「復原型三幕式結構」[30]。

誠如費爾德所說：

如果熟悉三幕結構，你可以輕易地把故事傾注其中[31]。

如果要寫「犯錯、認知、救贖」三部曲的故事，那麼「三幕劇」將是最好的選擇。但是，如果你的題材要反映當今世界的冷漠與無常，也許就該考慮其他的可能性。

雖然三幕劇結構提供給故事一個清楚的骨架，但故事往往比較保守，所以丹錫傑和拉許在其大作中特別提出反傳統結構，提供給編劇一個可參考的範本，有興趣的讀者不妨取來一讀。

第三節　中國的歷史

前面敘述了歐美國家電影編劇的歷史，接下來談談編劇在中國電影界的演變。

中國電影發明於1895年（清光緒21年）12月28日，法國人路易・呂美荷（Louis Lumiere）在巴黎大咖啡館最早放映的幾部影片。被世界電影界公認，這一天是結束發明階段，進入電影世紀的開始。

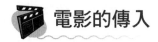 電影的傳入

電影發明後的第二年，即傳入中國。1896年（清光緒22年）6月30日，在上海閘北西唐家弄（今天潼路814弄35支弄）徐園「又一村」內放映「西洋影戲」（片名及內容不詳），這是電影在中國首次出現。依據乃是1896年6月29日《申報》廣告版中的「徐園告白」：

　　本園於20日夜至12點鐘止，內設文虎、清曲、童串、戲法、西洋影戲以供遊人賞玩。向因老閘橋北一帶馬路未平，阻人遊興，現已平坦，馬車可直抵園門，維冀諸君踏月來遊，足供清談之興，揚鞭歸去，可無徒步之虞，遊資仍照舊章准，23日外加煙火大戲，遊資每位3角，此布。

　　此乃《申報》中首次出現「西洋影戲」四字，雖不能肯定此前絕無「西洋影戲」放映，但這是有史實可證的中國境內最早電影放映。其後，徐園又在8月2日刊登告白：

　　本園23日夜8點鐘熄燈，仍設文虎、侯教、童串、戲法、西洋影戲、惠泉茗茶，聊以敬客不另取資，又換新式煙火，11點鐘燃放，遊資每位2角，特白。

　　8月10日、11日刊登告白：

　　初三夜仍設文虎、侯教、西洋影戲、童串戲法，定造新樣奇巧電光煙火……遊資每位2角。

　　8月14日、15日刊登告白：

　　七夕仍設文虎、侯教，初七日乞巧會，爰蒙同好諸君在園內陳設古玩、異果、奇花，兼敘清曲，是夜准放奇巧煙火，又一村並演西洋影戲，惟處8、9兩日因諸君餘興方濃，故再陳設古玩兩天以供眾覽，特白。

　　此前《中國電影發展史》等權威著作據此將電影最早在中國出現的日

期定在8月，經最新考證實應在6月。但亦有學者提出不同觀點，認為此處的「西洋影戲」指的是從1875年（清光緒元年）已然傳入中國的「幻燈」放映，而不是「機器電光影戲」，即電影。真正的電影放映則要遲至1897年5月，在上海禮查飯店首映。1906年（清光緒32年），中國人已自己拍攝影片了。1913年（民國2年），中國已有影片《莊子試妻》在美國放映；同年9月，由鄭正秋編劇的《難夫難妻》，成為中國第一部劇情片。

文明戲

作為我國話劇前驅的「文明戲」，是從十九世紀末「穿時裝，演時事」的新劇發展而來，又叫文明新戲。1901年日本留學生組織春柳社演出《黑奴籲天錄》，在其影響下王鐘聲在上海組織春陽社演出同一劇碼，標誌著文明戲在中國的誕生。

文明戲對早期中國電影的影響，不僅體現在早期中國電影的投資者（如張石川、管海峰）、創作者（如鄭正秋、任彭年、侯曜）、表演者（早期中國電影的演員幾乎全部來自於文明戲舞台）都與文明戲有著千絲萬縷的聯繫，而且存在於劇作的取材、價值觀的取向、敘事的方式、情節的結構、表演的方式等等創作內容的各個方面。

費穆在《雜寫》中說道：

> 在中國初有電影的時候，和電影最近作品也比較能真實地反映著現實人生的戲劇，卻屬之於新興的幼稚形的文明白話新戲……中國電影的最初形態，便承襲了文明新戲的藝術而出現……說是中國電影中了文明戲的毒，毋寧說是受了文明戲的培植。如果十數年前沒有文明戲，中國電影應該立刻向古裝戲投降……Moviegoers一字是從Theatergoers而來，中國電影和它的觀眾是從文明戲而來。

對於當時的電影人來說，電影就是銀幕上的「文明戲」，文明戲是中國電影孕育的母體。

原始電影文學形式──本事

　　早期電影的拍攝沿襲文明戲的幕表制傳統，透過「分幕」的方法拍攝電影，一般沒有事先寫好的完整電影劇本，通常以拍攝前由劇作者或導演寫一個簡單的「本事」作為拍攝的依據，一切都依靠在攝影場上演員的即興創作和導演的臨場發揮。如果演員和導演比較有經驗，對「本事」所描寫的人物和生活比較熟悉，就可能拍出比較完整的影片；如果演員和導演缺乏經驗，對「本事」所提供的人物和生活不熟悉，那麼影片的藝術品質就可能很粗劣。

　　早期中國電影劇本被稱為「本事」，是一種電影故事性質的原始電影文學形式。它大致可分為兩類：一類是在影片攝製前專為導演提供劇情基礎而寫的，另一類則是根據影片拍攝完複述梗概而成，類似今天的影視改編小說。一般而言，電影劇本指的都是第一類。早期中國電影短片的電影劇本大多採用「幕表」的形式。所謂「幕表」，是模仿戲劇創作中流行的「幕表法」，即將電影故事梗概按照：(1)幕數（即場數）；(2)場景（內外景）；(3)登場人物；(4)主要情節，這四項進行細化加工而成的電影劇本形式。雖然比較簡單粗陋，卻在中國電影界沿用了相當長的時間。

　　總的來說，早期電影由於缺乏比較完備的劇作基礎，電影故事一般不很完整，電影的藝術品質也不高。電影編劇如鄭正秋、陸潔、包天笑等人在寫作電影劇本時，只不過是提供一個兩、三千字的「本事」。這類「本事」是分場幕表的故事，或是一個故事梗概，包括默片特有的「字幕說明」，通篇缺乏場景、情節和人物動作、語言的具體描寫，人物的性格只有抽象的規定，沒有具體的描寫或說明。這類「本事」在1920年代時常在一些電影刊物上發表，但嚴格來說，這類「本事」還不是具有獨立價值的電影劇本，只能說是一種處於萌芽狀態不完善的電影文學形式。

早期電影特定的現象──影戲

「影戲」是二十世紀前三十年中國人對電影的通用名稱。這三十年正是電影傳入中國並紮下根來，中國電影在藝術和事業各方面奠定基礎的時期。

包天笑在《釧影樓回憶錄》裡的回憶，可得明證：

電影初到中國來時，也稱為影戲，大家只說去看影戲，可知其出發點原是從戲劇而來的[32]。

早期中國電影界的普遍看法，電影與戲劇無異。電影之被稱為「影戲」，正是由於特別注意其與戲劇藝術的關聯和共同點的緣故。有人甚至把電影和戲劇等同起來，侯曜在1926年所著《影戲劇本作法》一書中就表示：

影戲是戲劇的一種，凡戲劇所有的價值它都具備[33]。

徐卓呆在〈影戲者戲也〉一文中也說：

影戲雖是一種獨立的興行物，然而從表現的藝術看來，無論如何總是戲劇。戲之形式雖有不同，而戲劇之藝術則一[34]。

把電影看作是戲劇，可以說是當時電影觀念的核心。由於這種觀念的指導，在創作中大量借鑑戲劇經驗，結合默片的條件，逐漸形成一套特有的電影形態體系。

1935年，上海良友圖書公司出版《中國新文學大系》，洪深所著的《現代戲劇導論》刊在戲劇集的〈導言〉說：

洪深入電影界兩年，並沒有多大貢獻，除非在劇本方面。那時的電影界也像文明戲一樣，只用幕表而不用詳細的腳本的。洪深是第一個主張並寫出劇本的人，後來人家覺得劇本的需要了，好些人採用洪深所創的格式。

洪深極力主張形式規範的電影劇本，要求作者在劇本中具體描寫場景、人物動作、情節和對白的電影劇本。這就是說編劇要以畫面思維，透過想像

中的銀幕和故事畫面的連續和變化，去描寫動作，構思和寫作電影劇本。

總體上說，在劇作上，「影戲」把衝突律、情節結構方式和人物塑造等大量戲劇劇作經驗都搬用過來。在鏡頭結構上，「影戲」採用了與舞台幕場結構相似的較大戲劇性段落場面作為基本敘事單元。這種結構方式把鏡頭作為展現場面內部動作、情節的手段。在視覺造型上，「影戲」在導演、攝影、演員、美術各方面，也都表現出明顯的舞台劇影響的痕跡。一句話，「影戲」從劇作到造型各方面，都浸透了戲劇化因素，是中國早期電影特定的藝術歷史現象。

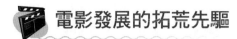 電影發展的拓荒先驅

《難夫難妻》是中國第一部無聲短故事片，由上海亞細亞影戲公司拍攝，1913年9月底首映。編劇：鄭正秋[35]；導演：張石川[36]；由一班文明戲的男演員演出（女角色也由男演員扮演）。影片以廣東潮州地區封建買賣婚姻習俗為題材，描寫了一對互不相識的男女青年，從由媒人撮合起，經過種種繁文縟節，直到送入洞房的婚禮過程，沒有其他情節。《難夫難妻》是中國攝製故事影片的開端，拍攝時，不僅有了事先寫好的劇本，也有了專職導演[37]。

從編、導、演各方面來看，《難夫難妻》自然還顯得粗糙、幼稚，只是在中國電影發展初期，人們普遍把電影當作營利商品和消遣玩具時，鄭正秋能夠把他的第一部電影片和社會現實內容結合在一起，可以說是有眼光的了。

1922年3月，明星影片股份有限公司在上海成立，展開拍片，這是中國電影進入群雄並起、激烈競爭的默片繁榮興盛的時代。明星影片股份有限公司還附設了明星影戲學校，1922年4月，中國第一所培養電影專門人才之明星影戲學校開學，鄭正秋任校長，有男女學生87人，學制為半年畢業，教員有張石川、顧肯夫、唐豪（範生）等人，講授編、導、表演、化妝、攝影、洗印、影戲常識七門課程[38]。

鄭正秋是對中國電影事業發展有重大貢獻的拓荒人、先驅者，杜雲之在其大作《中華民國電影史》一書中，對他有如下的描寫：

> 鄭正秋編導有三個特長：第一是他對人生有豐富的知識，對中國社會瞭解透徹，因此作品非常接近社會現實生活。第二是他對觀眾有深切的瞭解，能把握住觀眾心理，懂得觀眾的喜憎，因此他的劇本很受觀眾歡迎。第三是精於鑑別演員，知道他們的才能和戲路，量才派戲，使好角絕不閒散；或是絕不用非其所長，使各人能盡情發揮[39]。

中國電影界早期講授編劇課程的，有第一個留美學戲劇的洪深[40]。據胡蝶的回憶，1924年，仍處在默片階段，上海大戲院經理曾煥堂創辦中華電影學校，是我國第一所電影演員訓練學校，全部修學期限是半年，課程包括有影劇概論、電影行政、西洋近代戲劇史、電影攝影術、攝影場常識、導演術、編劇常識、化妝術、舞蹈及歌唱訓練等。其中編劇常識是我國最早的編劇教學課程。教師有劇作家洪深[41]。

洪深於1922年返國，初受聘於中國影片製造公司，他曾為該公司代擬了一個有意義的「徵求影戲劇本」的啟事，要求電影應有傳播文明、普及教育以表示國風為主旨，含有寓教於樂的用心。

洪深的劇本未曾徵求到，中國影片製造公司卻因籌備時間過長，資金消耗淨盡而關門結束了。

早期中國電影公司的主持人、編劇、導演、演員，多是文明戲出身，若干舞台上成功的文明戲被改編成電影。杜雲之在他的著作中，告訴我們文明戲對電影的影響。他說：

> 中國電影自拍京劇紀錄片開始，但當攝製有情節的故事片時，和文明戲發生關係。文明戲是當時寫實的新戲，和電影表現方式相近，所以它們合流，成為當時電影的特色。中國電影擺脫文明戲的影響，是到民國19年聯華影業公司成立後始實現[42]。

劇本是電影製作和決定影片優劣的重要前提，因此1920年代中期討論編劇的文章和著作比較多。當時，周劍雲[43]和程步高[44]合著的《編劇學》，共五

章，約一萬八千餘字，列入昌明電影函授學校[45]講義，在同時期的著作中，有其特點。首先它著眼於電影劇本與小說、戲曲和話劇劇本的不同，指出「影戲劇本還要顧到導演員的地位和攝影員的工作」，這可以說抓住了電影劇本的主要特點；其次，較好地總結了當時改編的經驗，指出改編一要選擇「含有影戲意味」的作品，二要在適當的形式內再現原作的精神，不要「取貌遺神」。此外，還提出在思想內容上要注意時代精神等，這些都是值得重視的。

　　1925年，洪深以嚴肅的態度嘗試創作了電影劇本《申屠氏》，連載於《東方雜誌》1925年第22卷第1至3期，雖然沒有拍攝成電影，但它對中國電影創作的發展卻具有十分重要的意義。這是中國電影史上第一部完整的無聲片電影劇本，創立了具有較完整形態的電影劇作體式，在中國電影史上具有奠基性意義。《申屠氏》取材於筆記小說，描寫宋代奇女子反抗豪紳迫害、為夫復仇的故事。這個劇本不同於當時的電影「本事」和「字幕說明」，洪深在這個劇本中不僅寫出了完整的故事，並對場景、情節、人物動作、字幕說明、對話等，都做了具體的描寫和規定，還特別註明了鏡頭的景別和角度，創造了一種運用電影思維寫出的、具有電影特點的、全新的劇本格式。劇本採用「本」的分段方式，全文除楔子外，共分七本，即七大段；每一本中則以「景」（即現代電影劇本中的鏡頭或場景）為最小單位敘述故事。全劇由五百九十二個「景」組成，每個「景」都標明「景號」，指出鏡頭的內容如環境、人物動作等。一部分「景」還特別註明「景別」，如「特寫」、「放大」、「閃景」等；和鏡頭運動的角度，如「從外望內」、「從內望外」等；以及拍攝技巧，如「漸現」、「漸隱」、「化入」、「加圈」、「去圈」等。除了「景」之外，劇作還將一○七條「字幕說明」和「對話」穿插於其間，形成了一種場景變換靈活、敘事簡潔、文字生動、可視性強、具有電影蒙太奇思維特點的電影劇本體式。在內部的敘事結構上，洪深還根據電影時空轉換自由靈活的特點，採用平行或交錯的場景組合方式，形成特定的敘事節奏和緊張度。在藝術形象的塑造上，洪深還遵循電影藝術的規律，注重透過人物的行動來展示性格、展開劇情，注重人物動作的視覺化描述，這都使得《申屠氏》無論是文體形式，還是電影敘事，都具備了現代電影劇本的基本特徵。

文學劇本受到重視

中國電影界在很早就出現續集電影，但比起西洋電影界來，仍舊晚出。

1928年，根據平江不肖生（向愷然）所著《江湖奇俠傳》，改編攝製成《火燒紅蓮寺》，鄭正秋編劇，張石川導演，同年5月正式放映，遠近轟動，獲得觀眾熱烈歡迎，創造不錯的票房紀錄。結果三年之內，明星影片公司連拍十八集《火燒紅蓮寺》，是當時中國最長的電影片集。當時電影界一窩蜂地競拍「火燒片」，編劇也大發利市。計有《火燒青龍寺》、《火燒百花台》（上、下集）、《火燒劍峰寨》、《火燒九龍山》、《火燒平陽城》（連續七集）、《火燒七星樓》（連續六集）、《火燒白雀寺》、《火燒靈隱寺》、《火燒韓家莊》、《火燒白蓮庵》等。

武俠片在當時大為流行，一時間，上海拍出的武俠神怪片竟有兩百五十餘部。杜雲之有如下的敘述：

> 影片的內容大多是俠客、強盜加蕩婦，武打加調情，成為影片的故事骨架；且都以片集方式攝製。當一部影片生意好時，就拍攝續集，每部影片結束時均留下尾巴，以便續集故事可連接。如此一部部續集連下去，直到觀眾厭棄，放映收入減少時才停止再拍。因此一拍十多集，至少也有三、四集。如友聯影片公司《荒江女俠》拍了三十集，《兒女英雄傳》拍了五集，《女俠紅蝴蝶》拍了四集。月明影片公司《關東大俠》拍了十三集，《女鏢師》拍了六集。暨南影片公司《江南二十四俠》拍了七集。復旦影片公司《三門街》拍了三集，《粉妝樓》拍了三集。華劇影片公司《萬俠之王》拍了三集❹⑥。

中國1930年代「文人電影」的萌芽，從文化總體上來說，掀開了一個新的層面，它具有這樣一些特點：一是電影的文學劇本得到了重視。1930年代拍電影幾乎都有完整的電影劇本，導演拍攝前也比較注意修改電影劇本，提高劇本的文學價值，而不是想當然的或單憑幾條大綱盲目地進行拍攝。這和1930年代以前第一代導演拍片的情況就大大不同了。著名的電影劇作家夏衍❹⑦在他的回憶錄《懶尋舊夢錄》中這樣記載著：

據我所知，在明星公司不論張石川或鄭正秋拍戲時，用的只是「幕表」，而沒有正式的電影劇本……所謂「幕表」只不過是「相逢」、「定情」、「離別」……三類的簡單說明[48]。

中國電影界有分場劇本，是在有聲電影興起後。胡蝶在她的回憶錄中告訴我們：1929年底，美國著名影星道格拉斯・費爾班克（Douglas Fairbanks）及其妻著名女星瑪麗・畢克馥（Mary Pickford），考察世界各國電影，首站來到上海，與中國電影界會面，介紹了美國已進入有聲片階段，這對於仍處於默片時代的中國電影界，無疑是新的刺激。對編劇、導演，現在需要有嚴格的分場劇本。默片時代，編劇有時只有個大致的劇本，劇情的發展，有時還要憑導演臨場的靈機[49]。

1932年，夏衍化名黃子布，鄭伯奇化名席耐芳，兩人合譯了普多夫金的《電影導演論》和《電影腳本論》，從7月28日起，連載於上海《晨報》的「每日電影」副刊上，1933年2月又出版了單行本，由洪深寫了序言[50]，把蘇聯的電影導演及編劇理論介紹到中國來。

1933年，夏衍還以蔡淑聲的化名，把茅盾的《春蠶》改編為電影劇本，由程步高任導演、王士珍任攝影師。《春蠶》是茅盾在1932到1933年間創作的短篇小說，它和《秋收》、《殘冬》是姊妹篇，既互相關聯，又可以獨立成章。《春蠶》的改編和攝製，是中國新文藝作品搬上銀幕的第一次嘗試，是1933年中國影壇的重大收穫[51]。

中國電影的停滯期

八年抗戰是中國電影的停滯期，許多電影公司受戰火的慘重摧殘，紛紛暫停拍片，轉向大後方或香港發展，此點，日本電影學者佐藤忠男[52]言之甚詳：

自1937年後半到1945年間，在中國電影史上，可以說是一個停滯時期。作為一名日本人，我應該知道這個時期之所以成為停滯期的原因，

那就是因為日本入侵中國，占領了中國電影創作基地的上海，才造成了
這樣的惡果。不過，當時在上海還有著法國、英國、美國等外國租界，
在1941年底日本發動太平洋戰爭之前，日本軍的勢力還未達到那裡的租
界，因為中國電影的製片廠都在租界裡，所以在太平洋戰爭開始前，中
國電影的製作者，還能保持獨立自主的地位[53]。

　　抗戰勝利後，政府開始接收收復區的影業。在全國懲治漢奸聲浪中，有
些電影界人士遠走香港，暫時躲避觀望，或在香港拍片；有些退出影壇，演
話劇或另做生計。

　　在戰後最初的幾年中，香港影業雖然恢復生產，但出品一片混亂。國語
片的大小公司只想賺錢，粵語片的公司亦然，再加上優秀的電影創作人員缺
乏，若干不夠水準的人也參與拍片，因此影片水準難以提高。

　　當時香港的電影界情況是這樣的：

　　　　當時拍攝國語片的導演、演員等，多從上海請來，出品水準和上海
　　民營公司的影片相似。至於拍粵語片的人員，認真嚴肅工作的人太少，
　　多數是承襲過去粵語影圈的投機取巧、粗製濫造、偷工減料的作風，一
　　星期到十天內，拍成一部電影，很少人研究編製完善的劇本，古裝片往
　　往從粵劇中抓一個故事，或拿一本小說和「木魚書」，匆匆的分場後，
　　拍成影片，不用心推考改編問題，且主題意識陳舊，缺乏新思想和科學
　　觀念。時裝片模仿抄襲美國片，就連原封不動的抄過來，也不以為怪
　　[54]。

🎬 台灣電影的發展

　　至於台灣，接收日方電影製片機構成立了台灣電影攝影場，在1950年以
前，台灣電影攝影場沒有拍攝過故事長片。直到中華民國政府遷台後，由於
編劇、導演和演員等專業人員缺乏，影響影片的素質，在質和量上，不可否
認的均較大陸時期退步。

　　直到1955年，才有民營影業公司拍攝第一部台語故事片《六才子西廂記》，但上映後不賣座，只映三天即停止。至當年9月，台語片《薛平貴與王寶釧》第一集大受歡迎，電影界爭相拍攝台語片。但仍然發生劇本荒。杜雲之敘述了這種情況：

　　　　台語片題材缺乏和劇本荒，有不少影片從國語片和日本片翻版，以及日本小說改編攝製；如《妙英飄零記》即是國語片《娼門賢母》，《心酸酸》是日本小說《心情之十字路》改編，《鬼婆》也改編自日本小說，《夜半路燈》是日本新劇改編，《母子淚》是國語片《空谷蘭》的改編❺。

　　真正發掘出台灣製片潛力的是台語影片。1955年，攝製台語片的風潮突然興起，大量生產，呈現空前的繁榮。這陣熱潮到1961年曾一度陷入低谷，但翌年又再度產量上升，直到1970年後才全部停止攝製台語片。

　　1955年，中央電影公司（簡稱「中影」）成立，至1963年3月25日，龔弘就任總經理，整頓業務，改進製片，銳意更新。

　　「中影」對編劇很重視，由龔弘親自主持「藍海編劇小組」，由六、七名年輕人組成，為了一個題材，一個故事，經常討論幾個月，始編成一部劇本，又反覆修改後始攝製。影片上「藍海編劇」即是這小組集體創作，而龔弘在這方面付出的心血頗多。

　　龔弘至1972年10月1日辭職，他在「中影」九年六個月，建樹良多，尤其對編劇的重視，是「中影」表現最突出的時期。

　　近三十年來，海峽兩岸的中國電影界，有一個共同的現象：陸續有許多年輕知名作家投入電影編劇的行列，有的作家同時保持編劇與作家的身分；有的作家屬於玩票型的編劇；有的作家一度投入編劇，但不習慣電影作業方式，淺嘗即止，重回作家本行；有的作家甚至乾脆放棄文學創作改行專任電影編劇，用影像來表達理念。電影界由於這些生力軍的加入，呈現蓬勃生機，使中國電影在世界影壇大放異彩。

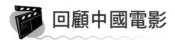
回顧中國電影

　　雖然近年來中國電影在世界影壇陸續榮獲大獎，但回顧中國電影的歷史，可以發現，幾十年來，無論就電影技術或電影藝術來說，電影編劇都是抄襲、模仿或學習西洋同業，二十世紀可說是中國電影編劇學習西洋電影的世紀。瞻望未來，在二十一世紀，中國電影編劇是否能在世界影壇帶動風潮，揚眉吐氣，則有待繼續努力。

　　本章回顧了電影劇本從無到有的歷史，是為了從更廣闊的背景上，來認識電影劇本的本質。首先，電影製作方面的技術發展，使電影最終從根本上擺脫了「即興階段」、「草圖階段」，那種仿製性、實錄性或短時性，而要求以合乎電影藝術規律的獨特技巧先寫成文字，從而為未來的銀幕形象奠定基礎。這就是電影劇本電影性的淵源。

　　其次，電影自身，圍繞著對人物性格的描繪和刻劃，以及人物之間的相互關係，無論內容或結構都漸趨複雜，包括背景和故事情節、對白和動作、場面和細節等等在內的各個方面，都更講究構思設計。

　　因此，作為未來銀幕形象的基礎的電影劇本，就應該調動文學的諸因素，使之更合理、更嚴密、更完整。從這一意義上說，電影劇本無疑又是一種文學作品。它是以塑造銀幕形象為目標的文學作品，因而也是一種有別於小說、戲劇等的獨立文學樣式，這是電影劇本文學性的淵源。

　　基於此，把握電影劇本的電影性與電影劇本的文學性，是電影編劇必須時刻努力的。

註釋

❶ 趙孝思著，《影視劇本的劇作與改編》，第2至5頁。

❷ 貝拉‧巴拉茲（1884-1949）著，《電影美學》，第264頁。

❸ 王心語著，《電影、電視導演藝術概論》，第29頁。

❹ 喬治‧梅里愛（1861-1938），法國電影導演，世界第一位電影藝術家。他拍攝的第一部影片《德雷福斯案件》（*L'affaire Dreyfus*）是一部反映社會現實的作品。他最擅長於拍攝神話影片，如《灰姑娘》、《藍鬍子》（*Barbe-Bleue*）、《魔燈》（*La Lanterne Magique*）、《一千零一夜的宮殿》（*Le palais des mille et une nuits*）、《卡拉波斯仙女》等。《月球旅行記》一片，為梅里愛帶來了巨大的聲望和榮譽，也為他贏得了一時的財富。這一巨大成就為電影的排演確定了地位，電影排演的觀念一時風行全世界，梅里愛開創了電影工業與藝術影片。梅里愛於1938年去世，訃聞這樣列舉了他生前的頭銜：

——光榮軍團騎士

——前羅培‧烏坦劇院經理

——魔術家公會名譽主席

——電影戲劇創造人

——現代電影技術先驅者

——電影公會創立人

❺ 路易斯‧雅各布（1904-1997）著，劉宗錕等譯，《美國電影的興起》，第27頁。

❻ 梅里愛明星影片1900至1901年目錄，同上註。

❼ 喬治‧薩杜爾（1904-1967），法國電影史家、影評家。一生著述甚豐，僅電影史就有《電影藝術史》、《法國電影》、《世界電影史》（*Histoire du Cinema Mondial*）、《電影通史》。薩杜爾還寫了有關電影人物評傳與電影詞典。在他的電影史著作中，都有專章論述中國電影發展的情況。在歐美國家中，他是第一個介紹中國電影的人。

❽ 喬治‧薩杜爾著，徐昭、陳篤忱譯，《世界電影藝術史》，第26頁。

❾ 見1903年明星影片目錄；同註❺，第30至31頁。

❿ 同❽，第26至27頁。

⓫ 埃德溫‧鮑特（1870-1941），美國早期電影的先驅和導演。從二十世紀初到1916年，攝製過很多當時盛行的一本一部影片，在攝製過程中往往既當導演又當攝影和剪輯，有時還當編劇。他在這一階段對美國電影的貢獻是：(1)首先在電影中採用特寫、停機再拍、搖攝等技巧；(2)根據強盜搶劫火車的社會新聞改編的《火車

大劫案》，成為美國經典故事片的樣式；(3)把D‧W‧格里菲斯引進了電影界。

⑫同❺，第42至45頁。

⑬同❺，第48至50頁。

⑭同❺，第67頁。

⑮同❺，第139頁。

⑯同❺，第140頁。

⑰同❺，第140頁。

⑱同❺，第140頁。

⑲同❺，第140頁。

⑳同❺，第140頁。

㉑「電影劇本作者研究室」中的劇本（scenario）這個詞彙可能是第一次在出版物上與銀幕作家連起來用的。

㉒格里菲斯（1875-1948），美國早期最重要的導演之一，他共執導了四百五十餘部影片。他在這些影片中創造性地運用了許多電影技巧，如交互剪輯、平行移動、攝影機運動、特寫鏡頭、改變拍攝角度等，為電影成為一門藝術做出了貢獻。他還最先把攝製組搬到西海岸，促成了好萊塢的形成。

㉓同❺，第185頁；另見張興援、郭忠譯，《美國電影史話》，第64頁。

㉔傑若‧馬斯特（Gerald Mast）著，陳衛平譯，《世界電影史》（*Short History of the Movies*），第66頁。

㉕托馬斯‧英斯（1882-1924），美國早期電影製片人、導演、編劇和演員。起先他導演影片，後來不再自己動手拍片，而是組織了一批導演，根據他所寫的分鏡頭腳本去拍攝影片。他對每一個鏡頭都做出詳細的規定和說明，導演們必須嚴格遵照他所寫的去做，待停機後，再在他的指導下進行剪輯。他對拍攝影片的品質要求，為以後好萊塢樹立了標準。

㉖喬治‧薩杜爾著，《電影通史》第3卷上冊，第114頁。

㉗同❺，第345至348頁。

㉘亞里斯多德（公元前384-前322），古希臘著名的哲學家、文藝理論家。其戲劇理論發表於《詩學》（*Ars Poetica*）一書中，此書是歐美世界第一部重要的戲劇理論著作，西方的許多戲劇理論，幾乎都可以溯源到他的主張。

㉙前提是整個劇本的中心概念。通常，主角在他的人生歷程中碰到一個特殊的狀況，而出現兩難的處境時，前提就出來了，這通常也就是故事要開始的時候。前提通常由衝突來呈現。見易智言等譯，《電影編劇新論》，第7頁。

㉚易智言等譯，《電影編劇新論》，第25頁。

㉛費爾德著，《電影腳本寫作的基礎》，第11頁。

[32] 包天笑著，《釧影樓回憶錄》（下），第652頁。

[33] 侯曜，廣東人，1920年代電影編導。在東南大學讀書時，即從事話劇活動，畢業後在長城、民新、聯華等影片公司任編導。1926年在上海泰東書局出版的《影戲劇本作法》中，侯曜說：「我是一個劇本中心主義的人，我相信有好的劇本，才有好的戲劇。影戲是戲劇中之一種。電影的劇本是電影的靈魂。」

[34] 徐卓呆著，〈影戲者戲也〉，載《民新特刊》第4輯《三年以後》號，1926年12月出版。

[35] 鄭正秋（1889-1935），原名鄭芳澤，號伯常，別署藥風，廣東潮陽人。他所編寫的《難夫難妻》（又名《洞房花燭》）是中國第一部電影劇本。那時是默片時代，不像現在有分場劇本、分鏡劇本，只要有個故事梗概就可開拍。在這之前，拍攝電影大多是風景或舞台紀錄片。他在編導創作影片的同時，還主編雜誌，為報刊寫作評論或影片宣傳文章。他重視培養人才，後來有些較有成就的電影編導，當年都受過他的教益。

[36] 張石川（1890-1954），原名張通偉，字蝕川，浙江寧波人。1913年開始參與拍片，中國第一部故事片《難夫難妻》，就是由他導演。但在當時，他還不知道，由他指揮攝影機地位變動的這項工作就是「導演」。中國第一部蠟盤配音的有聲電影《歌女紅牡丹》就是由他執導的。電影皇后胡蝶就是他發掘捧紅的。他參與創辦的明星影片股份有限公司，一共經營十五年，曾經執中國電影業之牛耳。

[37] 1922年明星影片公司主辦明星電影學校，出版《電影雜誌》。編輯顧肯夫把director譯成「導演」，中國電影界始沿用此名稱。又有一說，「導演」是陸潔所譯。在此名稱未定前，一般用戲劇界的「教戲先生」或「提調」。但這兩個名稱和電影導演，字義性質又有區別。也有用日本名稱「監督」的。在電影創始時期，一般對導演的工作很模糊，僅重視攝影師。為了名稱一致，自《難夫難妻》起，凡是拍攝電影的總負責人，或主持拍片者，概稱「導演」。

[38] 劉紹唐主編，〈民國人物小傳〉，刊《傳記文學》第67卷第1期，1995年7月，第141至142頁。

[39] 杜雲之著，《中華民國電影史》（上），第75頁。

[40] 洪深（1894-1955），字淺哉，又字伯駿，江蘇武進（常州）人。早年留學美國哈佛大學研習文學和戲劇。1922年歸國後，在從事戲劇活動和教育事業的同時，開始電影創作。1925年在《東方雜誌》第22卷第1至3號上發表電影劇本《申屠氏》，是中國第一個比較完整的電影劇本。雖然沒有拍成電影，但已載入電影史冊。《歌女紅牡丹》即是他寫的劇本。著有《戲劇導演的初步認識》、《電影戲劇編劇方法》、《電影戲劇表演術》、《電影術語詞典》等。

❹ 胡蝶口述,劉惠琴整理,《胡蝶回憶錄》,第12至15頁。

❷ 同❸,第38頁。

❸ 周劍雲(1893-1967),安徽合肥人,早期的中國電影事業家。1922年,與鄭正秋、張石川、鄭鷓鴣、任矜蘋等創辦明星影片公司,主要負責經營、發行的工作。1937年,「八一三」的炮火使明星影片公司停業,他於1940年6月與南洋影院商人合辦金星影片公司,1941年停業。1946年後,加入香港大中華影業公司。

❹ 程步高(1898-1966),浙江嘉興人。早期的中國電影導演。在上海震旦大學讀書時,為上海《時事新報》撰寫影評,翻譯介紹外國的電影技術知識。1924年開始導演影片。1928年加入明星影片公司任導演。協助張石川、洪深拍攝中國最初的有聲電影,在由蠟盤配音到膠片錄音技術的實驗摸索中,有所貢獻。

❺ 1924年7月,留法的汪煦昌和徐琥,合辦昌明電影函授學校。汪煦昌曾任明星影片公司攝影主任。1924年10月開辦神州影片公司。

❻ 同❸,第67卷第1期,第78頁。

❼ 夏衍(1900-1995),本名沈乃熙,字端先,浙江人。曾獲中國大陸首屆電影百花獎最佳編劇獎。著作《寫電影劇本的幾個問題》、《電影論文集》、《夏衍電影劇作集》、《懶尋舊夢錄》。

❽ 夏衍著,《懶尋舊夢錄》,第109頁。

❾ 同❹,第47至53頁。

❺⓿ 寇天燕著,〈中國電影史上的「第一」〉,刊《影視文化》第2期,1989年11月,第276頁。

❺① 同❺⓿,第278頁。

❺② 佐藤忠男(Sato Tadao, 1930-),日本電影評論家。著書甚豐,其中較重要的有《日本的電影》、《現代日本電影》、《溝口健二的世界》、《現代世界電影》、《日本紀錄影像史》、《第三世界的電影》、《黑澤明的世界》、《大島渚的世界》、《日本電影思想史》等。

❺③ 佐藤忠男著,蒼生譯,〈中國電影的兩個黃金時代及其間隙〉,刊《影視文化》第2期,1989年11月,第262頁。

❺④ 杜雲之著,《中華民國電影史》(下),第404至405頁。

❺⑤ 同❺④,第501頁。

Chapter **3**

編劇的素養

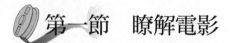
第一節 　瞭解電影

電影是一種訴諸視聽的綜合性媒體，依靠著映像與音響來做表現的媒體，在構思下筆時，必須想到運用「視」、「聽」的特性。但到今天為止，很多人編寫電影腳本，仍深受舞台劇的影響，以至於寫出來的腳本，在格式和表現技巧上，都脫離不了舞台劇的窠臼，因而使影片的水準一直無法提升，這實在是很可惜的事。

瞭解電影藝術的特性

作為一個電影編劇者，其基本素養，首須瞭解電影藝術的特性，和能夠靈活運用它的表現方法。這和造大樓相似，不管設計者如何天才洋溢，但他必須有充分的建築學識，且善於應用，才能繪出精美實用的設計圖。

電影最初發明的時候，只是實錄鏡頭前事物的活動照相，缺乏藝術意境的內涵。後來有「電影藝術之父」之稱的美國大導演格里菲斯，和一批先驅的電影藝術工作者，建立蒙太奇的概念和電影美學理論。簡要的說，電影是由最基本、最小的單位──不同視距、長度的片段畫面所組成。這些片段畫面組成一個場面，再由若干場面組合成一個段落，再由若干段落連接成一部影片，這個組合的概念，也就是電影和舞台劇表現方法的分野。

舞台劇的觀眾，看到整個舞台面，如果觀眾不走動，對舞台的視距和視點，就固定不變。但看電影則不同，以攝影機的鏡頭代替觀眾的眼睛，「開麥拉眼」的視距可以自由伸縮，視點又可變換，又有各種不同視角的鏡頭，裝配在攝影機上，視角也可變化，以致拍攝到的畫面，放映在銀幕上，變化極大，可看見無限廣大的空間的面，也可集中注視和放大極小的點，主體不但有視距遠近的變化、透視感覺的迥異，且可做正、反、側面不同視點的觀看。產生千變萬化的映像，這是舞台劇所難以企及的。

自畫面空間的變化，再發展到電影的時間變化，由於攝影機的拍攝速度快慢可以調整，以及剪輯上的效果，電影能控制映像的時間，以「快動作」

（fast motion）濃縮時間，「慢動作」（slow motion）拉長時間，這更不是舞台劇所能辦到的。

編寫電影劇本，首先要考慮的是它的視覺造型性。所謂視覺造型性，指的是電影劇作者所寫的東西，必須是看得見的，能夠被表現在銀幕上。

電影劇本的特色，就是為銀幕寫作，並非僅為閱讀而作。

米哈伊爾‧羅姆在蘇聯國立電影學院高級進修班授課時特別強調：

> 我瀏覽了你們的習作報導，我其餘的不管，專門注意你們寫得是否電影化。這就是說，只寫看得見和聽得見的東西，或者你們是否記載了許多不可能在銀幕上再現的東西。甚至在你們最好的習作中，也有許多片段是不能搬到銀幕上去的。電影需要視覺和聲音的準確性、文字的具體性。

> 且不說劇本必須有深邃的思想。這一思想也必須在一連串具體的行動中表現出來。電影劇本必須有引人入勝的、連貫的動作。必須在清晰的、精心安排的環境中表演出來。它必須有強有力的和獨特的人物性格，思路也必須清楚等等[1]。

汪流主編《電影劇作概論》說得好：

> 寫電影劇本確實不同於寫小說，或寫舞台劇本，因為電影劇本有它自身的一些特點。這些特點概括起來說，一是因為電影是畫面和聲音相結合的藝術，因此寫電影劇本的人必須掌握視聽語言；二是因為電影是時間和空間相結合的藝術，因此寫電影劇本的人必須具備電影的時空結構意識；而無論是視聽結合，還是時空結合，又都離不開電影語言——蒙太奇，因此寫電影劇本的人，又必須具備蒙太奇思維的能力，即一種作用於視覺和聽覺的構思[2]。

靈活運用表現方法

一個電影編劇，不同於舞台編劇，也不同於小說作家，他所編的電影劇

本，必須適宜拍攝。有些人以為以小說作家來編寫電影劇本，是順理成章的事，其實不然。其間的分野，劉一兵在《電影劇作常識100問》一書中，有如下的分析：

> 最難辦的是，小說作者只管寫他要寫的一切，完全不必顧及自己與被表現的對象之間的距離和角度之類的問題，而一個電影劇作家卻不能這樣。在他頭腦中出現的不再是隨心所欲的漫無邊際的生活場景，而是一個又一個有著具體的方位、具體的視距和拍攝方法的鏡頭。他在稿紙上寫下的，實際就是在他的大腦銀幕上由這一個個鏡頭組成的影片。而這部影片包括導演、表演、攝影、剪輯等等一切製作過程，都是由劇作者一個人預先在自己的大腦中完成的。一個人的文字表達能力再強，如果沒有這種電影思維，寫出來的東西也往往只能讀，不能拍[3]。

葉楠在〈我的電影文學觀〉一文中，告訴我們「要寫什麼樣的劇本」，他說：

> 究竟什麼是現代電影？幾十年電影發展，眾多的試驗，結果告訴我們應該肯定什麼。我認為：
>
> 一、還是要有鮮明的、活生生的人物形象
>
> 既然如此，電影仍然需要情節和細節。情節和細節是人物完成自身形象的軌跡，不可能摒棄情節和細節。是否有純情緒電影？我沒看到過。沒有情節和細節，情緒是沒有的。
>
> 二、要真實
>
> 真實是現實主義所要求的。真實不是生活的翻版。它也不排斥戲劇性。不過，它不能容忍那種陳舊的、人為的戲劇性。如：一種巧合（巧合到生活中不可能發生）；偷聽別人談話後而真相大白；拾到一封信，爾後幡然悔悟等等。去除這些慣用的套子，按生活本身規律來寫劇本，當然要難得多，要付出的勞動大得多，而且往往不被人理解。
>
> 三、要有深刻的思想內涵
>
> 有深刻思想內涵的電影，還是有生命力，還是擁有眾多的觀眾。我在歐洲看到的兇殺色情片，雖然在挖空心思，花樣翻新，還是吸引不了

觀眾。相反，如《蘇菲的選擇》（*Sophie's Choice*）這類內容深刻的影片，震撼著觀眾的心靈。

深刻的思想內涵，不是簡單地圖解一個意念，哪怕這個意念是非常正確，也是不行的。作品的深刻性和人物形象的豐滿有關。

四、要有獨特的風格

藝術要求一個作品本身完整，並與其他作品迥然不同❹。

美國哥倫比亞大學教授葛林（Robert S. Greene）在他所著的《電視腳本寫作》（*Television Writing*）中特別強調：「一個電視劇作家，他首要的是要瞭解視覺性和把握視覺性。」因為「看」的魅力，比「聽」的魅力更為吸引人。這項原理同樣可以引用到電影來。

電影是透過造型畫面來敘事的，因此，對編劇者來說，重視電影劇作的視覺造型性，是掌握電影劇本寫作的重要一環，必須予以重視。

第二節　熟悉鏡頭

瞭解電影的視覺性，也就是電影藝術的映像特性，必須從電影的鏡頭、攝影角度、運動、組合、轉位及時空變化幾方面來看。其中鏡頭、攝影角度與運動，是編劇提供詳細的攝製素材所不可或缺的，分述如下。

 鏡頭

🎥 大遠景

大遠景（extream long shot，簡稱ELS）通常是從很遠的距離，拍攝主體的全景。攝影機安置的地方不限於地面，可以在空中，也可以在海面或海底。大遠景使用的目的在確立主體的地位，也就是引導觀眾對故事發生地點的認識。但是許多導演喜歡用大遠景來炫耀場面和渲染氣氛。像這樣的鏡頭，可為後面的場景做安排，把觀眾放進一種適當的氣勢裡，在介紹角色和

設定故事線前，先為他們提供一個全景。用大遠景來開場，常能一開始就把觀眾給吸引住。

遠景

遠景（long shot，簡稱LS）意指在表示地區或展望風景的場合運用，產生深邃雄渾的感覺。在影片開始時展示環境，點出主題，第一個鏡頭往往利用遠景。如都市背景的影片，出現密密層層大都市屋頂的鳥瞰，西部片就會映出一望無際的原野，如果不用遠景，很難顯示出來。遠景表現雄渾磅礴的氣勢，用於靜態畫面中，如巍峨建築、沙漠、原野等；用於動態畫面中，如戰爭、競賽等大場面，是不可缺少的產生壯觀印象的畫面。

中景

中景（medium shot，簡稱MS）是介於遠景和特寫之間的畫面，以人身為準，畫面可以容納整個人身的全部，可以看清人物全身的動作。中景在表示人物和動作，以及人和環境的關係，相當於劇場中看舞台劇的畫面，同時又是遠景和特寫之間的轉位鏡頭，避免「跳」的感覺，使觀眾視覺上易於接受。中景最適宜表現戲劇效果的畫面，也就是適宜複雜的場面轉換。因為在攝影機的運動空間，中景可以讓攝影師遊刃有餘，老練的攝影師也最能夠在中景的畫面中，發揮搖攝（pan）、跟攝（follow show）等技巧。在一般常見的場景中，中景往往是雙人鏡頭（two shot）。

近景

如果攝取人物，近景（close sho，簡稱CS；或semi close，簡稱SC）的畫面只顯示腰部以上；近景有時也稱「半身」，觀眾可清楚看見演員的臉部表情，是最易發揮感情的鏡頭，適合於角色對白的場合。

特寫

特寫（close up，簡稱CU）是電影藝術中最主要的鏡頭。由於特寫的出現，電影脫離舞台的拘束，開始有獨立的藝術生命，它的性質近於近景，是

集中景物的一點，在銀幕上放大，使觀眾特別看清楚。但運用不能太長，也不能太多，在劇情發生主要作用時應用，就會產生它的魅力。

特寫的特質是能使觀眾仔細看清某人或某物，而將周圍環境完全排出畫面，這種視覺上的孤立，可以用來強調某事物；即使劇情逐漸堆砌至一個適當的高潮，也可以用來清楚而富戲劇性地揭露某個角色、某個意圖，或某種態度。

中景特寫大約是從演員腰與肩之間至頭部，在談話鏡頭中最為有用。頭肩部特寫是從肩上至頭部，可以比中景更能使觀眾看得清楚。臉部特寫，演員的表情顯得最清楚，角色的情緒也投射得最強烈。

攝影角度

攝影角度就是攝影機的位置及其所代表的觀點與意義。大概可分為三類：客觀的攝影角度、主觀的攝影角度與觀點的攝影角度等。

客觀的攝影角度

客觀的攝影角度（objective camera angles）意指在電影拍攝過程中，將攝影機的位置安放在觀點的邊緣上；換句話說，以攝影機為工具來客觀地記錄劇情的發展，把觀眾置於第三者的旁觀立場，來欣賞影片。

主觀的攝影角度

主觀的攝影角度（subjective camera angles）意指攝影機成為觀眾的眼睛，把觀眾帶進場景裡去。或者說攝影機換成片中某一個人的地位，成為那個人的觀點。

觀點的攝影角度

觀點的攝影角度（point of view camera angles，簡稱POV）是從某一特殊演員的觀點，把場景記錄下來的一種角度。如卡洛·李（Carol Reed）的《墜

落的偶像》（*Fallen Idol*），片中許多鏡頭是由一個十二歲小孩的眼中來發展的。

 運動

電影的魅力在於利用運動的特性，來打破空間畫面「框」的有形限制。

最早的電影，人們稱之為動畫（motion picture）。這個意思是指圖畫內的人物具有動作，能顯現動態。直到今天，電影在技術及藝術方面，均有了很大的轉變與進步。可是這個「動」的意思，卻始終沒有改變，不僅沒有改變，而且更費力來追求加強電影的動感，讓人在聽覺上和視覺上，能領受到一種新的運動美姿。

電影運動通常可區分為三類：主體運動、攝影機運動、主體與攝影機運動三種。

主體運動

主體運動是指攝影機所攝取的主體而言，平常是包括人物及背景兩方面，由少數人到千軍萬馬，都可以在畫面上容納表現。主體運動的鏡頭有走近（walk in）和走遠（walk away）兩種。

走近是指主體由中景或遠景走向攝影機，將地位轉換成較近的鏡頭；走遠則恰好相反，是指主體從攝影機附近走向遠處，由特寫轉為中景或遠景。

攝影機運動

攝影機運動是指攝影機的移動，以及鏡頭的轉換而言。一般來說，攝影機的位置、鏡頭的角度和推、拉、搖、俯、仰、迴旋等運動，正像文章中的形容詞，能夠靈活運用，便可使所要描述的主體栩栩如生。

所謂的推拉鏡頭（dolly shot）係指：從遠景推成特寫叫推，從特寫拉成遠景叫拉。推拉時是指片子不中斷、鏡頭不變換、背景不更動，只是變化鏡頭的距離而已。搖攝是搖動攝影機由甲點到乙點，使觀眾注意力轉移。俯攝

（down shot）是鏡頭向下俯攝，表現事物主體卑下屏弱的感覺。仰攝（look up shot）是自下向上拍攝，使主體有居高臨下的氣勢，表現崇高莊嚴或威迫壓倒的意境。

📹 主體與攝影機運動

一般的跟鏡頭就是主體與攝影兩者一同運動，有種窺探的意味；同時由於兩者同時在動，所以顯得有了流動清麗的感覺。

作為一個劇作者，如果懂得了鏡頭的變化、攝影機的運動等電影常識，發揮電影的特性，對編寫電影腳本自然有益。但主要的是應用這些知識，在腳本中表現出來，把自己的構想正確地傳給導演，對導演有很大的幫助。譬如，決定影片中攝影機活動的方式，雖原為導演的任務，但編劇者如能把攝影機的運動方式，提示給導演，那麼導演工作時自然更感到方便、容易；同時也可使自己寫的腳本視覺化。

編劇者若知道攝影機能做到的是什麼，不能夠做的是什麼，那麼非但能寫出真正視覺化的腳本，並能以視覺本質的傳播方式，將自己心中所想像的事，傳給想像力豐富的導演。編劇者和導演之間，所思所想能夠充分溝通，導演才能夠把握編劇者的意圖，依照編劇者的構想去做。

🎞 第三節　具備條件

除了瞭解電影視覺性的特質，掌握鏡頭的變化外，一個好編劇最少也要具備以下幾項條件：表達力、責任感、忍耐心、新知識等。

🎬 要有表達力

一個好的編劇，不僅要有基本的寫作能力，而且更要有良好的表達能力。因為一部腳本的完成，往往並不是靠一己的力量，而是合多人的才智共

同創作。在人多意見各異的時候，就必須要靠表達能力來表達己見，說服眾人採納自己的構想。即或腳本完全由自己來編撰，在寫作腳本的過程中，也必須經過無數次的討論、研究，甚至會和製片、導演等人爭執、辯論。從故事大綱起到對白腳本，也不知要經過多少次與有關人員面對面的說明、解釋或辯駁。因此，編劇除了其基本的寫作能力以外，更需要口齒伶俐，能言善道，利用良好的表達能力，對一切相反意見予以解釋說明，使反對者心服，自己的意見才得以順利通過。

要有責任感

不可否認的，電影在今日社會，已被公認是最具影響力的大眾傳播媒體之一，它面對廣大的群眾，不分國籍，不論老少，幾乎都會受到電影的影響，尤其對於青少年與兒童之影響，更為廣泛而深遠。因此，一個好的編劇在提筆編撰之初，就要想到自己的作品會對社會大眾帶來一種什麼樣的影響力，絕不可見利忘義，不擇手段，只要利之所在，管他什麼灰色、黃色、暴力、毒素題材，照編不誤。要知道一部主題意識欠妥的電影，遺害之深，是不可想像的。儘管並不一定非從教育大眾、宣揚國策方面著手，最起碼的要求是不要編寫損害民心國本、挑撥社會情緒的劇情，即使稿酬再高，也要斷然拒絕。這種「社會責任感」乃是編劇最重要的基本修養。

要有忍耐心

前已說過，腳本並非個人創作，往往是集多人智慧結晶始完成，只要是正確的意見，都應虛心接受，對別人的挑剔，更要用高度的忍耐心來討論與答辯，凡是製片與導演提出修正的地方，要不厭其煩的去增添或刪除，甚至已經定稿付印成冊的腳本，在開鏡之前還要根據導演的意見再做修改，如果沒有忍耐心，豈不早就擲筆拂袖而去了，怎會成為一個好編劇呢？

 **要有新知識**

　　編劇除要具備基本的文學基礎與寫作技巧之外，更需要廣博的、最新的各種知識。因為電影的領域無邊無際，兼含科學、哲學、美學各種知識的特性，如果編劇故步自封，不知進修，所知一定有限，自然無法跟上日新月異的電影內容，亦難滿足製片與導演的要求。從歷史故事到未來的幻想題材，上下幾千年，縱橫數萬里，如非見廣識遠，如何下得了筆？因此，一個好的編劇，除了要懂得編劇技巧之外，還須深入社會，接觸群眾，博覽群書，體會生活，吸收新知，隨時蒐集素材，培養靈感；甚至對於攝影技術、觀眾心理，莫不隨時體察瞭解，才可配合變化無窮、競爭激烈的電影事業，不致江郎才盡，被時代淘汰。

註釋

❶張正芸等譯，《電影創作津梁》，第39頁。

❷汪流主編，《電影劇作概論》，第2頁。

❸劉一兵著，《電影劇作常識100問》，第17頁。

❹中國電影家協會電影藝術理論研究部、中國電影出版社本國電影編輯室編，《電影藝術講座》，第89頁。

Chapter 4

編劇的認識

第一節 電影定義

第二節 電影藝術

第一節　電影定義

在開始討論電影編劇時，最重要的問題是：要先把電影的定義確定下來，必須辨別清楚，電影是什麼？瞭解並掌握了電影的特性，才談得上做一個好的電影編劇者。

電影，在歐、美普稱為cinema，《韋氏大字典》則稱為kinematograph。在早期，有許多不同的名稱：

　　1.kinetoscope [1]。
　　2.animatograph [2]。
　　3.cinematographe [3]。
　　4.photoplay [4]。
　　5.theatrograph [5]。
　　6.moving picture [6]。

其後又有film、motion picture、movie、cinema [7]等較通用的名稱。

從這些名稱看來，其涵義不外乎「活動攝影畫」、「活動照相」、「活動畫片」、「照相之戲」、「活動寫真」、「影子之戲」，恰如日本人稱之為「活動寫真」、「映畫」的涵義差不多。中國古代也有「影戲」[8]之說，只是尚未用電而已。電影傳入中國後也有不同的稱呼，如「西洋鏡」[9]、「西洋影戲」[10]、「電光影戲」[11]、「影戲」[12]、「活動影戲」[13]、「活動畫片」[14]等，後來才統一簡稱「電影」。

我們認識了電影的名字，自當再進一步來瞭解它的定義。

《韋氏大字典》對電影的定義是：

　　電影是一連串的照片或圖畫，用極快的速度連續放映於銀幕上，由於持久印象而造成人或物的動的錯覺。

這一項解釋純粹是從它的形式方面來解釋的。

《大英百科全書》則說：

電影是用於表達工作的一種現代機械工具，它是重新敘述事實，以傳達情感的刺激及經驗。這種工作是用口頭或者文字的語言，用整套的生動舞台、音樂和銀幕的藝術來達成的。在這種情形之下，所有的動作都是經過主動設計，用美術的方法，順序表現出來，正如雅典女神廟的牆上所繪的馬隊行列一般，電影攝影機把動作攝成了平面藝術。

這項說明偏重於電影表現的方法和作用。

《辭海》對電影的解釋是：

通常以其用電燈光（為光源）映放而稱曰電影，活動影片為由幻燈改良而成，因其映於白幕上之影像，能表現人物之實際活動狀態故名。其放映機大概與幻燈相同，所異者為多一按定速旋轉之輪盤，影片（軟片）即捲於輪盤上，而使之在安放畫片之位置急速移動。影片之製法，係用活動照相機，順次攝取目的事物之若干影像於賽璐珞製之軟片上而成。此等影像，每個高四分之三吋，闊一吋，如有一千呎之影片，則其上面即有一萬六千個影像順次相縱列，映放時，影片搖出速度，約每分鐘50英尺，故每秒鐘約有十三個動作稍異之影像順次刺激觀者之視官，而觀者因視覺暫留之作用，得感覺各影像為連續的，宛如實際之活動狀態然。

這項解釋已太陳舊，不盡理想。

梅長齡在《電影原理與製作》一書中，下的定義是：

電影是綜合文學、藝術、戲劇、光學、聲學、電子學等現代科學器材，把光、形、聲、色攝取在軟片之上，成為一連串的畫面，用同速度的轉動，在特定的暗房（電影院）裡，連續將畫面映射於銀幕，顯出活動的影像，傳出影像的音響，藉以描寫宇宙風貌，傳遞人類思想，增益人生智慧的一種大眾傳播媒體[15]。

綜合以上的解釋，可以得到幾項概念，那就是：

電影是一種現代機械工具，是一種傳播媒體。

電影有聲、光、形象，可以藉此傳達情感和經驗。

電影是由於持久印象，造成動覺的綜合藝術。

哈公在《電影藝術概論》中也下了定義：

電影是經過主動設計，運用現代機械，表達各種動作的形象和聲音，傳播不同情感的刺激和經驗，由於持久印象造成動的錯覺的綜合藝術[16]。

這裡的要點是在「表達」、「傳播」和「持久印象」上面，一定要瞭解「表達」、「傳播」和「持久印象」的意義，才能把握住電影藝術的真諦。

電影評論家史蒂芬遜（Ralph Stephensn）在其《電影藝術》（*The Cinema as Art*）中，以簡明扼要的詞句，說出了電影的特質：

我們認為電影是一種奧妙的溝通形式，是一種情感發洩或願望實現的媒體，是一種社會反應的依據，也是一種實質世界的外相表露，更是闡揚宇宙真理和說明人性的一種方式[17]。

這種說法，已經把電影具備的創造性、藝術性、變化性完全表達無遺了。

第二節　電影藝術

有人把電影稱為「第八藝術」，是指它在文學、繪畫、雕刻、建築、音樂、舞蹈、戲劇外，屬於第八種藝術。電影不僅能脫離前述七種藝術而另成一格，而且它也吸收了前面七種藝術的特質，再加上攝影和許多種科學技巧，而成為一種綜合性的藝術。電影與其他藝術的關係，分述如下：

電影與文學

談到電影與文學的關係，我們最先想到電影腳本。初期的電影根本不用

腳本，只要有一些製作上的綱要就可以攝製一部影片。但隨著電影技術的逐漸進步，電影內容也益形複雜，簡要的綱要已不敷應用，這才有電影腳本的產生。

1930年，日本有一位影評人兼詩人和雜誌編輯北川冬彥，曾經響應當時法國一位作家布萊斯・辛得拉爾（Blaise Cendrars）的電影詩（cine poem），高唱「建立電影腳本文學」的口號[18]。

一般認為電影腳本缺乏文學價值，這固然與電影受到重商主義的影響有關，但主要原因在於作品本身缺乏戲劇緊張度與低俗而沒有深度的表現上。作者之思想與感情的低劣，問題在於作者本身，而不在電影腳本所採取的形式。為什麼電影腳本不容易產生有深度的作品呢？因為很多編劇者只知用這種可使鏡頭與場面自由轉換的獨特手法，去展開劇情或述說故事，而沒去描寫人物的性格與心理以及事件等。

電影腳本必須把電影的節奏（時間藝術）與攝影因素（空間藝術）用文字表現出來，其中包含了時空藝術和對白藝術，所以應當把它視為一項完整的作品展示，否則導演和演員無法把人物的性格和心理具體表達出來。

要使電影腳本變成文學的一部分，電影劇作家必須對人生有敏銳的眼光，並且提高他本身的思想與感情的程度。但只有這些還不足以使電影腳本藝術化，還要把這些包含在電影腳本的形式中，並賦予另一種生命，這樣才能把電影腳本稱為藝術，稱為文學。

電影與繪畫

《韋氏大字典》對電影的解釋：「一連串的照片或圖畫，用極快的速度連續放映於銀幕上……」而義大利籍的電影理論家卡紐德（Ricciotto Canudo, 1879-1923）也說：「電影是動的繪畫。」[19]可見「圖畫」是構成電影的要素。

電影畫面著重在「銀幕上的繪畫美」，也就是對於構圖的講求。所謂構圖，就是畫面的組合法。銀幕所表現的畫面，雖然經過攝影機的攝取和放映

機的映攝，但其畫面的構成，仍遵循一般繪畫的原則，在點、線、形、面的基本組合上，電影與繪畫的原理相通。

電影畫面，是構成一部電影最基本的元素。電影離開了畫面，也就不復存在了。

電影畫面也是傳達思想的基本媒介。畫面將我們引向情感，又從情感引向思想。電影畫面不僅具有形象視覺的感知價值，也具有美學價值。電影畫面，同時包含著空間和時間兩個方面的含義。

電影畫面，猶如一段段無窮變化的語言文字，透過畫面講述一個完整的故事。電影運用畫面的分切、移動、快慢和停頓，創造電影時空，掌握好視覺的平衡和變化規則的排列，從而形成一個更為廣泛的概念，是繪畫的生命，也是電影的生命。

日本電影理論家岩奇昶在《電影的理論》一書中明確指出：「電影的確是繪畫，但它是一種活動的畫，因此，所謂電影的美，實際上就是繪畫的美，而和繪畫不同的就在於它是動的。」[20]

電影具有戲劇的效果，同時也具有繪畫的效果。它既打動人的情感和理性，同時也直接感動人的眼睛。但是，這種戲劇效果的感動——感動人的心靈和頭腦，也必須透過繪畫的效果才能達到。

所以，電影編劇和導演的主要課題，就是要學會製作不僅本身是很美的畫，而且要有戲劇因素給人印象很深這樣一種畫。電影的畫面必須很美，如果不美，那就不能使我們受到鑑賞繪畫那樣的樂趣，也不能獲得深刻的感受。

我們一般所說的圖畫，大多是用畫筆畫出來，而電影是用攝影機去「畫」出畫面。當一個導演或攝影師在尋覓攝影機的位置，決定攝影鏡頭的角度時，也就等於畫家面對畫景構思如何著筆。所以一個懂得繪畫的導演，其所攝取的畫面，必然充滿了美；一個懂繪畫的編劇，必然成為導演的好幫手。

電影的效果，是藉著畫面來發揮它的戲劇性。谷崎潤一郎在談及「電影的構造美」時，首先就談到畫面的構圖。因為電影一開場，給人的第一印象就是畫的安排和經驗，而整部電影也由單張的畫面（cut），結合成一場

面（scence），再集成一段落（sequence），故其最小的組成單位就是「畫面」，一切有形的、訴之於視覺的表面，均是畫面的功能。

電影畫面的特質，是「繪畫的動」，此一特質係根據視覺殘留原理而生，因為人類眼睛的網膜，在接觸事物後，於映像消失前的瞬間，仍遺留有殘像的印象，再與次一映像相混合，乃構成連續活動的形象，這項定義就奠下了電影「動」的法則。

電影的畫面運動，是由瞬間的連續攝影而成，由單張靜止的畫面，利用「動作的連接」，使次一畫面與前一畫面產生了運動感與韻律感。連續的活動構圖，在整部電影上，是一種「綜合」的工作，但在攝影的瞬間，是一種運動的「分解」，由瞬間攝影到整部電影，從靜到動之間，講求的是全體的組織。在這種有系統的整體中，畫面有著「靜」與「動」的形態。一部電影中，有著三種類型：(1)動作的；(2)感情的；(3)壯麗的。動作的電影畫面，是雕塑的運動：感情的電影畫面，是繪畫的運動；壯麗的電影畫面，是建築的運動。而最能引起「劇的興奮」的，就是這兩種形態與三種類型的結合，激起觀眾在視聽上的娛樂。

因此電影的平面雖類似繪畫，但電影所具有的運動性，繪畫則無。在一個電影鏡頭裡，我們可以看到人物的走動、河水的流動、草木的顫動，同時可以從正面鏡頭瞬間轉換反面鏡頭，使我們的視點千變萬化，因此觀眾的眼睛隨著攝影機不斷地在變換位置。由此可知，繪畫與電影從運動的觀點來看，是全然不同的藝術，電影是統攝了繪畫特質的綜合藝術。

電影與雕刻

雕刻家用雕刻刀在木石上雕出他心目中所塑造的形象，乃在於給人具象的、存在的立體感，電影卻是用攝影機在雕塑形象。1964年，英國名導演卡洛・李拍攝了一部《萬世千秋》（*The Agony and the Ecstasy*），敘述文藝復興時期義大利藝術家米開朗基羅（Michelangelo）的一生。片中描繪米開朗基羅在雕刻時的神情，他站在一塊大理石前面，用他那敏銳的眼光尋找他所要

雕刻的形狀。他一見冰冷的石頭，雕刻的形狀已經蘊藏於其中，用鎚子、銼子把一塊不成形的石塊，一鑿一鑿地按著他心目中的形象雕刻的時候，攝影機也繞著那塊雕刻品上下、左右、前後、高低等等不同的角度連續拍攝，從這許多不同的平面，明晰而具體地把雕刻品的立體感表現出來，使觀眾活生生地感受到了：電影的畫面也顯現了該雕刻品的立體空間之存在。

以攝影機拍攝雕刻作品，通常使用移動攝影與搖攝，或者把作品的每個細節拍成一個個鏡頭，爾後把各細節連續地呈現出來，這種拍攝法在繪畫上也通用。但是當繞著雕刻作品一圈連續拍攝，就會發現繪畫不能使用這種技法。因為平面的繪畫，無法像立體的雕刻，可從前後、上下、左右等不同角度上看無數的面。

電影中的人物就如雕刻作品，具有立體空間，所以拍攝的技法就跟拍攝雕刻的技法相似，尤其是人物不動的時候，可從繞著他的任何一個角度拍攝。《筧橋英烈傳》中，高志航在盧山養傷期間，在收音機中聽到同志一個個為國犧牲的悲憤神情，攝影機靠著圓形軌道的移動，繞著高志航的身子，以接近兩百度的弧度拍攝他的表情和形象，就像雕刻了一座悲憤莫明的人像，給人一種深切的立體感。

事實上，電影鏡頭所拍攝的景象，除了用繪畫的天片和背景放映機之外，其餘的真人、實景，莫不是立體的，這些房屋、桌椅、人物、山丘、樹木、街道、大廈，甚至整座城市，都是立體的，它們都具有三度空間。可利用攝影機如雕刻刀一樣，將多相的、殊相的立體空間，攝入平面的電影畫面上，而不失其立體感。無疑地，電影與雕刻益形密切，從立體電影，如：「紅綠眼鏡法」（audiot copiks）、「天然視覺式」（natural vision）、「新藝拉瑪」（cinerama）、「新藝綜合體」（cinema scope）等的發明，不僅可以改變平面空間中的景物，而且已經直接將平面空間變成了立體空間的感受。這些結果，即說明雕刻藝術與電影藝術的關聯性，有了這種特性，使電影的畫面產生比舞台或繪畫更為豐沛的立體感。

 電影與建築

　　建築的形式與結構，代表了時空的特色。古代的建築，依著時間和朝代的遞嬗，而有所改變，各地的建築由於地域和民族的不同，有其獨特的構造，而電影正需要這項足以代表時空特色的建築，來表現劇情的時空觀念，因此，電影與建築實密不可分。

　　1961年，亞倫·雷奈（Alain Resnais）在《去年在馬倫巴》（*L'Annee Derniere A Marienbad*）一片，以宮殿式的豪華大飯店為背景，在這裡住著很多有錢人，雷奈在充滿著怪異裝飾的走廊中用攝影機向前推進，他只拍攝走廊右側牆壁，左側有窗戶的那一邊卻不在畫面裡；但跟著攝影機的推進，可以看到從窗戶透進來的光線，有規則地照射在右側牆壁上，形成美麗的構圖。

　　攝影機在拍攝雕刻時，觀眾的眼睛只看到雕刻的外部，而看不到內部，因為雕刻藝術只有外部而沒有內部的存在。但若沿著大飯店或古堡的走廊移動攝影時，所看到的是建築物的內部而非外部，即藉攝影機可描述建築物的布置、裝潢、陳設、結構、款式和規格。

　　事實上，對電影來說，建築物外貌反不如內部來得重要，外貌在電影中也許只占幾個畫面，當作背景，作為時空的交代，但是許多情節是在建築物內部產生。

　　每個時空幾乎都有其最具特色的建築：宮殿、祭壇、亭台、樓閣、廟宇、教堂、農舍、衙門、歌廳、沙龍、咖啡館、車站、公寓、公園……或是埃及、希臘、羅馬、中國、印度、西班牙、法國、日本、拉丁美洲……都有其各具風貌的建築，在每部電影中必須依照劇情的時空去尋找適合的建築物。由此可知，電影與建築實密不可分。

電影與音樂

　　電影由默片時期進入有聲時期以後，音樂就成了電影血肉相連的一部分。在電影中，音樂配合畫面會給人無窮的幻想，在音符的跳躍中，它的節

奏起伏，往往會誘導人的心情產生各種變化，畫面中所不能盡情描述的情感，可藉音樂表露出來。

為配合電影而編的音樂，異於純粹音樂，因為它需要劇中的對白及動作一致，必須考慮對白、音樂及映像內容的調和。勞勃·懷斯（Robert Wise）的《真善美》（*The Sound of Music*）中，來自修道院的家庭教師，教七個孩子唱歌，起初一節一節教唱時，畫面沒有什麼變化，等他們學會了上街時，曲子與畫面就開始急速地變化，他們一面唱一面經過廣場、騎腳踏車、乘馬車、繞行噴水池、穿過樹林，隨著歌與伴奏的進行而變換場所，亦即音樂與人物的運動一致。《翠堤春曉》（*The Great Waltz*）也表現了音樂與映像之間的一致。

貝多芬的第五號交響曲〈命運〉，運用在幾部不同的影片中，產生了不同的效果：如亞蘭·德倫和羅美·雪妮黛合作的《花月斷腸時》（*Christine*），那年邁的父親正在交響樂團擔任大提琴手演練〈命運〉，湊巧傳來女兒未婚夫在挑戰中喪命於伯爵槍下的消息。他放下大提琴，驚惶失措地在音樂廳側廊上奔跑，而〈命運〉的聲音更響了起來，令觀眾灑下同情之淚。

在《最長的一日》（*The Longest Day*）中，才開始放映片頭字幕，就奏起〈命運〉開頭三短一長的樂句，因為那是勝利的象徵。卻爾登·希斯頓在《鐵蹄壯士魂》（*Counterpoint*）一片中，扮演樂團指揮，指揮演奏〈命運〉，掩護美國兵逃出納粹魔掌，這時〈命運〉可說是「逃亡曲」了。《雷恩的女兒》（*Ryan's Daughter*）中，情竇初開的蘿茜前往學校，等候他戀慕已久的老師羅勃·米契，後來她聽見鄰室傳來老師的腳步聲，在她臉上顯露驚喜表情的同時，〈命運〉響起了，就使用意義而言，這時〈命運〉就和神聖的「哈利路亞」相同。

電影中的音樂，最常用的一種功效，就是渲染氛圍加強背景的情趣。例如描寫田園風光，選用〈田園交響曲〉來插配，或以輕鬆、明快的歌曲配合，一定會使田野風光更為迷人。《魂斷藍橋》（*Waterloo Bridge*）中，勞勃·泰勒與費雯·麗在夜深人靜依然沈醉酣舞時，小提琴奏出了〈藍色多瑙河〉圓舞曲，悠揚幽雅的旋律，把畫面的氣氛釀造得動人萬分。這是利用音

樂來做主觀描述的方法。

對於片中主要人物性格與心理狀態，也是音樂所要表現的重點。《孤星淚》（*Les Misérables*）中，女主角戈賽忒是一個端莊文雅、翩若仙女的人物，於是她的出場音樂，就總是徐緩清暢，宛若流水清瀉，有著無窮的韻味；至於外祖父那種樂觀但易著急的卡通化角色，則以活潑跳躍而輕佻的音樂陪襯，把人物的身分性格宣揚得生動異常，音樂壯大了映像的力量。

另外一種功用，是對於影片主題的說明或強調。主題音樂和主題曲的作曲，即須著眼於特定情節和題旨的解說。例如：喬治‧史蒂文斯（George Stevens）的《巨人》（*Giant*）、約舒‧羅根（Joshua Logan）的《櫻花戀》（*Sayonara*），這兩部片子的主題曲，前者的深沈雄壯，很能表達挖掘油井奮發自強的精神；後者的優柔感傷，卻又傳播了羅曼蒂克的濃厚色彩。音樂配合著片子的格調，同受人們的讚賞。

電影音樂的理論基礎和構成內容，雖與一般音樂相同，除去怡情悅性的功能外，它得注意到戲劇感情和人物性格的配合及烘托的問題，故其複雜與困難的情形，遠較普通音樂為甚。如上述的主題曲與既成音樂的插入配用，都是讓音樂與登場人物同時出現，統一了實際畫面的整個演技，不再讓音樂或歌曲有自己的性格。換句話說，它是完全得隱沒在影片的劇情、人物的背景中，做出綠葉扶襯紅花的姿態來。

電影與舞蹈

舞蹈是一種有旋律的運動。對電影來說，運動就代表電影的生機，電影也就是「動畫」。電影的運動有畫面中主體的運動、攝影機運動及鏡頭的組合運動，這和舞蹈的表現運動的美感如出一轍。

勞勃‧懷斯的《西城故事》（*West Side Story*）中的舞蹈為現代芭蕾舞，把攝影機的運動和舞蹈、音樂配合得非常巧妙，使這三者合而為一，產生了一種戲劇性的舞蹈，把片中人物的運動串聯起來，構成一幅完整的、悅目的舞蹈情節。

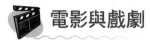

電影與戲劇

電影是由戲劇發展出來的藝術，然而脫胎換骨推陳出新，電影有了新的特質，是傳統戲劇所缺乏的。我們可從兩者的空間與視點上的異同來看：

空間

戲劇在空間的運用上，受到很大的限制，它必須用歸納法，將劇情集中於一個固定的舞台上，無法做實地實景的展示；而電影不受空間的限制，反而用演繹法，將劇情擴散到許多不同的空間，做實地實景的映現，這是兩者在空間上的差異。

視點

在視點方面，一般舞台劇的視點，只有一個固定的方向和角度，觀眾無法調整自己的視線，必須藉舞台上布景的變化和人物的運動，才可以調整觀眾的視線。電影可用攝影機代替觀眾視線，變化自如，從任何角度來欣賞景物和演員，這是戲劇所無法發揮的特質。

美國的威廉·惠勒（William Wyler）在1951年，根據亨利·金（Henry King）的舞台劇《刑警的故事》（*Detective Story*）改編，拍攝成電影，除了一小部分說明性的地方變成電影情境（filmic situation）外，幾乎完全依照舞台劇本的處理方法拍攝，以舞台觀眾最好的視點，作為攝影機的攝影角度。

著名的紐約舞台導演伊力·卡山（Elia Kazan）也用舞台的方法分解電影，他雖充分利用電影剪輯的特性，但他的人物描寫法，還是依據舞台劇的方法。因此，影片中洋溢著戲劇的氣氛。中視曾播映《莎士比亞影集》，也是運用戲劇的方式來拍攝，舞台劇的傾向十分明顯。無論電影如何創新、如何演變，電影仍必須描寫人性，做深刻的心理描寫，因此，必須不斷充實它的戲劇性，才能發揮電影藝術的魅力。

註釋

❶ 羅德（Eric Rhode）著，《電影史》（*A History of the Cinema: From Its Origins to 1970*），第3頁。

❷ 林格倫著，《電影的藝術》，第34頁。

❸ 同❶，第15頁。

❹ 同❶，第286頁。

❺ 同❷，第34頁。

❻ 詩人林賽（Vachel Lindsay）是第一位出版電影理論的美國人，他的大作即1916年出版的《動畫藝術》（*The Art of the Moving Picture*）；安德烈（J. Dudley Andrew）著，《電影理論》（*The Major Film Theories*），第12頁。

❼ 傑若‧馬斯特著，《電影》（*Film Cinema Movie*），第7頁。

❽ 電影的最初發明人究竟是誰？每一個國家都有他們自己的一套說法。儘管美國人說，愛迪生發明了電影，可是英國人、法國人、德國人，甚至俄國人，都認為電影是他們發明的。如果要追根究柢進行考據，那麼早在西漢初期，便已有電影的雛形了。在中國，電影被稱為「影戲」，始於漢武帝時代。根據宋朝高承所著的《事物紀原》記載：「故老相承，言影戲之源，出於漢武帝李夫人之亡，齊人少翁言能致其魂。上念夫人甚，無已，乃使致之，少翁夜為方帷，張燈燭，使帝他坐，自帷中望之，彷彿夫人像也，蓋不得就視之，由是世間有影戲。」

❾ 杜雲之著，《美國電影史》，第4頁。

❿ 1896年（清光緒22年）8月11日，據上海《申報》所刊，上海「徐園」內「又一村」放映「西洋影戲」，這是我國第一次放映電影的日子；杜雲之著，《中國電影史》第一冊，第1至2頁。

⓫ 1897年（清光緒23年）9月6日，上海出版的《遊戲報》第74期，刊登一篇8月間觀看美國放映師雍松在徐園放映影片的文章〈觀美國影戲記〉，內容詳細描寫觀看影戲的印象：「近有美國電光影戲，製同影燈而奇妙幻化皆出人意外者……」；杜雲之著，〈中國早期電影的概況〉，刊《電影評論》第14期，第62至63頁。

⓬ 1898年（清光緒24年）5月20日，上海出版的《趣報》，有〈徐園記遊敘〉一文，提供了當時在徐園放映的節目內容：「堂上燭滅，方演影戲……」；同❿，第63至64頁。

⓭ 民國2年《上海戰爭》一片在上海放映時，《申報》上的廣告文案是「空前絕後之上海戰爭活動影戲」；杜雲之著，《中國電影史》第一冊，第62頁附圖。

⓮ 龔稼農著，《龔稼農從影回憶錄》第一冊，第3頁。

⑮梅長齡著，《電影原理與製作》，第2頁。

⑯哈公著，《電影藝術概論》，第6頁。

⑰史蒂芬遜、戴布里克斯（J. R. Debrix）合著，《電影藝術》，第268頁。

⑱吳東權著，《電影與傳播》，第79頁。

⑲曾連榮著，〈論卡紐德的電影藝術論〉，刊《電影評論》第4期，第46頁。

⑳王傳斌、嚴蓉仙著，《電影鑑賞學》，第28頁。

Chapter **5**

編劇的過程

第一節　編劇的步驟

第二節　編劇的程序

　　建築師在建築一座大廈之前，首先應有一份藍圖，然後按著此圖的模式、架構、材料等去興建。同樣地，導演在開拍一部電影之前，首先應有腳本，然後按照腳本的指示去拍電影。電影腳本就是提供給導演拍電影的說明或藍圖。

　　電影腳本與其他的文學作品不同，它不是寫給一般讀者欣賞的，它只供有關的演職員參閱。因為它的編寫重點，是專為拍攝電影所擬的一份藍圖，不像一般文藝作品具有獨立性。它的內容只是拍攝的景物及演員的動作和對白，它的目的是使工作人員知道如何工作，使演員知道如何表演，僅此而已。因此，編寫電影腳本有其獨特的方式，與其他文學作品編寫方式迥然不同。

第一節　編劇的步驟

　　一般人不瞭解電影編劇過程，以為寫電影腳本就像寫小說一樣，可以一氣呵成。其實不然，編寫電影腳本要分成幾個步驟。泰倫斯・馬勒（Terence St. John Marner）在他所著《導演的電影藝術》（*Directing motion pictures*）一書中，將腳本的編寫過程分成八個階段[1]。茲根據他所劃分的八個階段，加以說明如下：

劇情概要（5頁）

　　劇情概要亦稱電影故事（synopsis）或故事梗概。電影文學劇本創作前的概要描述，被認為適合拍電影故事的一個簡單摘要，這是編劇的第一步。

　　這是將題材做一個很簡要的敘述，用來推銷意念給忙碌的電影公司主管。有時創作者會覺得很難將他尚未完全寫好的東西擬出個概要來，但當腳本由小說或戲劇改編時，劇情概要可以幫助導演集中發展某個故事線。

　　電影劇作者在創作電影文學劇本之前，先選用自己掌握的生活素材中最能確切表現人物性格和展示主題的一系列事件，構造成一個有簡略劇情內容的故事梗概，作為進一步編寫電影文學劇本的依據。它的基本內容包括主要

人物、時間地點、情節發展和結局等。電影公司在物色劇本的階段，往往先要劇作者交出一個故事梗概，作為評斷和取捨的依據。

📽 故事大綱（50頁）

這是將題材以略近於短篇小說的形式加以擴充，包括了主題、人物、時空、情節、思想與起伏，其中的對白像文藝作品那樣，用來發展情節或引出某個角色，而非像戲劇或拍攝腳本那樣發展。極似文藝作品，卻沒有文藝作品那樣的細緻華麗，因為它只是電影腳本的前身：亦可視為電影腳本的種籽、源泉。外國人稱電影故事（screen story）為故事說明（treatment），或叫作故事概略（synopsis），或叫作故事大綱（outline）。

卡溫（Bruce F. Kawin）在其所著《解讀電影》（*How Movies Work*）一書中說：

編劇第一步要提出一個故事大綱：簡短、詳盡且切中要點。主要的角色必須點出來，同時有清楚的故事線❷。

接著，卡溫又說：

建構這麼一個故事大綱，編劇得在實際情形的考慮下抓住一些美學的原則。這些原則其實是大部分說故事的人都會考慮到的：人物、節奏和敘事架構都能清楚成形。對電影編劇來說，唯一特殊的要求，是以上這些原則必須能在銀幕上（而不是紙上）呈現出來❸。

開始的時候，通常是很多雜亂的筆記。要經過「過濾」：要細察原概念，要準備它進行的方向，同時要研究它的枝節和彼此的關係，並要分析不同的素材。編劇在從事人物創造時，對主要人物要像他們寫傳記一樣去著手，這種傳記式的筆記在電影中可能根本用不到，但是，它能幫助編劇者瞭解人物彼此的關係。在背景方面也要先予考慮：所需的背景種類和它在情節發展中關係的重要性。有時，一個特殊地點引起了故事概念，然後，編劇者可能需要研究那個地點，採取它的特性來充實故事。編劇者還得事先考慮一下電影的形式與風格。編劇者決定速度，安排高潮（climax）與反高潮

（anticlimax）[4] 所在的地方，以及在敘述中該強調的地方等。

從這種隨意記錄的筆記開始，初步大綱就逐漸形成，在這個階段，故事大綱愈短愈好。因為要蓄意保持精簡，所以也就要勉強自己簡明地想，集中心思在它的突出點上，這就是真實根本的素材。同時編劇者開始架構一個骨架——也就是草擬一個結構大概輪廓，這種作法常稱為「一句式」。這種「一句式」的寫法，每行須編上號碼，作為每一段落的摘要。它不算是一個敘述性的故事大綱，而只是編劇者用來讓自己有所依準的東西。

故事大綱能給編劇者一個完整的計畫結構的俯瞰觀點。編劇者可以把故事大綱像玩拼圖一樣，自由組合到最恰當的地方，同時，編劇者必須決定能將故事表現到最好的形式。

故事大綱最好不超過兩千字，而且要在兩千字之內，說出故事的原委、人物的性格、時空的交代、情節的發展、衝突的高潮、懸疑的布置等等。因此，筆觸應簡潔洗練，敘述要有條不紊，描寫須生動感人，結構宜緊湊有力，使製片人或導演可在短時間內讀完全文，而且立即進入故事情況，產生莫大興趣，否則即前功盡棄。

作者所提出的電影故事，必須經過電影公司、製片人、導演的挑選、研究、會商、討論，甚至是辯論、爭執、抬槓，因為其中某些衝突的情節，作者認為是得意的靈感之作，是整個故事的精華所在，但在製片人或導演看來，認為沒有必要，應予刪除或變換，作者自然表示異議，隨即展開論戰。不過論戰的結果，大多數的製片人與導演占上風，故事的作者只好重新考慮，變更情節，重新修改，一直到雙方滿意為止。

📹 分場大綱（30頁）

電影故事大綱被採用以後，接著就著手編寫分場大綱（detailed synopsis）。沒有電影感的作者，常會有意識或無意識地避免這個階段。合約中沒有規定要寫分場大綱時，他更會避免。事實上，分場大綱關係到以後整部電影情節的節奏、起伏、懸疑和流程，所以，是相當重要的一項工作。如果分場腳本寫得好，接下去的對白腳本就可以順利地寫下去，而且必然是一部很好的對白腳本，否則就會困難重重，很難把腳本寫好。

📹 對白處理（100頁）

這是將故事大綱做進一步的擴充，通常在寫出分場大綱後才寫的，但有時這兩個階段會混合在一起。

📹 對白腳本（180頁）

這通常是非電影製作方面的作家對腳本的最大貢獻。對白腳本往往包含過多的對白、過多的描述，有些重複之處——其中大多數只是用作導演的指導或提示，而不是最後腳本的一部分。對白腳本的進一步發展，則是由本階段所提供的材料再加以挖掘或塑造。

📹 主戲腳本（170頁）

主戲腳本基本上是把對白腳本第一次轉化為某種接近「藍本」之類的東西。「主戲」是一段自足的段落，而不是像莎士比亞劇中的那種場面，其長度不一，可由兩、三秒至十幾分鐘以上。在本階段中，場面不再細分為特寫鏡頭、遠景等。

主戲腳本可以作為選擇演員、美術設計、安排拍攝進度等工作的一個依據。

📹 拍攝腳本草案（150頁）

這個階段事實上就是分鏡，有些導演會開始把場面分解成每個可以想見的剪接點，而弄出一個剪接草案來。有些導演則只是進一步潤飾精練主戲腳本，並不將之分解為各鏡頭。

分鏡腳本是導演的工作，依照情節的發展次序排列，是導演拍片時的主要依據，直接和拍攝技術發生關聯，包括：「表達些什麼？」「如何表達？」「每一個鏡頭如何拍攝？」「如何運用燈光？」「布景和道具如何配合？」「旁白時應用什麼角度？」以及「特別效果如何製作？」等。

分鏡還得根據演員的素質、導演的構想及劇情的節奏而擬訂。有了分鏡腳本，導演在拍攝現場就可以按部就班，做有步驟、有計畫的工作。

分鏡將未來影片所要表現的全部內容，分切成幾百個準備拍攝的鏡頭，詳細註明鏡號、畫面、攝法、內容、音樂、音效和鏡頭有效長度等，以作為影片設計的施工藍圖。導演對其中每一個鏡頭將來在完成片裡應起什麼作用，都經過深思熟慮，並為此規定了具體的拍攝方法，以使造型表現、聲音構成、蒙太奇效果和演員的表演，能得到和諧完美的體現。

最後拍攝腳本（120頁）

由字面上就可瞭解最後拍攝腳本的意義了，但有時由外界來的壓力，或導演本身的「靈感」，常會造成好幾個最後拍攝腳本。甚至在拍攝開始後，修改腳本也是常事。習慣上，每次有新的修正總是寫在不同顏色的紙上，因此，拍攝腳本最後常變得像彩虹那樣五顏六色，色彩繽紛。

第二節　編劇的程序

劉文周在《電影電視編劇的藝術》一書中，將編寫腳本的程序，分為九個步驟：第一步：故事來源；第二步：編寫故事大綱；第三步：故事研討會；第四步：重擬故事大綱；第五步：重新召開故事研討會議；第六步：廣徵意見；第七步：編寫腳本；第八步：腳本研討會議；第九步：選定腳本。依序介紹於下❺：

第一步：故事來源

電影公司故事的主要來源有二：一是來自公司的內部，二是來自公司之外。

來自公司的內部

公司內有一個專門的故事圖書館，有人稱它為「故事庫」。在這裡工作的人，主要有兩項任務：一是專門蒐集故事。他們從報章、雜誌、暢銷的小說（遇有適合拍成電影的，就設法高價收買版權）等，蒐集資料，分門別類

的儲備起來，以供需求。二是供應故事資料。公司需要某種類型的故事時，他們就設法提供，或自己去構想出來。

曾西霸在其所著《爐主：電影劇本及其解析》一書，告訴我們：

> 好萊塢的許多大片廠，均設有專門蒐集素材的「故事部門」，負責大量閱讀小說、短篇故事、傳記，提報適宜改編的作品。其實米高梅創始人之一的謝梅勒‧高德溫（Samuel Goldwyn）曾說：「要尋找好的故事，難過尋找好的明星。」析讀他的立意可知暢銷、受歡迎仍是重要條件。享有知名度的小說，不管經典抑或通俗，對觀眾必定具有吸引力，會讓觀眾樂於購票進場一探究竟，這就是極佳的商業利益。著名小說一再重拍，如《小婦人》（*Little Women*）、《三劍客》、《雙城記》（*A Tale of Two Cities*）、《孤星淚》、《西線無戰事》（*All Quiet on the Western Front*）、《孤雛淚》（*Oliver Twist!*）、《郵差總按兩次鈴》（*The Postman Always Rings Twice*）……大抵都是基於此種立場的考量[6]。

來自公司之外

這裡的範圍非常廣，任何人只要他有一個好的故事，就可以與負責故事的人接洽，如果他中意的話，他就會買下這個故事。

🎥 第二步：編寫故事大綱

電影腳本來源形形色色，不僅在內容方面有所區別，而且在量的方面也有所不同，有的是數百頁的小說，有的是幾頁的小故事，甚至還有數行字的構想。公司得到這些資料後，就指派一個有經驗的人做一番整理的工作，多的要裁減，少的要補充，然後編寫成一份5到10頁的初步故事大綱，提供給製作人審閱參考。

🎥 第三步：故事研討會

看過了初步故事大綱之後，製作人如果感到有興趣的話，他就召開故事研討會。

　　參加這個會議的有製作人（大電影公司常有兩種製作人：一種權力較大，他平常同時負責兩部到六部影片的製作；另一種權力較小，他就是實際上執行拍某部影片的製作人）、編劇作家，有時導演也來參加（普通導演並不參加，原因是：腳本寫好之後，公司決定要拍，那時製作人根據電影的類型才去指派適合拍此類型的導演，如此才能發揮導演的專長，同時公司也才有把握將影片拍好）。這些人都是專家，又是職業的老手，經驗豐富，故事大綱經過他們詳細研討，就會提出許多新的意念和寶貴的建議，供給編劇者去整理參考。

第四步：重擬故事大綱

　　編劇者將會議中所蒐集的新資料，帶回他的辦公室，細心地閱讀研究這些新建議：比如怎樣加強主題意識？怎樣充實內容？如何使人物個性突出？如何使衝突增強？如何製造高潮？如何安排結局？……

　　編劇者由整理研究所得，最後編寫出一個30到50頁左右的故事大綱，呈交給製作人。

第五步：重新召開故事研討會議

　　故事大綱重新修訂之後，製作人再召集上述的有關專家來參加會議，再次研討故事大綱：有時會順利通過，可是多次並不見得順利，不是不滿意修訂的故事大綱，就是又提出許多新的建議，於是編劇者又得帶回重新整理，重新寫故事大綱。再召集會議討論，重新修訂故事大綱……直到大家滿意為止。

第六步：廣徵意見

　　將最後修訂的故事大綱打印數十份，分送給所有相關人員，如攝影棚的主管、故事部的主管、製作組的主管，以及他們的助手參考研究，提供意見。編劇者對這些新意見有較大的自由，他可斟酌情形而定，有的他要採納，有的他可拒絕。然後再重新修訂故事大綱，打印後分發出去。這樣大約經過五或六個星期，才弄好最後的故事大綱。

第七步：編寫腳本

編劇者有了最後的故事大綱之後，便依照此大綱開始編寫腳本。

第八步：腳本研討會議

腳本研討會議的程序，與故事大綱進行的程序大致相同，這裡沒有重提的必要。總之，直到腳本修改到大家滿意為止。

編寫完的腳本，經過研討、重寫，再研討、重寫，直到通過為止。這樣編寫一個腳本所用的時間，有的較快一點，普通需要一年才能寫出最後通過的腳本。

然而這最後通過的腳本，並不一定保證會採用，尤其是新手寫的腳本，公司總有點不放心，於是再請一個老手重寫，同樣的程序又重新開始。有時遇到一個製作成本很高的腳本，公司也會請一個編劇高手修改或重新再寫。

這種寫、重寫、再寫是根據一種理論，重寫的就比原來的好，因此，重寫的次數愈多愈好（這種理論應用在物質上是對的。就如鐵愈煉愈好；然而應用在人身上，雖然多次是對的，卻不是絕對的）。

第九步：選定腳本

製作人對同一故事的數個腳本，要做最後的裁決，被採納的腳本就要編排送印（未被採用的腳本存檔，當然也要付稿費），分送各部門主管、助手等，準備製作，如指派導演，甄選演員，籌備布景、道具等。

電影腳本由構想至完成，經過這麼多的複雜程序，冗長的研究討論，蒐集多方面的意見，寫、重寫，直到大家滿意為止。今日規模較大的電影公司，如好萊塢的環球電影公司、米高梅電影公司、派拉蒙電影公司等，在這種嚴格的制度之下，自然會產生優良的腳本。

但是，我國電影公司採用以上編劇程序的誠屬鳳毛麟角，只知一味搶拍、濫拍，自然優良的腳本也就不會多見。今後如要提高腳本的品質，唯有像外國電影公司，設有編劇部門延攬專門人才，而且在處理腳本的態度上，也應謹嚴不苟，才能產生優良的腳本，以滿足觀眾的需求。

註釋

❶ 司徒明譯，《導演的電影藝術》，第78至81頁。

❷ 李顯立等譯，《解讀電影》，第371頁。

❸ 同❷。

❹ 反高潮的解釋有下列數種：

1. 一種急轉直下，有時是從容不迫的喜趣（如：A·赫胥黎一首情詩的結語：我們安詳坐著，冷汗逕自滲出），有時卻只是笨拙。如果藝術作品在高潮之後結束，其疲弱結局即是反高潮。但須注意的是，傑作往往以靜默作結。舉例言之，悲劇慣以死亡作結，通常是對死亡下評語，而此評語除非關乎高潮的起落，否則不能算是反高潮。見巴尼特（Sylvan Barnet）著，《文學、戲劇、電影術語辭典》（A Dictionary of Literary, Dramatic, and Cinematic Terms）。

2. 電影編劇者在電影高潮之後，企圖以次要問題增加高潮，而反使緊張情緒為之鬆懈，就叫反高潮。這種情形通常因為編劇者未能充分瞭解危及劇中主要角色願望的主要因素。一旦威脅解除，電影告終，最多只能做到收拾殘局。見史威恩著，《實用電影編劇》，第357頁。

3. 所謂反高潮，是指一種用以形容或說明情節的方式（腳本或小說），觀眾（讀者）依劇情發展而預期將有某種更偉大或更嚴肅的事件發生時，卻看到更細緻、瑣碎、可笑的事物。如果不是刻意如此經營情節的話，這種效果就很糟糕。這個術語通常用來描寫兩個以上一連串事件，發生後所產生突如其來或逐漸令人失去興趣及重要性的結果。反高潮在寫作上可以既是優點，也可以是缺點。當有效和有意地運用它時，會經由它所造成的幽默效果而加強表達；不是有意運用它時，它的結果是草草收場。見《文學手冊》（A Handbook to Literature）。

綜合以上敘述，我們可以得到以下結論：

1. 在文藝寫作上，反高潮是一種與高潮相反的事件安排，高潮是由小（不重要）漸大（重要），反高潮是由大（重要）漸小（不重要），不是高潮之後再有個小高潮。

2. 反高潮通常是指高潮後的草草結束，是不好的意思。

3. 反高潮若運用得法，是一種特殊幽默的事件安排手法，有錦上添花之效，是一種有意運用的藝術手法，否則就是狗尾續貂。

❺ 劉文周著，《電影電視編劇的藝術》，第11至15頁。

❻ 曾西霸著，《爐主：電影劇本及其解析》，第214頁。

Chapter 6

劇本的故事

第一節　故事的構思

編劇的第一步是蒐集素材構思故事。有了好故事，才是好的開始。

《電影藝術詞典》定義「故事」：

> 一系列為表現人物性格和展示主題服務的生活事件的梗概，是基本事件的自然聯繫和順時序的敘述。在敘述故事時，其事件和人物是並列的，如某人在某時某地參與了某一事件；而不像劇作中的情節那樣，和人物性格相融會，是在事件中表現人物的內心鬥爭，他的決心和行為，以及不同性格之間的衝突，同環境發生的矛盾等。故事的發展可能是單線，也可能是複線，如屬複線，則必有一條主線把其餘的線索統率起來。故事和情節在劇作中是兩個不同的概念。劇作如偏重於故事過程的敘述，就會流於一般化和表面化，寫事不寫人；而將大量的生活素材提煉成一個劇本的藍圖，又往往借助於故事。故事體現時間順序，情節則體現因果關係。從故事到情節，是一個藝術加工的過程。

故事甚為重要，攸關劇本成敗。

傑森・瑟瑞爾（Jason Surrell）在《迪士尼的劇本魔法》（*Screenplay by Disney: Tips and Techniques to Bring Magic to Your Moviemaking*）中的〈前言〉，即強調故事的重要：

> 好的電影故事──以及將它從頭到尾講述出來的電影劇本──可能只是電影基礎的一部分，這卻是最重要的一部分。如果故事本身始末不通，所有尾隨這個架構而產生的後續工作也會失之毫釐，差之千里，因為從出發點開始方向就走錯了❶。

丁牧的《電影劇本創作入門》則強調故事的重要：

> 選定了創作題材之後，就要進入故事構思階段。
>
> 構思故事是電影劇本具體創作工作的開始。編劇所蒐集到的創作素材，需要通過故事來找到凝聚點和在整體創作結構中的位置，編劇對生

活的感受、思索以及由此而昇華出來的哲理思想，也只有通過包含有精
采情節和動人形象的故事自然而巧妙地滲透出來，才會產生打動人心的
藝術感染力。製片商選擇要投拍的劇本，故事的好壞是促使他做出某種
決定的關鍵因素之一。大多數觀眾走進電影院去看電影，首先要求的也
是要看到一個好故事。因此，擁有一個好故事，對於一部電影劇本來說
是極為重要的❷。

　　構思故事先要找到故事的內核，也就是構成這個故事最主要的事件和動
作線。

　　丁牧在《電影劇本創作入門》中說：

　　　　將零散的原始生活素材凝聚、組織成一個故事的第一步，是要找
　　到或者說抓住這個故事的內核。所謂故事的內核，就是構成這個故事最
　　主要的事件和動作線。這個內核不是一下子就能找得著抓得住的，需要
　　編劇在充分掌握素材的基礎上反覆經營、琢磨、設計、推敲多種構思方
　　案……

　　　　有了故事內核，故事構思的發展就有了明確的依附體。與情節主線
　　有關的各種情節線索和人物關係，會隨著構思的深入漸漸湧現出來，使
　　故事由原始、簡單的線性狀態慢慢演變為網絡狀態，這時你所想到的東
　　西中可能會有一些細節，對精采的細節可以記下來以備後用，但對劇情
　　網的編織仍要著眼於大的脈絡。不能因陷入細枝末節而影響了整體的構
　　思❸。

第二節　從童話取經

　　同樣的故事，因為講述者不同，可能講得無聊乏味，也可能精采絕倫。
如何構思、講述好故事呢？可以從童話取經。

　　1928年問世的《民間故事形態學》（*Morphology of the Folktale*），是俄
羅斯著名民俗學家弗拉基米爾・雅科夫列維奇・普羅普（Vladimir Jakovleoic

Propp）[4]的傳世之作。出版後在蘇聯國內沒有引起多大重視，直至1958年英譯本出版，他的理論才獲得關注。普羅普發現神奇故事的結構要素及其組合規律，被二十世紀中期歐洲結構主義理論學家奉為精神源頭，其影響遠遠超越了民間故事研究領域，成為人文學科眾多分支學科的經典。

童話故事的功能

普羅普把俄國民間文學家阿法納西耶夫（A. N. Afanas'ev）蒐集的一百個童話故事作為材料，經過詳細的比較研究，發現所有童話都有同樣的功能組合。基本上，它們都由有限的（只有三十一個）、有一定次序的功能組合而成。每個故事都不可能包括所有功能，但這並不影響功能的排列次序。根據以上通則，有相同功能組合的故事屬於同一個類別，這一百個童話因為有同樣的功能組合，所以屬同一個類別。

普羅普從一百篇童話中提取出了三十一個功能：

1.離開：一個家庭成員離去（β）

(1)年長的成員離開（β_1）

(2)父母離世（β_2）

(3)年輕的成員離開（β_3）

2.禁令：某人向主角提出禁令（γ）

(1)提出禁令（γ_1）

(2)提出命令（γ_2）

3.違反：主角違反禁令（δ）

(1)違返禁令（δ_1）

(2)實施命令（δ_2）

4.查探：壞人企圖打探消息（ε）

(1)壞人找尋小孩或寶物等（ε_1）

(2)預期的受害者詢問壞人（ε_2）

(3)其他人物做出查探（ε_3）

5.信息傳遞：壞人得到受害者的消息（ζ）

　(1)壞人直接得到答案（ζ_1）

　(2)主角得到壞人的答案（ζ_2）

　(3)其他方式得到答案（ζ_3）

6.欺騙：壞人企圖欺騙受害者，以求占有他或他的東西（η）

　(1)壞人進行遊說（η_1）

　(2)壞人使用魔法（η_2）

　(3)壞人使用其他欺騙或強迫手段（η_3）

7.合謀：受害者受騙，無意中幫助了敵人（θ）或陷入壞人製造的初步不幸（λ）

　(1)主角接受壞人的遊說（θ_1）

　(2)主角對魔法產生反應（θ_2）

　(3)主角對其他欺騙或強迫手段產生反應（θ_3）

　(4)主角陷入壞人製造的初步不幸境況（λ）

（以上七項都屬預備階段，為主角將要承受的不幸或欠缺做準備。繁複部分自此開始）

8.惡行：壞人引致一個家庭成員受損害（A）

　(1)壞人綁架某人（A_1）

　(2)壞人掠奪或拿走魔幻媒體（A_2）或魔幻助手（A_{ii}）

　(3)壞人掠奪或破壞農作物（A_3）

　(4)壞人掠奪日光（A_4）

　(5)壞人做其他方式的掠奪（A_5）

　(6)壞人使人身體受傷（A_6）

　(7)壞人使某些東西突然消失（A_7）

　(8)壞人召喚或引誘受害者（A_8）

　(9)壞人驅逐某人（A_9）

　(10)壞人下令將某人拋下大海（A_{10}）

　(11)壞人對某人或某物施咒（A_{11}）

　(12)壞人施行替換（A_{12}）

(13)壞人下令謀殺（A_{13}）

(14)壞人殺人（A_{14}）

(15)壞人監禁或扣留某人（A_{15}）

(16)壞人實行逼婚，對象可以是一般人（A_{16}）或親戚（A_{xvi}）

(17)壞人恐嚇要吃人，對象可以是一般人（A_{17}）或親戚（A_{xvii}）

(18)壞人在晚間折磨人（A_{18}）

(19)壞人宣戰（A_{19}）

8.欠缺：家庭成員欠缺或希望得到某些東西（a）

(1)欠缺新娘、朋友或其他人（a_1）

(2)需要一件魔幻媒體（a_2）

(3)欠缺沒有魔力的奇異物體（a_3）

(4)欠缺死亡或愛情的魔蛋（a_4）

(5)欠缺活命的手段，如金錢等（a_5）

(6)其他形式的欠缺（a_6）

9.調解及連接事件：不幸或欠缺為人所知；主角接獲要求或命令；主角
　被允許離去或派遣離去（B）

(1)受害者求救，主角為回應求救而接受派遣（B_1）

(2)主角被直接派遣（B_2）

(3)主角獲准離開家園（B_3）

(4)不幸的消息被宣告出來（B_4）

(5)遭驅逐的主角被帶離家園（B_5）

(6)被判處死的主角獲得祕密釋放（B_6）

(7)聽到輓歌，知悉不幸（B_7）

10.開始對抗：追尋主角同意或決定面對對抗（C）

11.啟程：主角離家遠去（↑）

12.施予者的第一個功能：主角受測試、質問或襲擊等，這是為了日後得
　到魔幻媒體所做的準備（D）

(1)施予者測試主角（D_1）

(2)施予者問候並審問主角（D_2）

(3)垂死或已故的人要求協助（D_3）

(4)囚禁者乞求釋放（D_4）

(5)施予者先被囚禁，然後才乞求釋放（*D_4）

(6)主角被請求施予憐憫（D_5）

(7)爭議者要求劃分財物（D_6）／主角主動劃分財物（d_6）

(8)其他要求（D_7）／施予者並未提出要求，只是給主角看到他正遭
受危難（d_7）

(9)敵人試圖毀滅主角（D_8）

(10)敵人使主角陷入戰鬥（D_9）

(11)施予者向主角出示以備交換的魔幻媒體（D_{10}）

13.主角的反應：主角對未來施予者的行動做出反應（E）

(1)主角通過（或不通過）測試（E_1）

(2)主角回應（或不回應）問候（E_2）

(3)主角向死者提供（或不提供）協助（E_3）

(4)主角釋放囚禁者（E_4）

(5)主角憐憫懇求者（E_5）

(6)主角完成分配，與爭議者和解（E_6）或欺騙爭議者，繼而奪取財物
（E_{vi}）

(7)主角提供其他協助（E_7）

(8)主角反用敵人的計策救回自己一命（E_8）

(9)主角征服敵人（E_9）

(10)主角同意交換，但隨即以魔幻媒體的力量對付交換者（E_{10}）

14.提供或得到魔幻媒體：主角獲得使用魔幻媒體（F）

(1)媒體直接轉交（F_1）／主角得到沒有魔力但具物質價值的禮物
（f_1）／主角沒給予適當反應，得不到魔幻媒體（F neg.），甚至
遭受懲罰（F contr.）

(2)媒體給人指出（F_2）

(3)媒體已準備妥當（F_3）

(4)主角從買賣中得到媒體（F_4）

(5)主角偶然地得到媒體（或發現媒體）（F_5）

(6)媒體自動出現（F_6）或從土地生長出來（F_{vi}）

(7)媒體給吃了或喝了（F_7）

(8)媒體被奪得（F_8）

(9)不同的媒體自動獻身給主角（F_9）／媒體承諾在需要時現身（f_9）

15.兩個王國之間的空間轉移或引導：主角被轉移、遞送或帶引到追尋對象的所在（G）

　　(1)主角飛往該地（G_1）

　　(2)主角從陸路或水路前往該地（G_2）

　　(3)主角獲引導（G_3）

　　(4)主角被指引途徑（G_4）

　　(5)主角利用固定的通道（G_5）

　　(6)主角跟蹤血跡（G_6）

16.爭鬥：主角與壞人正面交戰（H）

　　(1)主角與壞人在空曠地方搏鬥（H_1）

　　(2)主角與壞人參與比賽（H_2）

　　(3)主角與壞人打紙牌（H_3）

　　(4)主角與壞人比體重（H_4）

17.烙印、標記：主角被打上烙印（J）

　　(1)主角的身體被打上烙印（J_1）

　　(2)主角收到指環或毛巾（J_2）

18.勝利：壞人被打敗（I）

　　(1)壞人在空曠地方給打敗（I_1）

　　(2)幾個主角參與搏鬥，有人躲起來，其他人獲勝（I_2）

　　(3)壞人在比賽中落敗（I_3）

　　(4)壞人輸掉紙牌遊戲（I_4）

　　(5)壞人在比體重中輸了（I_5）

　　(6)壞人未戰先死（I_6）

　　(7)壞人遭驅逐（I_7）

19.初步的不幸或欠缺得到補償（K）

(1)憑武力或智慧親自奪得追尋對象（K_1）或指示另一個人奪得追尋
對象（K_i）

(2)幾個人物透過迅速的交替動作，即時得到追尋對象（K_2）

(3)利用引誘的方法得到追尋對象（K_3）

(4)隨著先前的行動，自然地得到追尋對象（K_4）

(5)利用魔幻媒體馬上得到追尋對象（K_5）

(6)利用魔幻媒體克服貧困（K_6）

(7)捉到追尋對象（K_7）

(8)破解魔咒（K_8）

(9)死人復活（K_9）或指示另一個人使死人復活（K_{ix}）

(10)囚禁者獲釋（K_{10}）

(11)以得到魔幻媒體的方式得到追尋對象（KF）

20.回歸：主角回歸（↓）

21.追捕：主角被追捕（Pr）

(1)追捕者飛在主角後面（Pr_1）

(2)追捕者呼喚被定罪的人（Pr_2）

(3)追捕者變身成不同的動物追捕主角（Pr_3）

(4)追捕者變成誘餌，置身主角必經之地（Pr_4）

(5)追捕者試圖吃掉主角（Pr_5）

(6)追捕者企圖謀殺主角（Pr_6）

(7)追捕者試圖咬囓掩護主角的大樹（Pr_7）

22.獲救：主角在追捕中獲救（Rs）

(1)主角在空中被帶走（Rs_1）

(2)主角在追捕者的必經之路放置障礙物而脫身（Rs_2）

(3)主角在逃走時變身為另一種東西，使追捕者不能認出他（Rs_3）

(4)主角在逃走時躲起來（Rs_4）

(5)主角獲鐵匠收藏起來（Rs_5）

(6)主角在逃走時不斷變身（Rs_6）

(7)主角不受變身雌龍的誘惑（Rs_7）

(8)主角不讓自己給吃掉（Rs_8）

(9)主角從謀殺中逃脫（Rs_9）

(10)主角跳往第二棵樹（Rs_{10}）

23.不被認出的抵達：無人認得的主角返抵家園或到達另一國度（O）

24.無根據的聲明：假主角發表無根據的聲明（L）

25.艱難任務：主角被委派一個艱難任務（M）

26.解決：完成任務（N）／在委派前完成任務（*N）

27.被認出：主角被認出（Q）

28.身分曝光：假主角或壞人身分曝光（Ex）

29.改觀：主角獲得新的外觀（T）

(1)用助手的魔力直接改觀（T_1）

(2)主角興建一所偉大宮殿（T_2）

(3)主角穿上新衣（T_3）

(4)合理或詼諧的改觀（T_4）

30.懲罰：壞人（或假主角）受罰（U）或得到原諒（U neg.）

31.結婚：主角結婚並登上王位（W）

(1)婚姻與王國一起到手（W＊＊）

(2)只是結婚（W＊）

(3)只是登上王位（W＊）

(4)訂婚（W_1）

(5)奪回妻子（W_2）

(6)從公主手中得到金錢等報酬（W_0）

📽 描象人物的歸類

　　普羅普為每個功能加上一個字母代號，並在每個功能下列出多項可能出現的具體行動，以示功能的花樣及變形。普羅普把具體的角色

（character），歸類為七種描象的人物（dramatispersonae），這七種人物往往緊扣七個行動領域（spheres of action）。它們是：

1. 壞人（villain）：壞人破壞一個家庭的幸福，為主角製造不幸或傷害，所以是活在「惡行」、「爭鬥」與「追捕」這行動領域內的。

2. 施予者／供給者（donor／provider）：施予者是向主角提供魔幻媒體的人，但他的「施予」不一定是友善和自願的，所以普羅普又稱之為「供給者」。

   他的行動領域是「施予者的第一個功能」與「提供魔幻媒體」。

3. 助手（helper）：助手是幫助主角度過難關的人，多具有魔幻性質，作用和魔幻物件、魔幻力量一樣，故又稱為魔幻助手。助手常常能未卜先知，有時又會代主角履行某些功能。他的行動領域是「空間轉移或引導」、「補償」，使主角在追捕中「獲救」、「解決艱難任務」和「改觀」。

4. 追尋對象（sought-for person）：在童話故事中，被追尋的通常是公主，而她又往往與父親一起行動，所以兩者歸作一類。他們的行動領域是委派「艱難任務」、「烙印或標記」，使壞人或假主角「身分曝光」、「被認出」、「懲罰」和「結婚」。

5. 遣送者（dispatcher）：遣送者的唯一功能就是遣送主角「啟程」。

6. 主角（hero）：普羅普說，主角要麼就是直接承受不幸或欠缺的人（即「受害主角」），要麼就是補償別人不幸或欠缺的人（即「追尋主角」）。在行動程序中，主角就是獲得、使用魔幻媒體，並從中得益的人。他的行動領域是「開始對抗」、「啟程」，對施予者做出「反應」和「結婚」。

7. 假主角（false hero）：假主角會模仿主角，故行動領域也可包括「開始對抗」、「啟程」以及對施予者做出「反應」，但最重要的還是發表「無根據的聲明」。

普羅普強調，一個角色屬於哪一種人物，不是由他的身分、性質、意願或感受決定的，而須視乎他的行為對主角及整個行動程序產生的意義；換句

話說，就是以他的功能來界定。正常的情況是，一個角色只做一種人物；但有時候，一個角色在故事的不同階段會走進不同的行動領域，從而化身成另一種人物；相反，有些故事又會由幾個不同的角色飾演同一種人物。

第三節　從神話取經

《千面英雄》（*The Hero with A Thousand Faces*）是神話學大師約瑟夫・坎貝爾（Joseph Campbell）[5]的成名作。自1949年發行至今已達百萬冊之多，是本不折不扣的長銷書，神話學的經典作品。《千面英雄》追溯了全世界幾乎所有神話系統中與英雄歷險相關的故事，並從中揭示出相同的英雄原型。內容涉及人類學、考古學、生物學、文學、心理學、比較宗教學、藝術及流行文化等不同領域，由此構建起坎貝爾獨樹一幟的神話體系，並奠定了他在這一領域的歷史地位，成為一代學術宗師。

英雄旅程的故事模型

克里斯多夫・佛格勒（Cristopher Vogler）拜讀《千面英雄》，破解了故事密碼，以現代電影為例，分析「英雄旅程」，寫下《作家之旅：源自神話的寫作要義》（*The Writers Journey: Mythic Structure for Writers*）一書。它認為所有故事都包含幾項在神話、童話、夢境及電影中找得到的基本元素，這些元素統稱為「英雄旅程」。他在引言即開宗明義地指出，理解並善用「英雄旅程」中的各項元素，將可創造出吸引人的故事。

如何寫作一個吸引人的故事？如何成為一名成功的編劇（作家）？這便是《作家之旅：源自神話的寫作要義》所研究的兩個終極問題。克里斯多夫・佛格勒將故事模型分為「英雄之旅」的十二個階段；將故事人物總結為英雄、導師、信使、陰影等不同原型。

《作家之旅：源自神話的寫作要義》說明，一個好劇本、一個好故事應

該要有的基本元素，再以經典名片為佐證，證明這個寫作理論的好用之處。此理論一出，立即震動了編劇界。《作家之旅：源自神話的寫作要義》因此成為電影公司高層、編劇、導演必讀的好書。

儘管英雄的故事有千百種，但實際上永遠都是一場旅程。英雄離開自在平凡的環境，冒險踏入充滿挑戰、人生地不熟的世界。也許這是一場邁向實際的出外之旅，前往迷宮、森林或洞穴、陌生城市或國家等未曾踏上的新土地，抑或是前往與唱反調、挑釁勢力發生衝突的地點。不過，很多故事把英雄送往內省之旅，探索精神、內在及心靈。精采的故事中，英雄成長、改變，經歷旅程後，徹底變了一個人：由絕望轉為希望、從脆弱變得堅強、從愚蠢變為英明、由恨轉愛，然後周而復始。這些情緒轉折的旅程，讓讀者愛不釋卷，增加故事的可讀性。

「英雄旅程」的各階段，不單出現在充滿「英雄色彩」的動作冒險故事中，其實各種故事中都能找到它的蛛絲馬跡。每個故事主角就是旅程中的英雄，即使他經歷的路徑，只通往他自己的想像或是一段愛恨情仇都無所謂。

現就英雄旅程的十二個階段分述如下：

📹 第一階段：平凡世界

在大多數故事中，英雄從平凡無奇的世界，前往陌生、不曾見識過的「非常世界」。這種耳熟能詳的「如魚離水」概念，衍生出無數電影和電視影集，如《絕命追殺令》（*The Fugitive*）、《豪門新人類》（*The Beverly Hillbillies*）、《史密斯遊美京》（*Mr. Smith Goes to Washington*，或譯《華府風雲》）、《亞瑟王廷之康乃狄克佬》（*A Connecticut Yankee in King Arthur's Court*）、《綠野仙蹤》（*The Wizard of OZ*）、《證人》（*Witness*）、《48小時》（*48 Hours*）、《你整我，我整你》（*Trading Places*）、《比佛利山超級警探》（*Beverly Hills Cop*）等等。

如果你要讓一條魚跳出牠習慣的環境，首先你要讓牠置身於平凡世界，讓牠知道牠即將踏入的陌生新世界和原本的環境是多麼天差地別。

在《證人》中，你看到城裡來的警察和阿米許族母子，在被推向完全生疏的環境之前，原本過著平淡無奇的生活：阿米許母子在城裡不知所措，城

市來的警察過著阿米許人十九世紀的生活。第一次看到《星際大戰》（*Star Wars*）的英雄天行者路克時，他是個覺得生活窮極無聊的農村小孩，之後他卻要在宇宙中奮戰。

《綠野仙蹤》的情況也很類似，在桃樂絲突然闖入奧芝國神奇世界之前，故事花了很多篇幅著墨桃樂絲在堪薩斯州單調的日子。為了強調兩者的差別，堪薩斯的場景都是黑白的影像，而奧芝國的場景都以彩色印片法呈現鮮豔的色澤。

📹 第二階段：歷險的召喚（無事生非）

英雄遭遇困難、挑戰或冒險。一旦英雄接到歷險的召喚，他就無法再留在平凡世界。

他也許會碰上大地瀕死的狀況，就像《亞瑟王》（*King Arthur*）中，英雄必須尋找聖盃，因為這是唯一能療癒苦難大地的寶物。《星際大戰》中，歷險的召喚就是莉亞公主孤注一擲，傳口信給智叟歐比王肯諾比，要求路克來救她。莉亞被邪惡的黑武士達斯維達綁架，就像希臘春之女神普洛塞庇娜，被冥界之王普路同擄走一樣。拯救她，對恢復平凡世界的平衡至關重要。

許多偵探故事中，歷險的召喚指的是私家偵探被要求展開新任務，解決讓天下大亂的犯罪。厲害的偵探解決犯罪，一如匡正不義。復仇故事裡，歷險的召喚一定是公理不彰、是非顛倒。在《基度山恩仇記》（*Le Comte de Monte Cristo*）中，艾德蒙・丹提斯蒙冤下獄，他報仇心切，因此逃獄。《比佛利山超級警探》裡，歷險的召喚源於英雄的摯友遭人謀殺。《第一滴血》（*First Blood*）中，藍波因為遭到褊狹的警長不公的待遇，因此起而反擊。

浪漫喜劇中，歷險的召喚也許是男／女英雄第一次碰面就看不順眼，之後跟對方打打鬧鬧，或成為追趕跑跳碰的冤家。

有了歷險的召喚，就能確立這場遊戲的代價，英雄的目標明朗化：搶到寶藏或贏得對方青睞，復仇成功或痛改前非，一圓美夢，克服挑戰，改變人生。

📽 第三階段：拒絕召喚

這一點和恐懼有關。在跨出冒險門檻時，英雄會停下腳步，拒絕召喚或表現得心不甘情不願。畢竟他對未知世界充滿了無窮恐懼和驚嚇。英雄還沒決定踏上這段旅程，他也許還想回頭。因此其他有影響力的因素就此登場——情況有變，也許是遭到進一步的威脅，或有來自恩師的鼓勵——幫助他撐過恐懼的關卡。

在浪漫喜劇中，英雄可能會表態，說自己不想涉入男女感情（也許是因為前一段感情創傷）。在偵探故事中，私家偵探一開始也許會拒絕接下任務，後來他知道這樣不對，於是還是接下案子。

《星際大戰》的路克拒絕歐比王召喚他上路冒險的要求，回到叔叔嬸嬸的農莊，沒想到他們竟然慘遭帝國風暴兵的殺害。這時路克不再優柔寡斷，而且無法置身事外，他挺身參與歷險。對他來說，帝國的惡行已經成為切身私事，他蓄勢待發。

📽 第四階段：遇上師傅

許多故事講到這裡，通常像梅林般的英雄恩師角色就會出場。英雄與恩師的關係，是神話中最常見的橋段之一，也是象徵意義最強的情節。它代表父母與孩子、老師與學生、醫生與病人、神祇與凡人的聯繫。

這位恩師也許會以睿智老巫師（《星際大戰》）、嚴格的教官〔《軍官與紳士》（*An Officer and a Gentleman*）〕，或頭髮灰白的老拳擊教練〔《洛基：勇者無懼》（*Rocky Balboa*）〕等身分亮相。在《瑪麗‧泰勒‧摩爾秀》（*The Mary Tyler Moore Show*）的神話中，這個人是路葛蘭特。在《大白鯊》（*Jaws*）中，這個人是暴躁易怒、對鯊魚知之甚詳的勞勃蕭。

恩師的功能，是要讓英雄做好面對未知世界的準備。他們也許會提供建議、指引，或神奇寶物。《星際大戰》的歐比王，把父親的光劍給路克，讓他在與原力黑暗面交手時派上用場。在《綠野仙蹤》中，好女巫葛琳達指點桃樂絲，並把最後能讓她重新回家的紅寶石鞋送給她。

不過，恩師只能為英雄做這麼多，到頭來英雄還是得獨自面對未知的世

界。有時候恩師會給英雄臨門一腳，讓他繼續冒險之路。

📹 第五階段：跨越第一道門檻

現在，英雄終於決定踏上冒險之旅，跨越第一道門檻，首度邁入故事中的非常世界。他同意面對「歷險的召喚」中任何的問題與挑戰，以及衍生出來的所有後果。故事在此正式展開，英雄的歷險真正起步了。氣球升空，船隻遠颺，羅曼史揭開序幕，飛機或太空船直上雲霄，篷車車隊揚塵而去。

電影情節通常建構在三幕中，分別呈現：(1)英雄決定出馬；(2)行動本身；(3)行動產生的結果。第一道門檻代表的是第一幕與第二幕間的轉折點。克服恐懼的英雄下定決心要與困境對抗，採取行動。現在，他已經表態踏上征途，眼前已無退路。

在《綠野仙蹤》故事裡，桃樂絲要從黃磚路啟程。《比佛利山超級警探》的英雄佛里，決定違抗長官命令，離開底特律街頭的平凡世界，前往比佛利山的非常世界，調查朋友的命案。

📹 第六階段：試煉、盟友、敵人

英雄一旦跨越第一道門檻，通常都會再遇上新的挑戰以及試煉，結交盟友，樹立敵人，開始學習非常世界的規矩。酒館和烏煙瘴氣的酒吧，非常適合處理這類情節的地點。為數眾多的西方故事都在酒館考驗英雄的男子氣概和毅力，朋友和反派人物，也都是在這裡出場。酒吧也是英雄蒐集八卦，學到非常世界新規矩的好地方。

在《北非諜影》（*Casablanca*）中，瑞克的小酒館是盟友和仇家一塊廝混的地方，英雄的道德勇氣，也在這裡不斷遭到試煉。在《星際大戰》中，小酒店是英雄與韓索羅船長結盟，也是和赫特族賈霸結下樑子的地點，這段情節在兩部星戰系列電影後的《絕地大反攻》（*Return of the Jedi*）中，得到很好的效果。在這個充斥奇形怪狀外星人，籠罩著令人暈眩、離奇和暴烈氣氛的小酒店，路克也體會到，他剛跨入的非常世界，既刺激又危險。

當我們看到英雄與同伴承受壓力時的反應，類似場景也能發揮角色的性格。在《星際大戰》的小酒店，路克親眼見到韓索羅船長應付緊張局勢的方

法，知道歐比王是個身懷超凡力量的武士兼巫師。

第七階段：近逼洞穴最深處

英雄終於抵達險地邊緣，有時候這些地方位於深不見底的地下，英雄要解救的對象就被藏在那裡。這裡通常就是英雄最大敵人的總部，也是非常世界最危險之處，洞穴的最深處。當英雄進入這駭人的地方，他得跨越第二道大門檻。英雄經常得在入口處稍事打住，做足心理準備，好好盤算，並鬥智矇騙壞蛋的看門狗。這個階段就是節節進逼。

在神話中，洞穴的最深處也許代表冥界。英雄可能得墜入地獄，解救摯愛（例如：奧菲斯去拯救愛妻水神尤麗迪絲），深入洞穴與惡龍纏鬥，奪取寶藏（例如：北歐神話的西格德），或者進入迷宮和怪物正面衝突（例如：特修斯和邁諾陶）。

在《亞瑟王》的故事裡，洞穴最深處就是危險的教堂，也是藏匿聖杯的地方。在現代神話《星際大戰》中，進逼洞穴最深處，就是天行者路克和他的同伴被捲進死星，他們將面對黑武士，並把莉亞公主救出來。在《綠野仙蹤》中，桃樂絲被擄到壞女巫的邪惡城堡，她的朋友們紛紛溜進來救她。《魔宮傳奇》（*Indiana Jones and the Temple of Doom*）片名，透露出洞穴最深處的確切地點。

這裡所指的節節進逼，包含進入洞穴最深處的所有準備工作，以及對抗死亡或至大的險境。

第八階段：苦難折磨（中間點，死亡，重生）

故事走到這裡，英雄與自己內心的最大恐懼交戰，英雄的運氣背到谷底，他面對可能的死亡威脅，和敵對勢力一觸即發的對抗。苦難折磨是「黑暗時刻」，大家彷彿陷入忐忑不安和緊張的煩躁中，不知道英雄是死是活。英雄（如：約拿）「落入野獸之腹」。

在《星際大戰》中，這一段指的就是路克、莉亞和朋友們，被困在死星深淵的巨大垃圾攪碎機所經歷的痛苦時刻。路克被住在污水裡、長著觸角的怪物拖進水裡好久好久，觀眾開始擔心，他是不是會沒命。在《外星人》

（*E.T.──Extraterrastrial*）電影裡，討人喜歡的外星人一度看似死在手術台上。在《綠野仙蹤》裡，桃樂絲和她的夥伴被壞女巫絆住，幾乎無路可逃。而在《比佛利山超級警探》中，佛里被壞蛋抓住，他們拿槍抵著他腦袋。

電影《軍官與紳士》中，柴克·梅友在海軍陸戰隊的教官毫不留情的向他進攻，折磨他，羞辱他，逼他退出訓練課。這是（心理上）生死攸關的時刻，如果他投降，他成為軍官與紳士的機會將成泡影。他拒絕退出，成功戰勝磨難，這段痛苦的經驗也改變了他。那個教官是個狡猾的智叟，他強迫英雄承認自己也必須依賴其他人，英雄從此變得更合群，不再那麼自私。

在浪漫喜劇中，英雄面對的死亡，或許只是愛情的暫時消逝，就像老套的通俗劇情節「男孩與女孩相遇，男孩跟女孩分手，男孩得到女孩芳心」第二階段演的那樣。英雄和心儀對象來電的機會，看來似乎渺茫至極。

每個故事中，這都是關鍵的時刻，經歷苦難折磨的英雄一定得死，或看起來活不成，這樣他才能重生。這也是英雄神話神奇之處。前面幾個階段的經歷，帶領觀眾認同英雄及他的命運。英雄的命運，就是我們的命運。受到懲惡，大家和英雄一同體驗瀕死的時刻。我們的心情一度低落，但也因為英雄置之死地而後生，觀眾才會跟著活過來。復甦的結果，就是大家欣喜若狂。

第九階段：獎賞

英雄逃過死亡，打死巨龍，殺死邁諾陶，他和觀眾總算有理由好好慶祝一番。現在英雄掌握他所尋覓追求的寶貝，也就是他的獎賞。它也許是特殊的武器，如魔劍、聖杯等神物；也或許是可以治癒飽受苦難大地的萬能仙丹。有時所謂的「寶劍」，指的是英雄掌握的知識和經驗，它能引導英雄進一步瞭解敵方勢力，並與對方握手言和。

在《星際大戰》中，路克救出莉亞公主，破獲死星的陰謀，這是他擊垮黑武士的關鍵。

桃樂絲從壞女巫的城堡逃脫，帶走女巫的掃把及紅寶石鞋，這是讓她重返家園的重要寶物。

英雄也許會和異性和好，就像浪漫喜劇裡的劇情一樣。在許多故事裡，

摯愛就是英雄要出馬搶救的寶貝，演到這裡通常都會有感情戲，以慶祝勝利到來。

從英雄的觀點來看，異性也許是變形者（變幻無常的一種原型）。他們的形狀或年紀似乎變來變去，反映出異性難解與易變的特質。吸血鬼、狼人和其他變形者的故事，在在都呼應了男女認為對方三心二意的看法。

英雄的苦難折磨，可能讓他們更瞭解異性，看出對方表象善變的意義，進而和異性言歸於好。

從苦難折磨中倖存的英雄，也許更添魅力。因為他心甘情願為大家涉險，最終贏得「英雄」的封號。

第十階段：回歸之路

英雄還沒離開樹林。英雄開始迎擊黑暗勢力折磨所帶來的後果，故事進入第三幕。如果他仍無法與父母、眾神或敵對勢力言和，他們也許會火冒三丈地追著他跑。故事裡的最佳追逐場景都發生在這個時候，在回歸之路途中，寶劍（仙丹妙藥或寶物）被英雄取走，心神不寧的敵對勢力意圖報復，在英雄後頭死追猛打。

路克和莉亞公主逃離死星，黑武士達斯維達一路在後狂追。在《外星人》中，回歸之路是，艾略特和外星人在月光下騎單車冉冉升空，逃離糾纏不休的政府官員凱斯〔彼得‧柯尤特（*Peter Coyote*）飾演〕的那一幕。

這個階段昭示著英雄回歸平凡世界的決心。英雄明白，他應該把非常世界拋到腦後，前方仍有險阻、誘惑與試煉。

第十一階段：復甦（高潮）

在古代，獵人與戰士在歸返部族前必須淨身，因為他們手上沾染了血腥。在冥界走一回的英雄一定會重生，同時遭受最後一次死亡和復活的考驗，然後洗滌身心，回到生者的平凡世界。

這個階段，通常是第二個生死交關的重要時刻，幾乎是把苦難折磨時所遭遇的死亡與重生過程重演一遍。在死亡和黑暗勢力被消滅前，還得做最後一搏。對英雄來說，這就像期末考，他必須再接受一次測試，才知道他是否

能從苦難折磨中學得教訓。經歷死亡和重生的英雄，不但脫胎換骨變成另一個人，同時帶著新的視野重生，回歸平凡人生。

《星際大戰》系列電影一直在玩這個哏。星戰系列前三部曲，都有一場最終之役：路克幾乎快被殺死，眼看就要沒命了，但卻奇蹟似地生還。每經歷一次苦難折磨，路克就變得更強，就更能駕馭原力。經歷磨難後，路克判若兩人。

在《軍官與紳士》中，最後的苦難折磨更是錯綜複雜，英雄在許多方面都面臨了死亡威脅。柴克為了幫助另一個軍校生越過障礙，放棄個人運動獎項，他自私自利的特質消失了。他和女朋友的感情看似結束，他得在摯友自殺的重大打擊中重新站起來。如果這樣還不夠慘的話，他還要跟他的教官來一場攸關生死的徒手戰，但他最終闖過所有磨難，變成名副其實、英武勇敢的「軍官與紳士」。

🎥 第十二階段：帶著仙丹妙藥歸返（結局）

英雄回到了平凡世界，除非他從非常世界帶回了仙丹妙藥、寶藏，或學到寶貴經驗，否則這趟旅程毫無意義。仙丹妙藥，是一種有治癒能力的魔水，也許代表聖杯這類能治癒大地創傷的神物，但也可能只是有朝一日能為社群所用的知識或經驗。

桃樂絲回到堪薩斯，瞭解有人疼她，瞭解「家是最溫暖的地方」。外星人ET帶著人類溫暖的友誼回到家。天行者路克打敗了黑武士（在那個當下），恢復銀河的和平與秩序。

柴克．梅友獲得軍職，帶著全新的觀點，離開訓練基地這個非常世界。他穿上拉風的軍官新制服（配上與官階相符的態度），凌空抱起女朋友，揚長而去。

有時候，仙丹妙藥是旅途中贏得的寶藏，但它也可能是愛情、自由、智慧，或是支撐非常世界得以存在的認知。有時候，它只代表回家時能傳誦千古的精采故事。在探入洞穴最深處經歷磨難後，除非英雄有所收穫，否則他注定得再次展開冒險之旅。許多喜劇拿這個哏收尾，有個蠢蛋角色總是學不會教訓，一而再、再而三地犯下相同的蠢事。

 賦予英雄故事現代感

英雄旅程只是個骨架，必須配上細節和眾多意想不到的情節，故事才會有血有肉。這個結構不應該喧賓奪主，但無須太過拘泥。我們提到的這十二階段順序，只是其中一種可能的排序，你可以刪除、增加，或變換次序，但不會影響這些階段的影響力。「英雄旅程」，可以輕易轉換成當代戲劇、喜劇、愛情故事或冒險動作片，只要在英雄故事中，把象徵性角色和道具增添點現代感即可。

坎貝爾《千面英雄》的觀念正深刻地影響著故事寫作。作家們愈來愈認同坎貝爾，他們用那些超越時空的故事模式豐富著自己的寫作。

好萊塢愈來愈信奉坎貝爾書中的思想，這其實一點也不奇怪。對於作家、製作人、導演或者編劇來說，坎貝爾的觀念是一個順手的工具箱，裡面全是耐用的工具，最適合用來打造故事。有了這些工具，你幾乎不管面對什麼樣的情形和要求，都可以自如地編織故事──具有戲劇性、娛樂性和心理真實性的故事。同樣帶著這套工具，你幾乎也能診斷出所有薄弱情節當中的問題，然後做出修正，讓它散發光彩。

第四節　編寫故事大綱

故事大綱是腳本的基本藍圖，也是提供參與有關策劃工作者討論或溝通意見的主要依據。

 故事大綱的涵義

故事大綱，又稱故事梗概，或稱劇情概要，亦稱電影故事。

《電影藝術詞典》上的詮釋如下：

故事梗概

1. 電影編劇在進入創作階段時，為劇本編撰的故事概要。它側重於遵循時間的序列規定事件過程，注意事件之間的內在連貫性，並扼要地表述矛盾衝突和主要人物之間的關聯。對於人物的思想性格、環境與景物，只做抽象的描述。通過故事梗概可以反映出未來劇本中心事件或故事內容的大致輪廓。

2. 對影片故事情節的簡單介紹。概括地敘述影片主人公的命運和遭遇，故事發生的時代和背景，主要情節及戲劇衝突、懸念等。多為宣傳發行用，便於觀眾對影片的主要內容與風格樣式有所瞭解。

《中國大百科全書》（電影卷）則表述如下：

故事梗概（synopsis），亦稱電影故事。電影文學劇本創作前的概要描述。電影劇作者在創作電影文學劇本之前，先選用自己掌握的生活素材中最能確切表現人物性格和展示主題的一系列事件，構造成一個有簡略劇情內容的故事梗概，作為進一步編寫電影文學劇本的依據。它的基本內容包括主要人物、時間地點、情節發展和結局等。電影製片廠在物色劇本的階段，往往先要劇作者交出一個故事梗概，作為評斷和取捨的依據。

故事大綱不是包括劇情的全部內容，而是將主要人物的重大情節：他們計畫，並在他們實現這計畫時，所採取的主要行動，所遇到最大的困難、阻力、衝突、危機、高潮，以及最後他們是否成功的結局，有組織、有系統的扼要寫出來，這就是所謂的故事大綱。

故事大綱的涵義一如上述，那麼，故事中無關緊要的小人物，以及無關宏旨的枝節等，都不屬於故事大綱範圍之內，這樣既可避免混淆不清，又可免除冗長的煩惱。

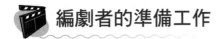
編劇者的準備工作

　　一個編劇者可能在兩種情況下，從事故事大綱的寫作：一是主動提出腳本寫作的構想，那麼這個構想就不僅是一種「概念」，而應該是一份較為詳細的故事大綱的提供；二是被邀請參與某一種構想的討論，並且又被推舉執筆寫作，經過討論而決定的故事大綱，以備再次或多次的討論，或者將據此以開始寫作。因此，故事大綱的寫作，是在孕育期間一種重要的「文件」，也可以說是「作品」，其有關於腳本今後的形成以及產生，推助的作用至大，實不可以等閒視之。

　　在編寫故事大綱之前，必須完成兩項準備工作：一是找出主題，二是確定人物。這兩項工作也是腳本中的一環，不容忽視。

找出主題

　　編劇之前，必須有一個清楚的目的：要向觀眾交代什麼？這就是主題所在。人在正常的情形下，不論做什麼都有一個目的。因此，他所有的行動都是集中在此目的上，努力去實現它。同樣的，編劇者不論寫什麼腳本，他也必須有一個目的：告訴觀眾什麼？為了達到這個目的，他應努力去塑造人物、安排情節與結局，來實現他們的目標。

　　有些編劇者在腳本前面，標榜著響亮的口號：發揚中華文化……當作主題，可是在內容方面，或輕描淡寫的硬加上一兩句對白，看來十分牽強，或乾脆根本不提。這樣的主題只不過是一種門面，一種掩護而已，好使審查單位或製作當局容易通過。當然，像這樣的主題當作宣揚、推銷等，也許還有點作用，然而要當作腳本的主題，實在是假冒。關於主題的探討，將另闢專章討論，在此不再贅言。

確定人物

　　其次，在編寫故事大綱前，須確定人物。人物確定以後，再發展人物的形象。確定人物的時候，必須做到不要犧牲人物的真實性，不要把人物太理

想化，沒有任何壞人的一切行為都是錯的，也沒有任何好人的一切行為都是對的。無論好人或壞人，多少總有點反面行為，更重要的是，人物的行為必須有動機與感情。

如果打算將一個正面人物賦予反面的特性，其方法是用與善良本質極端相反的事物來表現，但要先塑造成某種情況，以便使他們逐漸由善變惡。

這些性格上的詳細特徵，雖然用不著包括在故事大綱裡，但必須介紹一個基礎。在劇情說明中要保持沒有粗澀與無稽的情節，因為最後一步編寫拍攝腳本時的情節發展，完全以這些作為根據。

戲劇情節的兩難

編寫腳本時，不把一個人物限制成一種單純性格，還有一個更重要的原因：一般的情況，人物性格愈複雜，會使他們引發並面對更多的衝突，衝突愈多則變化也愈大。複雜的性格本身就有衝突，並使情緒產生動因，這是構成電影裡戲劇性的一項主要條件。

人物衝突的形成

人物安排以後，次一工作是使人物處在一種似乎不能解答的困難與情況之中。他們必須與某些人或某件事互相對立，而且必須有衝突，假若沒有明顯的衝突，就不能成為電影故事，因為只有衝突才能產生戲劇性的情節，再由這些情節創造出電影裡最需要的戲劇效果。

要想達到這種條件並沒有什麼困難，因為我們本來就生活在一個充滿衝突和對立的世界。生活當中有好的一面，但一定也有壞的一面相互配合。應用最多的衝突是貧富之別，在落後社會裡，實際上，多數成功的故事，都是明顯或間接地利用貧富之間的衝突。現代工業社會裡，由於生活過度緊張，精神壓力太大，人性本身經常會產生強烈衝突。另外，「正面人物」與「反面人物」的衝突也是無窮盡的。總之，每一種對立的事物都能構成電影故事裡的衝突。

編劇者利用對此事物建立衝突的技巧，有了相當把握以後，就會發現無論要表現人物對立的正面或反面，以及用並列對立事物安排它們在動作裡的衝突，就比較能夠得心應手。

📹 對衝突感同身受

故事大綱中，這些基本衝突必須明確地建立起來，因為沒有衝突就不能成為故事——至少是不能成為電影故事。如果故事的情節發展良好，最低限度，其中應當表現出人物在情感上和生理上的衝突。

為了確使故事裡包括衝突，在基本架構中就應當具有衝突的種子，而且必須使人物夾纏在一個或數個必須解決的難題之中。如果劇中人物的這些人性難題解決了，結局就是快樂的；如果保持到影片結尾時還沒有解決，就是一齣悲劇，並且有一個不快樂的結局。但是，劇中的難題即或對劇中人物是不快樂的，也必須有一個結局。

這些難題對於所描述的人物性格，必須和他以往的背景和現在的環境，發生自然的違逆。同時，這些難題必須有共鳴性，意思是它們必須能夠感動觀眾，使觀眾在鑑定劇中人物和他們的難題時，如同自身遭受。

📹 衡量情緒歸向

另外，這些難題，不僅對於劇中人物，而且對於期望得到娛樂的觀眾，也必須具有意義。這種娛樂能力可以自然與人性「情緒歸向」的反應來衡度，「情緒歸向」導致每一個觀眾將個別的與私人的良知，映射在劇中人物的良知之中。此外，必須使觀眾對劇中人物「關心」，使他們也夾纏在劇中人物奮鬥解決難題與克服衝突的情節之中。

要做到這一步，劇中人物絕對需要具有某些對於觀眾本身重要的特色，必須使觀眾對每個人物都感覺非常親切，然後他們才會根據自身的本性去愛護或憎恨那個人物。故事裡的人物，最好能夠使觀眾認為可能就住在他們巷子裡，是隔壁的鄰居，也許就如同他們的家屬一般。

在《解讀電影》一書中，卡溫說：

透過可見的手勢、行動或決定，人物遲早要顯露他的性格，編劇要能將故事視覺化，不僅用文字，還要用聲音和影像把故事說出來❻。

按照步驟安排人物

在開始為故事大綱發展人物之前，編劇者必須按照下述步驟，在人物身上下一番工夫。

找出主要人物

首先在故事中找出主要人物來；也就是說，電影中所演的是他們的故事，他們是戲劇的中心和焦點。總之，劇中的動力、事端的興起、糾紛的來源，都是由他們所引起或造成的；之後，他們繼續領導劇情推進，直到事情解決，電影就到了尾聲。這些人物也就是所謂的男女主角，以及反派頭子。

找出次要人物

紅花雖好，還須綠葉陪襯。電影中不是男女主角，或反派頭子，還有一些與他們緊密相連、休戚相關的人物，這些人物是劇中的次要人物，也就是一般人所謂的配角。這些次要人物在劇中占有相當份量，沒有他們存在，主要人物就顯得形隻影單，無所靠托；有他們在場，主要人物的才華才得以伸展、發揮，使劇情趨向複雜、多變而生動。

編寫人物簡史

找出主要與次要人物後，接著就是編寫他們的簡史。這份簡史只是參考資料，包括一個感人的背景，即使不想在腳本中使用，也要這樣做。參考資料中要把想到的每件事情都列下來：出生環境、偏愛、年齡、外形、膚色、一般的表現、職業與愛好等。這樣會幫助編劇去研究他的人物，能把握住每個人物的特色，發揮他的個性，使他在劇中的行動、談吐等能合乎他的身分，結果所塑造出來的一定是個真實而感人的人物。

人物簡史，在彼此比較時，尚可以發現主題、情節、主線及副線的架構等。因此，編劇者必須撰寫人物簡史，不僅使不同的編劇者有所依據，而且可以避免前後矛盾的現象。

編寫故事大綱應把握的原則

一般說來，寫故事大綱，應當把握以下幾點原則：

1. 寫出時代背景和故事發生的地點，明白的交代出時空條件，以便確定此一腳本的類型和製作方向。
2. 劇中的主要人物和次要人物，都要盡量的使其在大綱中出現，以便藉由人物的彼此關係而構成劇情。必要時，可以在大綱之前寫出「人物表」來。
3. 用簡明扼要的文字，寫出故事情節的整個架構，並且襯托出主題之所指，使閱讀者可以一目瞭然。

在開始編寫故事大綱的時候，必須注意到，故事大綱不是長篇小說，用不著對某人物、某情節盡情描述。梅長齡在《電影原理與製作》一書中，談到故事大綱的字數時說：

> 這種電影故事大綱，其字數最好不超過兩千字，而且要在兩千字之內，說出故事的原委、人物的性格、時空的交代、情節的發展、衝突的高潮、懸疑的布置等等。因此筆觸應簡潔洗練、敘述要有條不紊、描寫須生動感人、結構宜緊湊有力，使製片人或導演可在最經濟之時間內，閱完全文，而且立即進入故事狀況，產生莫大興趣。否則，該篇電影故事就像是不能發芽的種籽，必被埋沒無疑❼。

故事大綱不要拖泥帶水，一開始就要引人入勝，以後的情節要如浪潮一般，一波接一波地不斷湧出，令人讀之愛不釋手，非要採用不可。故事大綱能如此，才算編劇者的心血沒有白費。

　　梅長齡認為，最合乎製作人採擇需要的電影故事大綱，格式為三段式，那就是：

主題

　　用簡略之文字，說明本故事之意念淵源、中心思想、表現宗旨與時代意義。

人物

　　將故事中之主要人物加以介紹，用列舉式說明其性別、年齡、性格、關係。

故事

　　開門見山，一起頭就有驚人之筆，或引人入勝的情節[8]。

　　編寫故事大綱需要技巧，尤其是為製片人，讓他看了之後，先讓他激賞，繼而高興的去採納。劉文周在《電影電視編劇的藝術》中，談到編寫故事大綱需要三種技巧：

要清楚

　　先將新穎而富有吸引力的劇名、故事的時代以及發生的地點寫明，繼之將主角的姓名、年齡、職業、性格等點明，再以他為中心，說明故事的起因、發展以及結局，有次序，有組織，更帶有強烈的戲劇化（危機、懸疑、衝突、高潮與結局），一一交代清楚。

要有趣

　　所謂有趣，即是將人物刻劃的深刻、生動、富有吸引力，讓人對他們發生強烈的感應，或討人喜愛、親切、同情，或惹人憎恨、討厭等。故事情節頗富戲劇化、緊張、刺激、扣人心弦……方可。

要簡潔

　　編寫故事大綱時，文筆要簡潔明順、乾脆利落，不可拖泥帶水，否則就會使製作人生厭，而拒絕採納[9]。

　　故事大綱是編寫電影腳本的一個重要步驟，有了這個詳細藍圖，就可以幫助編劇者建築電影腳本的華廈。

卡溫特別提醒編劇者：

　　所有工作人員期待編劇做的，是提供故事的主幹、戲劇結構、人物、觀點和對話。這些都需要深諳此道的人小心規劃。一般我們可以這麼說：製片在意的是市場潛力，導演在意的是影片的視覺和戲劇效果，編劇在意的是敘事邏輯、可信的人物刻劃、用詞遣字和完整的架構。編劇一般而言傾向考慮整場戲而不是鏡頭及段落，是人物而不是演員，是故事的整體性而不是行銷包裝。但最終整個故事還是得配合製片、導演、演員、攝影人員、剪接人員和發行商的需求[10]。

最重要的一件事，卡溫說：

　　將故事核心濃縮在兩個小時內（所謂「膀胱所能忍受的時間長度」）[11]。

這應該是編寫故事大綱最重要且應切記的事。

修改故事大綱

　　寫好故事大綱後，需要一再地修改，以期能更完美地呈現。如何修改故事大綱？黃英雄在《編劇高手》中認為，檢視作品使其符合六大要素：(1)獨到的觀點；(2)是否兼具美學；(3)娛樂與教育並重；(4)戲劇的衝突；(5)戲劇的可能性；(6)故事的完整結構[12]。能符合六大要素就是好作品。

　　以下實例可供參考：

題名：《教父》（*The Godfather*）
編劇：馬里歐·普佐（Mario Puzo）

　　第二次世界大戰結束後，美國黑手黨幾大家族開始新的競爭。維托·考利昂人稱「教父」，是最大的黑手黨頭目之一。他的小兒子邁克爾是常春藤盟校的優秀畢業生，戰鬥英雄，一直不願意參與家族事務。他父親遇刺受重傷後，由長兄桑尼代理家族事務。出於敵愾之心，在談判時，

邁克爾暗殺了對方家族的老大以及跟黑社會勾結的警官。他遠走義大利西西里躲避，仇家追蹤到這裡，炸死他的妻子。主持家族事務的長兄桑尼也被仇家設計殺死。老教父康復後跟對手談判求和，逃亡一年之後，邁克爾回到美國。老教父死後，邁克爾清除內奸，展開復仇計畫，成功後被尊為新的「教父」。

時間：二戰剛結束，1946年。

地點：美國、義大利。

人物：老教父、邁克爾。

特點：老教父：老謀深算；邁克爾：從白道菁英候選人到黑道老大。

主要事件：復仇、爭霸。

困難：仇家的毒辣手段。

意義：保存自己，消滅對手。

結果：邁克爾成為新的教父。

第一看點：第一次在小說中得到揭露的黑社會內幕。

第二看點：老教父在小說中闡述的所謂的「生活的智慧」。

這個故事大綱寫得非常簡單，線索清晰，看點明確。

註釋

❶ 傑森·瑟瑞爾著,林欣怡譯,《迪士尼的劇本魔法》,第15頁。

❷ 丁牧著,《電影劇本創作入門》,第11頁。

❸ 同❷,第17頁。

❹ 弗拉基米爾·雅科夫列維奇·普羅普,1895年4月17日生於聖彼得堡一個德國血
統的家庭,是俄國的民俗學家。畢業於聖彼得堡大學,主修俄國和德國語文學,
從事德語的教育工作。1932年加入列寧格勒大學(即前聖彼得堡大學),初期任
教語言,但自1938年集中研究民俗學,直至1970年8月2日逝世。著有《民間故事
形態學》、《神奇故事的歷史根源》(*Historical Roots of the Wondertale*)、《俄
羅斯英雄史詩》(*Russian Heroic Epic Poetry*)、《俄羅斯農耕節日》(*Russian
Agrarian Festivals*)、《笑和喜劇的問題》(*Problems of Laughter and the Comic*)
等。

❺ 約瑟夫·坎貝爾,1904年3月26日生於美國紐約。美國研究比較神話學的作家,曾
在莎拉·勞倫斯學院學習英國文學和教書。他探討人類文化中神話的共同作用,
仔細研究了世界各地文學和民間傳說中的神話原型。在1980年代因一系列電視節
目而廣為人知。1987年10月31日逝於夏威夷。《千面英雄》是約瑟夫·坎貝爾的
成名作,自1949年發行至今已達百萬冊之多,是神話學的經典作品。

❻ 李顯立等譯,《解讀電影》,第371頁。

❼ 梅長齡著,《電影原理與製作》,第122頁。

❽ 同❼。

❾ 劉文周著,《電影電視編劇的藝術》,第126至127頁。

❿ 同❻,第371至372頁。

⓫ 同❻,第372頁。

⓬ 黃英雄著,《編劇高手》,第21至26頁。

Chapter 1

劇本的主題

第一節　主題的重要

　　任何一部電影腳本，必須有其中心情節，它是整個故事的靈魂、核心和能源。就是作者透過故事、情節，以及對白等，所表達的中心思想；它所發揮的功效，可使觀眾的情緒、信念或意識，受到或多或少的刺激與影響。「中心情節」就是一般所說的「主題」。

　　一旦電影劇作者有了新鮮的主題思想，即有了靈魂，那麼，這顆靈魂就要在未來的電影劇本中占有主宰一切的地位，即起統率的作用。這裡所謂統率作用，就是劇本中事件、情節、細節、對白、表演、結構以及電影的各種表現手段，都要服從主題思想的要求，都要有利於主題思想的體現。

　　《電影藝術詞典》對主題的說明如下：

　　　　電影劇作者在劇本中通過人物塑造和對生活的描繪所體現出的中心思想。是劇作者對生活、對歷史和現實的認識、評價和理想的表現。主題思想來自生活，並蘊含在未來的電影形象之中。劇作者對生活進行長期觀察和思考，積累了豐富的素材，在用電影思維對素材加以選擇、剪裁、取捨、提煉使之轉化成題材的過程中，主題思想也得到了提煉。主題思想發掘愈深作品愈深刻，主題浮淺則只能產生平庸的作品。

　　　　主題在電影劇本中占有主宰地位。它將未來電影劇本中的人物、情節、細節、對話、表演、結構，乃至電影中的各種表現手段都統率起來，使之服從於主題的體現，並以電影劇作藝術上的完整、和諧和統一，呈現給讀者和觀眾。

　　　　主題必須鮮明，但其表現方式卻要求含蓄。主題表明了劇作者的傾向和愛憎，它經常是通過矛盾和衝突、人物性格和命運，通過情節的發展、細節的描繪，自然地流露出來，讓觀眾自行獲得，而不是直露地通過對話去「說主題」。

　　　　有些電影劇本除了正主題外，還有副主題。副主題的產生有時是由於電影劇本反映的社會生活面比較寬廣。如日本影片《遠山的呼喚》，它歌頌了勞動人民之間的友誼、愛情和相互幫助的精神；但被劇作家作

為「暗線」處理的債權人和耕作夫婦之間的衝突，又反映了存在於日本社會階層之間的嚴重矛盾。前者可視為這部影片的正主題，後者則是這部影片的副主題。

王迪在《現代電影劇作藝術論》中談到主題和主題思想：

> 一部電影劇本是否成功，取決於許多劇作元素，但決定劇本的思想深刻與否，則在很大程度上取決於作者對主題、主題思想的認識與把握。自然，主題與人物、故事、情節、結構等均有密切關係。不過，一方面所有這些手段、方法都是為了完成主題和主題思想的要求，同時，主題思想又不是孤立自在之物，而是融於劇作其他元素之中，就像靈魂寓於活的人體一樣。我們不能說人體的某一部分是靈魂，可我們知道人體消失，靈魂也就無所附麗了。由此可見，電影劇作的靈魂（主題思想）在劇作中是何等重要了❶。

主題是藝術品的核心、靈魂，對一部作品的成敗優劣，有著至關重要的意義。

主題流露的思想

主題不是抽象的思想，而是具體藝術品所體現出來的起主導作用的基本思想。一般地說，它並不單純、孤立地存在，而是依附於具體、生動的藝術形象之中，是在藝術形象的顯現中自然地流露出來的。

主題和題材相關

主題首先和題材相關。對於題材（即進入作品中的生活材料）的選擇和表現，反映了創作者的認識和評價，因而，也是和作品主題緊密關聯的。題材既有社會生活的客觀性，一旦經過作者頭腦的折射，經過藝術創造進入作品，則又包含著主觀上的認識和情感的因素。主題的具體性，表現為透過什麼樣的生活材料，經過怎樣的藝術加工、創造，體現為何種思想。而其中

「什麼樣的生活材料」以及對其進行藝術創造的對象，就是題材。題材和主題密切相關。

📹 主題和藝術形象結合

主題，還和藝術形象結合在一起。藝術品中的藝術形象，指包含著作者情感、認識的描寫對象。在不同體裁、不同題材的藝術品中，藝術形象也有不同的涵義。在寓言中，藝術形象可以是人，也可以是動物。在詩歌中，藝術形象可以是抒情主人翁，也可以是情境或意象。但在敘事文學中，特別是表現人類社會生活的現實作品及歷史作品中，藝術形象的核心是人物形象。主題基本上是透過藝術形象整體表現出來的。但居於中心地位的主人翁，對其性格命運的描寫，則比較強烈、突出地反映出主題的思想傾向。

📹 主題和情節關聯

主題有時和情節關聯著。情節的變化、起伏，矛盾衝突雙方的勝負，反映著作者的主觀好惡與理性評價，是主題的某種具體顯現。分析主題也不可以用情節視之不顧。

劉一兵在《電影劇作常識100問》一書中，對主題有精闢的見解，他說：

> 主題是一切藝術作品所共有的元素。在電影藝術中，它即指電影劇作透過對社會生活的描繪和藝術形象的塑造，所顯示的貫穿全篇的基本思想，所以又常被稱作主題思想或中心思想。它是劇作者經過對現實生活的觀察、體驗、分析、研究，以及對題材的處理和提煉而得出的思想結晶❷。

主題在一部電影腳本中，所占的份量如何？有何重要？英國電影理論家林格倫在其名著《電影的藝術》中，特別強調主題的重要性，他說：

> 雖然一部劇情片的統一性本源，存在於它的中心情節裡，而不在它的基本主題中，但這不是說主題可以視為不重要而予以棄置。雖然每一

部影片不一定都有明言的寓意宗旨，但都有一個不明言的寓意宗旨。因為劇作者所涉及的是人類行為，所以，它必然表現某些社會形態。有時候他非常慎重並有意地把它當作主要目標；有時候他只是為了被牽連或被省略才這樣做，但他和觀眾都不能避開必然性。

他又說：

任何一部影片的評價，必須顧及它基本宗旨的某個要點，並且必須估計它的價值。當一切能談及的結構與技巧都談到了，我們仍然要注意它與它所影射的生活關係。

劉一兵也說：

主題是劇作的靈魂和統帥，是組織和描寫生活的總綱，它從始至終主導著全部創作活動。沒有一個明確統一的主導思想，任憑一個人對生活再熟悉，素材筆記寫得再多，它們也只能像散兵游勇一樣，組織不成一個劇本[3]。

劉文周在《電影電視編劇的藝術》中，也論及主題的重要，他說：

編寫劇本之前，必須有一個主題，宛如在建築一個大廈之前，應有一個藍圖同樣的重要。

試想一個建築師，如果沒有藍圖，他就不知如何做起，也不曉得建造哪種樣式的樓房等。同樣地，編劇者如果沒有主題就寫劇本，自然無法寫出好的劇本。就我個人過去審閱劇本的經驗，其中有不少的看完之後，我無法知道編劇者要告訴觀眾什麼，有時邀請他們來談談，結果是連他們自己也說不出所以然來。當然，這沒有什麼奇怪的，因為他們根本沒有主題，自然也不曉得向觀眾交代什麼了。

缺少主題是國片中相當嚴重的問題。一個編劇者如果自己不知道向觀眾交代什麼，他就失去了「方向」和「目標」，只是在交代一個故事上下工夫，殊不知故事只是傳達主題的一種工具而已；結果他的故事就是一個空盒子，裡面沒有東西；劇中人物好似傀儡，沒有個性；對話

好似閒聊，空洞無物；情節雜亂無章，線路繁多，分不出主線與副線，而線路之間缺少關聯，甚至根本不相關；或線中引線，愈來愈遠，無法收回；老問題尚未解決，而新的問題突然冒出，又無從說起，也無法交代，最後不了了之。這種情形在武打片中更為嚴重，每每在一件衝突上，逗留不前，拖來拖去的兜圈子……實在惹人生厭。這些現象大多是沒有主題所造成。

缺少了主題，就等於沒有方向，怎能不會迷失？沒有中心思想，就等於沒有目標，怎能不會雜亂無章？不知道告訴觀眾什麼，又怎能言之有物、反映人生、發掘人性呢？

主題就好比一個好的嚮導，它會告訴你寫什麼，怎樣去寫，如何寫得更好。

由於主題，你也會得到許多靈感，比如，怎樣去刻劃人物個性，如何去安排故事情節，如何去計畫主線與副線，如何去製造衝突、危機與高潮，並帶領你達到自己所要的結局，寫出有骨有肉感人的劇本❹。

由以上的話中，已為電影主題的必要性，做了肯定的說明。

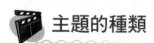

第二節　主題的分類

主題的種類

世界上著名腳本所以成為不朽之作，最重要的因素之一，就是這些腳本都有著一個主題。茲將不同的主題分述如後。

道德觀的主題

考察古今中外的戲劇理論和作品，凡是具有權威性的理論，以及卓越千古的作品，沒有不重視主題的。柏拉圖在其《理想國》（La République）第十章論到文學的時候，主張文學的範疇，只限於含有極崇高意義的作品，如

聖詩、頌詞和崇拜的歌曲，凡是涉及肉慾或表現醜惡一面的著述，都摒之於他所理想的國家之外，這就是拿道德來範圍文學。中國的「文以載道」，也正是以發揚仁義為文學的鵠的，因此，無論中外，這類作品屢見不鮮。

編劇者藉著劇本表達他的思想和情感，就如同哲學家，所以，很自然的把劇本作為宣傳某一種道德標準的工具。就中國傳統戲劇而言，如元朝的雜劇、明清傳奇，以及皮黃、京戲，其內容無不表現忠、孝、節、義的理想，或寓有「善有善報，惡有惡報」的宗教意義。這一系列的劇本太多了，且早已為大眾熟知，這裡毋庸細述。

至於西洋戲劇作品，如希臘悲劇家艾斯奇勒斯（Aeschylus）的《人生悲劇三部曲》（*The Trilogy of Orestia*）表現仁愛思想、《被縛的普羅米修斯》（*Promethets Bound*）表現了博愛與正義的思想；索福克理斯（Sophocles）的《伊底帕斯王》（*Oedipus the King*）表現孝道的思想、《安蒂格妮》（*Antigone*）表現手足之情；歐里庇得斯（Euripides）的《伊菲珍妮亞在陶瑞斯》（*Iphigenia in Tauris*）表現了朋友的道義。

中世紀，教會統治一切，其時的戲劇由於道德氣氛很濃，統稱為道德劇（morality plays），以表現勸人為善的道德思想為主，由於過分主觀，毫無技巧可言。在文藝復興時，英國劇作家馬洛（Christopher Marlowe）所寫的《浮士德博士》（*The Tragical History of Dr. Faustus*），表現的是善惡衝突。莎士比亞的作品大多含有教育作用，也是道德觀主題的表現。

近代有象徵主義、表現主義的戲劇，都是寓道於文的作品。但這類戲劇，不用正面宣傳方法，也不用反面諷刺手法，而以譬喻、寓意、心理描寫來映射或襯托其主題。比利時的梅特林克（Maurice Maeterlinck）、美國的歐尼爾（Eugene O'Neil）都是這方面的大師。

📽 社會觀的主題

自挪威的易卜生（Henrik Ibsen）創立社會問題劇以後，現代戲劇大多以此為正宗。這類戲劇又稱寫實劇，乃以改良社會為目的，像易卜生的《傀儡家庭》（*A Dolls' House*）就是典型的例子。其他如易卜生的《群鬼》（*Ghosts*）、《國民公敵》（*An Enemy of the People*）、《野鴨》（*The*

Wild Duck）；挪威邊爾森（Bjornstjerne Bjornson）的《人力之外》（*Beyond Human Power*）；西班牙伊克格拉（Jose Echegaray Y Eizaguirre）的《偉大的嘉里奧多》（*The Great Galeoto*）；瑞典史特林堡（August Strindberg）的《環鍊》（*The Link*）；德國霍普特曼（Gerhart Hauptmann）的《織工》（*The Weavers*）；英國高斯華綏（John Galsworthy）的《爭執》（*Strife*）、《法網》（*Justice*）、《忠誠》（*Loyalties*）；英國艾略特（Thomas Stearns Eliot）的《雞尾酒會》（*The Cocktail Party*）；美國亞瑟·米勒（Arthur Miller）的《推銷員之死》（*Death of A Salesman*）等都是。

藝術觀的主題

藝術觀的主題，乃保持藝術本身的立場，由於是表現人生，可說是為人生而藝術。譬如莎士比亞的四大悲劇：《哈姆雷特》（*Hamlet*）的主題是復仇，寫一個優柔寡斷、內心充滿矛盾的個性；《馬克白》（*Macbeth*）的主題是野心，寫事前顧慮、事後悔恨的心理；《李爾王》（*King Lear*）的主題是不孝，寫一個受女兒虐待的父親的悲憤；《奧賽羅》（*Othello*）的主題是嫉妒，寫由愛生忌，因忌生恨，最後殘殺所愛。這些都是表現人生、刻劃人性、不懷訓誨、不涉宣傳，沒有道德意味，也沒有社會的意識，純粹是表達人性。所以，其潛移默化之功，遠超過道德觀與社會觀的主題之上。

純藝術的作品，所寫的是一般的人事，所表現的是人生，是不變的人性，具有永恆性、普遍性，無論什麼地方、什麼時代的人，都能欣賞。至於道德觀或社會觀的作品，是地方性的、時代性的，只應一時之事，只合一地之宜。

事實上，把劇作分類是沒有必要的，因為戲劇是表現人生，而人生這個大題目，包羅萬象，絕不是若干分類所能劃分清楚。如蕭伯納（Bernard Shaw）的《人與超人》（*Man and Superman*），其中含有人生哲學，包括宗教和倫理的思想，以及兩性間的問題，我們很難斷定它屬於哪一類主題。何況分類後也容易限制劇作者的發揮。然而在這裡做分類，只是便於解說之故。只要劇作家對於人生的任何問題有深刻的認識，而且具有正確的觀點，

都可以作為主題，而把他的思想傳達給觀眾。

主題與情感息息相關，如果不是淵源於情感，則無法感動人。關於此點，劉一兵論述甚詳，他說：

> 電影劇作的主題思想是須臾離不開情感的，它是生之於情、導之於情的。

> 首先，在觀察生活的過程中，作者總會被某些事物所吸引、觸動，激起情緒上和情感上的反應。這便是古人所說的「感物而動，情即生焉」的現象。可以說，在外部世界的刺激下產生感情反應，這是人類的本能，在這一點上作家與常人沒有多大的區別。所不同的是，一般人並非在任何時候都會對自己出現的感情反應進行反思，尤其對那些瞬間出現的情感，他們往往在感動之餘很快便將其拋在腦後。然而作家不是這樣，他們珍惜偶發於自身的感情體驗，清醒地認識到這是生活的「暗示」在敲打自己的心扉了。感情體驗，這是主題思想的初級形式，任何主題思想都只能在這些種子上萌發。我們所說的觀察生活，其實包括著對自己感情活動的觀察。你必須牢牢抓住自己感情的火花不放，認真地分析，傾心地品味、研究，到底是什麼使自己受到了打動的。只有這樣，我們才能從周圍的世界在我們心中所激起的一團亂糟糟的感覺、反映、觀察、衝動之中，理出一條思想線索來。而這條線索，就是我們所說的主題思想。這便是我為什麼說主題思想生之於情的道理❺。

劉一兵更進一步地闡述他的看法，且看下面的敘述：

> 電影劇作的主題不僅生之於情，而且導之於情，就是說，它是以感情的形式體現在作品中的。感情，這是橫架在電影劇作者與觀眾之間的橋樑，任何一部作品要想不流於「說教」，都必須做到先「通情」方「達理」。一部劇作主題哪怕再好，如若沒有充沛的感情作為橋樑，如若不能先做到以情動人，也仍然是無法讓觀眾愉快地、心甘情願地予以接受的。沒有激情的主題思想在劇作中，就像一根沒有肉的骨頭一樣枯燥無味❻。

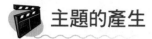
主題的產生

在未談到主題的表現之前，先來研究一下主題的產生，大致說來，有兩種不同情況：(1)先有故事後有主題；或(2)先有主題後有故事，分述如下。

先有故事後有主題

一部電影腳本的產生，有時是由一個意念培育而成，當它發展成一個故事以後，才考慮到該故事的主題意識為何。換句話說，主題是產生在故事的孕育中，先有一個很曲折動人的故事，再根據這故事配合主題，待確定好主題後，再將故事潤飾、修正，使故事從發展到結束，完全與主題合而為一，然後著手動筆編劇。

例如，中影公司的《蝴蝶谷》一片，先由一處「台灣南部名勝區蝴蝶谷」的美麗風光為原始的意念，然後構思了幾對青年男女，為了愛情和事業而備嚐人生甘苦的情節，再從這些情節中，去標示出整個電影故事的主題意識：闡揚愛的真諦，鼓勵年輕人積極向上。

先有主題後有故事

先有主題然後再蒐集資料的作法，在電影劇本創作中是常有的事。尤其在美國，成了電影劇作家普遍採用的方法。首先，它與那裡的製片制度有關。在美國，選擇什麼題材，往往不是電影劇作家，也不是電影導演，而是由投資者決定。這樣一來，電影劇作家就會經常面對他不熟悉，甚至很不熟悉的生活領域，那麼，調查研究自然是必不可少的，而且對劇本涉及的一切詳情細節都要弄清楚，以避免細節上出現不真實。

其次，這種蒐集素材的方法與美國大量生產類型片有很大關係。每一種類型片都有比較固定的模式。有些電影故事是根據主題意識而發揮的，也就是先有一個特定的主題意識，然後根據主題意識去構思情節。就像學校裡老師出的作文題目，學生必須環繞著題旨發揮。例如先確定要寫一個「爭取女權」為主題的腳本，然後根據這一主題要求，去構想故事、創造人物、安

排情節、設計高潮、構成故事大綱，再動手開始編寫。這類電影如《英烈千秋》、《八百壯士》，即是為了表現我國陸軍在抗日戰爭中的英勇精神，藉以激勵當代青年的愛國情操，乃取張自忠和謝晉元的兩段史實，來配合這項所要求表現的主題意識，編成了這兩部腳本。

以上兩種不同的程序，究竟是先有故事好呢？還是先有主題好？見仁見智，甚至有人認為這都不重要，重要在編劇的技巧。俗話說：「巧婦難為無米之炊。」雖然腳本是創作的，但還是先有故事，比先有主題好。故事等於是烹飪的材料，主題等於是烹飪的技巧。表達同樣的一個主題，不是很難的事，要有一個精采的故事，卻不是人人輕易辦得到的。

第三節　主題的表現

主題的表現方法

瞭解了主題產生的情況後，接著來談主題的表現方法。主題的表現方法，基本上必須注意技巧，避免說教；必須正確明朗，避免晦澀、模糊。主題的表現方法，可以下列五種方式完成：

用對白來表達主題

這是一般編劇者最常用的方法。在劇中安排一個角色，在緊要關頭，代表編劇者發言，點明主題；也有人是以主要人物來點明主題。不論是誰來說，這樣的對白必須深入淺出，使說的人順口而不拗口，而且句子要耐人尋味，引人深思，才是高明。最好是作者獨創的，而不是拾人牙慧，或是已有的一些成語、俗語、雋語。

例如，一部腳本的主題是「善有善報，惡有惡報」，代表主題的對白也是這一句。這種主題的表現方法，就相當低能了，欲使觀眾看後鼓掌叫好，將是不可能的事。反之，若是強調主題的對白，是前人所未言，而又切合劇

情，在最適當的時機說出來，就能使觀眾接受而牢記不忘。如張永祥在《秋決》電影腳本中，藉書生的口說：「人生都免不了要死的，早死晚死由天作主，由不得你。可是死要死得心安理得，光明磊落，這是由你作主，由不得天。」由這段對白來表達全劇的主題，這就是千錘百鍊的佳句。

用人物來表達主題

這一種手法，用的人也很多。例如，莎士比亞的名劇《哈姆雷特》，故事敘述丹麥王子哈姆雷特為父復仇的故事。但其性格上有一種遇事猶豫、躊躇莫決的缺點，以致不能一蹴成功，強調為人處世要勇敢果斷才能成功。易卜生的《傀儡家庭》，藉女主角娜拉的醒悟而出走，來點明當時的家庭制度中，女子沒有獨立的人格，夫妻沒有平等的地位。

用人物來表達主題時，若人物的性格，刻劃細膩而生動，能引起觀眾的共鳴，則其主題的表達，也能引起觀眾的共鳴。

用情節來表達主題

這一類腳本，不是直接用劇中人的對白，或是行動，來表達全劇的主題，而是間接的用劇中的情節，來含蓄的襯托出主題，《羅生門》就是最好的例證。

《羅生門》是敘述在叢林中發生的一件兇殺案，故事首由殺人的兇手強盜多襄丸說明殺死武士金澤武弘的經過；接著由金澤武弘的妻子訴說她丈夫被殺的情形；然後由被殺的金澤武弘，透過巫婆的作法，說出自己被殺的真相；最後是當時目擊此案發生的樵夫，說明目睹的現象。四個人的說法，各不相同，究竟哪一位說得對，哪一位說得不對，編劇者不做結論，由觀眾自己去判斷。

這部電影的主題，在指出人性的醜惡，人人都喜歡為自己的罪行洗刷，說自己是對的，別人是錯的，誰也不肯說真話；同時也說明了「真相難明」的真理。這種間接的表達方式，很不易寫，但留給觀眾的印象十分深刻，是直接表達所不易做到的。

用結局來表達主題

這一類作品，也是採用間接的表達方式，用全劇的最後結局，來點明全劇的主題所在。例如，莎士比亞的名劇《羅密歐與茱麗葉》（*Romeo and Juliet*），可以說是此種方式的代表作。羅密歐與茱麗葉這一對男女，由認識而相愛，本可以結合成一對美滿的夫妻，但是偏偏雙方的家長是世仇，時常械鬥，兇殺不已，為了不能結合，結果女的吃了毒藥裝死，原是瞞人之計，誰知羅密歐不察，以為茱麗葉真的死了，因而拔劍自刎。後來茱麗葉醒來，發現愛人死在她的面前，無法獨自苟活，也一死殉情。全劇以悲劇收場，使觀眾看後都一灑同情之淚，認為雙方家長若能因子女相愛，化敵為友，結成親家，實在美好。

事實上，這齣戲若改為喜劇收場，也很容易，但感人的力量就減弱了，也缺乏了主題，只是一齣戀愛的喜劇而已。如今一對男女雙雙殉情，以死來點明主題，實比任何對白更為有力，值得學習、深思。

用映象來表達主題

《雨月物語》

在日本名導演溝口健二的《雨月物語》（菊花の約）一片中，由森雅之飾演的陶匠在外鄉路上賣陶器時，遇見由京町子飾演的美麗公主領著侍女來買他的東西，買後吩咐他把東西送到她家裡去。但到了黃昏，他們怕他路不熟，又跑來接他過去。

陶匠跟著他們來到了一所大房子，周圍雜草叢生，房裡一片漆黑靜寂。陶匠被他們領到玄關來，接著下個鏡頭映現俯瞰房子的全景，此時幾個房間逐一點燃了油燈。

年輕的侍女們在點燈，我們不知道她們是從哪裡突然出現的，也不知道從哪裡拿來的火種，這種似知非知的情況更增加了恐怖感、神祕感、美感。

事實上，這些女人都是幽靈，這幢房子也是廢墟的幻象。在戰火中死於非命的權門千金，怨恨自己未知女人的幸福就死去的命運，變成幽靈而到世

上來找男人求歡。

擺在陶匠面前的，是跟他過去的貧窮生活完全不同，而富於羅曼蒂克的夢一般的世界，但一不小心被她們奪去了靈魂，也就變成了被她們拖進陰間的不祥之兆。

在這場中，分開現世與靈界的燈光設計，就是用映像來表達主題的典型例子。

《畢業生》

尼可斯（Mike Nichols）導演的《畢業生》（*The Graduate*）中也有一場，可以作為說明用映像表達主題的例子。

這是一部描寫達斯汀·霍夫曼（Dustin Hoffman）所飾演的一個迷糊青年在即將踏入社會時，雖不是好色之徒，卻在無意中與自己未婚妻的母親發生性關係。

這部《畢業生》，如果只看故事就顯得寡廉鮮恥。霍夫曼悠然自得地在泳池中游泳，不久，飄然浮在水面的長方形浮袋上。下一場是在臥房裡，霍夫曼也同樣以裸體飄然爬上在床上的準岳母安妮·班克勞馥（Anne Bancraft）的肉體上。這等於把她的肉體比喻作浮袋，不僅滑稽，也很可憐，因為沒有人能對浮袋產生熱情。

青年與準岳母之間漫不經心地變成這種關係，因此，多少帶有色情的意味在，但並不讓我們感到誇張了好色意味，而是意識到一撮觸摸人生真相的要素。對於色情裡加添滑稽可憐相而言，上述的場面連接，即發生了莫大的效力。

這可以說霍夫曼是用了爬上浮袋同樣的輕微氣力，爬上了年長而有夫之婦的肉體上。

跟通姦事件所必備的急迫熱情或犯罪意識，顯然有一段距離。

被剛從大學畢業的青年所逼的中年婦女，她本身應有洋溢著羅曼蒂克的心情，但逼她的男人對她所感覺到的，只有浮袋一般的份量，那就太可憐了。

　　雖然這是鏡頭剪輯的小技巧，但這種惡作劇巧妙地加強作品全部的主題。表現主題的方法，用直接比間接容易，用明示比暗示好寫。但就感人的效果來說，間接表現法比直接表現法更能深擊人的心靈深處；暗示比明示，更能收到觀眾讚賞的反應與共鳴。也就是說，使觀眾在不知不覺中，心甘情願地欣然接受，或是潛移默化，才是理想的作品。

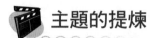

主題的提煉

　　劇作中的主題，是透過藝術形象所表達出來的中心思想，是劇作家經過對題材的發掘、提煉而得出的思想結晶，也是劇作家世界觀、人生觀、美學觀的集中表現。一切優秀的影片都具有在思想上或哲學上引人注目的鮮明主題。主題可以是一種社會評論，對人與人之間關係的一種理解，對政治人物或政治事件的評價，可以是對某一哲學思想的探討，或對某一特殊現實的敘述等等。主題決定著作品價值的高低，因此，主題的提煉對於劇本撰寫具有舉足輕重的意義。主題的提煉，必須注意主題的進步性、主題的深廣性、主題的含蓄性、主題的開放性、主題的當代性、主題的支配性，分述如下：

主題的進步性

　　只有那些代表了全民利益，代表真善美的希望和理想，代表人類發展歷史方向的作品主題，才能被觀眾所接受，才能產生比較恆久的魅力。凡是成功的作品，都是闡揚人性、歌頌人道主義，發揮積極思想。從某種意義上說，進步性是對主題最基本的要求。

主題的深廣性

　　所謂深廣性，指主題要能夠表達作者對歷史和現實，對人性的深刻觀察和認識，從而產生一種跨越時空的普遍意義。這就要求作者透過各種生活的表象，把握住人物的靈魂，從行為後果進入心理動機，達到對人性、對歷史規律、對現實發展趨勢的深入理解和預見。美國電影《現代啟示錄》

（*Apocalypse Now*）❼透過戰爭的表象，表現了戰爭對人性的扭曲，表現了強烈的反戰人道主義思想，因而也就比一般戰爭題材的作品主題更加深邃，也更具普遍性。

📹 主題的含蓄性

在劇作中，正如在一切藝術作品中一樣，都要求主題能從作品所提供的情節和場面中自然而然地流露出來。它潛藏在人物關係、敘事過程、修辭方式以及情節、細節之中，使接受者在不知不覺中受到影響和支配；任何說教及直奔主題的表現方式，都易於引起觀眾的反感和排斥，即使在特殊情況下被當時的觀眾所接受，也不會產生藝術生命力。主題是作品的靈魂，但它本身是無形的，是透過作品豐滿的血肉負載的。主題的表現愈隱蔽、愈含蓄，它的影響力就愈持久、愈深入。

無論用對白、人物、情節、結局或映像來表達主題，都必須做到含蓄而鮮明，這一點，劉一兵說得好，他說：

> 一個好的劇作，它的主題既應做到含蓄，又要做到鮮明。所謂含蓄，即要求主題隱藏於形象之中。但含蓄又不等於含混。主題含混是因為作者本人對生活的認識也稀里糊塗。而含蓄的主題，在作者心目中卻是鮮明的。可見，含蓄與鮮明並不矛盾，鮮明的對立面是含混，不是含蓄；含蓄的對立面是直露，而不是鮮明❽。

📹 主題的開放性

劇作儘管是作者虛構的產物，但它作為現實生活的一種表達方式，它所提供的藝術圖景是完整豐富的。如果劇作的主題過於單純、集中，往往就會排斥大量生動的感性材料，這樣雖然突出和強調了中心思想的一元性，卻破壞了藝術的整體性和豐富性，加重了作品的人為痕跡，既影響作品的審美價值和藝術魅力，也使作品的意義空間狹窄，缺乏彈性和張力。主題應該具開放性，即同一作品可能有一個中心主題，另外還有數個主題，相互配合，使作品更有深度。另外，主題的開放性，是主題具有多義性，不能用一句簡單

的話加以表達；但又必須明確，即在總體上是明確的，而在具體解釋上則是
多義的。主題愈開放，觀眾的思考空間愈寬廣，作品也愈豐富。

主題的當代性

當代性使劇作能夠引起觀眾的注意和認同。當代性一方面來自編劇對各
種社會現實問題的關注和思考，另一方面也來自編劇站在當代思考的角度，
對現實、歷史、未來的探索和理解。因此，編劇既要深入關注當代生活的發
展，又要及時吸取當代文化和思想成果，使自己的價值標準、知識水準，與
社會趨勢相吻合，與當代現實相一致。

主題的支配性

一方面主題依賴於作品的情節、場面、人物，另一方面作品的構思和組
織，又必須受主題制約和支配。因而編劇確定劇本的主題時，應明確意識到
這個主題是否能夠有效地統率和組織起整個作品的內容和形式。只有當作品
主題支配整個作品時，它才能使人物安排、敘事方式、情節、結構，都能符
合作品主題的要求，使作品呈現出自身的完整和統一。相反，如果主題缺乏
這種支配作用，那就會造成作品內容的混亂。

主題的提煉和表達，既需要編劇具有豐富的社會知識和文化知識，又
需要編劇具有藝術修養和精湛的才能，它是智慧的結晶，是對生活的一種感
悟。

註釋

❶ 王迪著，《現代電影劇作藝術論》，第73頁。

❷ 劉一兵著，《電影劇作常識100問》，第34頁。

❸ 同❷，第37頁。

❹ 劉文周著，《電影電視編劇的藝術》，第30至31頁。

❺ 同❷，第38至39頁。

❻ 同❷，第40頁。

❼ 《現代啟示錄》曾獲1979年第五十二屆奧斯卡最佳攝影、最佳音響效果金像獎。

❽ 同❷，第47至48頁。

Chapter **8**

劇本的結構

第一節　結構的重要

《昭明文選》中王延壽的〈魯靈光殿賦〉有：「於是詳察其棟宇，觀其結構。」結構原是指建築的構合；借用於文學，便是指文體、文字的結合。就橫的方面說，是布局上的關聯；就縱的方面說，是布局上的次序。所謂緊湊、工整、周密、嚴密、精密等，都是讚美文學結構的形容詞。

范德機〈詩法〉揭示詩的作法，他說：「作詩有四法：起要平直，承要春容，轉要變化，合要淵永。」這起、承、轉、合，便是詩文布局的次序。戲劇的結構問題，我國明末清初大戲曲家李笠翁，他的《閒情偶寄》是最早論及戲劇原理的經典之作，在書中提及：「結構第一」、「詞采第二」，並以子目「立主腦」、「密針線」、「戒諷刺」、「戒頭緒」等來解釋「結構第一」的重要性，並介紹編劇的方法。足證戲劇比一般文學更進一層地注重結構。

結構的定義

費爾德在他的大作《電影腳本寫作的基礎》裡，定義結構是：

> 一連串有關意外事件、插曲和重要事件，引導至一戲劇性的結局❶。

結構在腳本上來講，就是將故事中的人物、少許的對白、複雜的動作、危機、衝突、高潮與結局等，做適當的處理，緊密的連結，合情合理的配合起來——開始、中間、結局——以期將故事能用最有效的方法表達出來，讓觀眾有興趣去欣賞。

研究結構，就是研究情節編組的問題。所以，研究結構首先是在選擇出故事中實際在銀幕上演出的部分，和應間接的放在場外去發展的部分（即不在銀幕上看到的部分）。例如，電影開始之時，雖是腳本實際開展之際，故事卻不是從此處開始，甚至早於它若干年前就已經發展了。而在兩場之間，其中往往也發生些事故，甚至相隔一段時間。編劇者在結構時，將這些不必

要的事故，在腳本中刪去了，留下精采的、觀眾必須知道的部分，再加以編組。

因此，先把電影中在銀幕上直接表現的，與間接表現的情節劃分清楚，才可以結構腳本。

普多夫金在他的經典著作《電影技巧與電影表演》裡，特別強調：

拍攝電影是一種絕對講究經濟和精確的工作，電影中絕對不容許含有多餘不必要的成分[2]。

電影的情節是經過編組的，精緻扼要，去蕪存菁，以達致緊湊生動的效果。

自敘事電影（narrative film）發展以來，電影腳本講求結構是必然的。但是1960年代以降的法國電影，揚棄故事中有脈絡可尋的情節結構。這些電影，論其精神和表現手法，可以說是1950年代發軔的法國「新小說」（New Novel）一脈相承而來。1960年代最受議論的兩部法國電影《廣島之戀》（*Hiroshima Mon Amour*）和《去年在馬倫巴》，都是新小說浪潮之下的產物。新小說的特徵是打破傳統小說的敘述方式，揚棄故事中有脈絡可尋的情節結構，代之以前後不相連貫事件的鋪敘，講究氣氛的營造，或某種即時特殊的印象感受的抒發，是主觀而且違反一般傳統小說的敘述章法[3]。

有些製作實驗電影的人，也揚棄結構。法國實驗電影大師尚‧埃彼斯坦（Jean Epstein）稱：「故事就是謊言。」並在1921年宣稱：「實驗電影不應該有故事，電影應該是描寫一些沒有開端，沒有中間，沒有結尾的情境。」也有些實驗電影作家主張：「電影不應該說故事，並應建立每一個畫面為欣賞單位，而不是以連貫的場景為單位。」[4]

撇開這些不談，一般敘事電影都講究結構。

藝術的結構

每種藝術，各有其獨特的結構，在瞭解電影結構之前，先對其他藝術做

一番認識工作。李曼瑰分析詩、小說、戲劇三者的分別，有精闢的見解：

> 詩是文學作品中最靜的，也是最主觀的一種，只要有詩天才，把一片想像，一縷感情，都可以寫成一首很優美的詩。西洋無名詩人看見天上的小星，想像到一顆鑽石，高懸天空之上：
>
> 螢螢小星，
>
> 何其神妙！
>
> 晃如鑽石，
>
> 高空照耀。
>
> 詩人李白在旅次看見月亮，想像到寒冷的冰霜，頓觸遊子之情，不禁懷鄉之念：
>
> 床前明月光，
>
> 疑是地下霜，
>
> 舉頭望明月，
>
> 低頭思故鄉。
>
> 這兩首詩是中西文壇佳作，都很短，只有四句，只不過表現詩人自己腦海裡一剎那的過程，沒有事情發生，也沒有別人的意見，是最空靜最主觀的表現，但是因為它所表現的已經含有文學最基本的因素，想像與感情，故能成為詩。因此我們可以說：詩是一個「點」形態，其靜止如觀花望月，欣賞風雪，即有動作，也不過是像柔軟體操，打太極拳。
>
> 小說需要有故事，要有事情發生，所以是動的，但有時也可以靜止下來，做一番描寫，做一番說明或議論；所以又是靜的。小說的作者可以站在自己的立場，去批評故事裡的人物，或斷定一件事的美醜善惡；這時候他是主觀的。但他也往往讓人物各自思想行動，表現各個獨特的性格，做出各種不同的行為；這時候，他卻是動的。因此，小說可以是靜，也可以是動的，能主觀，也能客觀，是三種文藝作品中最自由，最不拘格局的一種體裁。
>
> 小說不能像詩一樣，用一、二十個字寫四行八行就完成任務。最短的小故事也要幾十個字始能說完。而夠得上稱為傑作的所謂短篇小說，

如聖經裡耶穌所引的浪子回頭的故事，總算是短篇小說中最短的了，也有一百多字。長篇小說往往連篇累牘，達數十萬言，分若干卷，若干冊，寫許多人，在許多地方，經過許多時日，所發生的許多事情。

因此，小說是一種「線」的形態，有如散步、旅行。散步、旅行的時候，可以靜下來，做主觀的欣賞與批評，也可以參加活動，又可以客觀的把人間的舞台表現出來，演出人生的戲劇。

戲劇是動的，而且完全是客觀的。戲劇的動，不是單方面的動。一個人做柔軟體操，打太極拳，不是戲，把幾個人的事跡分別敘述，也不是戲。戲劇的動力，是由兩方面相反的力量，衝突鬥爭而產生。若說詩像賞月看花，小說像散步、旅行，戲劇則有如下棋、賽球、決鬥、打仗。

戲劇是由對話寫成，拿去舞台讓演員演出；劇中一切動作與話語，都由劇中人物表現，作者不加以說明、描寫，或批評；所以是最客觀的。

戲劇最需要格局，如亞里斯多德所說：「是完整的，具有一定的格局。」一齣戲固然不能像詩一樣短，也不能像小說一樣長，可以漫無邊際的寫下去。戲劇所表現的是人生的一段事情，而且是表現這段事情的始末，需要有頭、有尾、有中間；所以情節又要繞著那互相衝突的力量為中心，絕不能散漫雜亂。因此，我們說，戲劇像一個球，不是中空的皮球，而是用棉紗緊緊纏繞成的實心球，完整，緊湊，打得響，彈得起，而不會洩氣。

總上所說，詩是靜的，主觀的，是「點」的形態，其要素為超卓的想像，深刻的感情，悅耳的音節，美麗的詞調；小說是動的，也是靜的，是客觀，也是主觀，是「線」的形態，其主要的條件，是豐富的材料，逼真的人情，細膩的描寫，清晰的敘述；戲劇則完全是動的，客觀的，而且需要嚴謹的格局，是個「球」的形態，其中心要點為衝突與鬥爭，用最美麗的文字，最經濟的方法，演出人生的競逐與勝負[5]。

電影腳本的結構

電影腳本的結構，與詩、小說、戲劇不同，普多夫金的大作中，有一段精采的分析：

> 我們知道，小說和戲劇各有它們的一套標準，來規定故事敘述的結構，當然，這一套標準與電影編劇所運用的標準，關係非常密切，但並非可以原封不動加以壓縮引用。其實，電影腳本的一般結構中，真正的問題歸納起來只有一個，那就是「張力」（tension）的問題。在處理腳本中的動作時，編劇者必須時時考慮動作處理的不同程度張力，這個戲劇動作的張力，必須能夠在觀眾身上得到反應，叫他們在觀賞之時深深地被吸引住，引發他們興奮的情緒；這個興奮情緒的引發，並非單單只依賴於戲劇性場景的塑造，而是可以透過一些全然外在的方法加以創造或增強。戲劇動作中強而有力的要素的逐漸結束，透過劇中角色迅速而有力的表演動作來呈現每一場景，以及群眾場景的呈現等，所以這些都可以左右觀眾興奮情緒的高昂。編劇者必須能夠精通此道以編撰他的腳本，他必須知道觀眾對於正在發展的戲劇動作的投入，乃是漸進的，只有在最後才達到感動的最高潮[6]。

小說的長度可以伸縮自如，電影通常只限於兩個鐘頭。譬如一部正常長度的電影腳本，頁數是125至150頁左右，一部小說的頁數卻兩倍於此，有的還不止這個倍數。

戲劇在結構上與電影有類似之處，因此，戲劇和電影的交流情況比其他藝術來得頻繁。

汪流主編《電影劇作概論》一書，非常重視結構，在談及結構時有以下的論點：

> 電影劇作的結構形式應該是多種多樣的，千變萬化的，每部劇作應該有每部劇作獨特的結構方法，每個劇作者應該有每個劇作者自己的敘述形式，甚至對於同一劇作者來說，在不同的劇作中也會有不同的結構

形式。事實上，在無數優秀的電影劇作中所呈現出的結構形態也正是千姿百態的，而且，隨著現代生活的急遽變化和審美觀念的發展，電影劇作的結構形態正處在不斷發展和演變之中[7]。

編劇好像設計造屋，在故事變成腳本的過程中，要仔細推敲研究它的結構，好像造屋時設計地基、樑柱、層次和房間間隔的情況相似。有了完美的結構，不但寫作上方便甚多，且可使作品減少缺點。

第二節　結構的形成

劇本的三段式基本結構

每部電影都是由幾個段落組成，段落再分成若干場，場再分為若干鏡頭，就如同一篇完整的文章，由若干段落組合而成，段再分成若干句，句又由字組成。無論段落、場，都由開始、中間、結局三部分結構而成。

故事的開始

什麼是你腳本的開始呢？如何開始呢？

每一故事都有一定的開始、中間和結局。在《雌雄大盜》（*Bonnie and Clyde*）中，一開始邦妮和克萊德戲劇性的相遇，而且形成屬於他們自己的幫派。中間他們打劫數家銀行，同時法律也緊隨他們而至。結局，他們被治安當局繩之以法。

每個段落都有明確的開始、中間和結局。記得《外科醫生》（*MASH*）足球賽那場戲嗎？球隊抵達，穿上他們的制服，做暖身運動，雙方互相叫喊著加油，然後拋錢幣決定誰先發球，這就是開始。他們開始比賽，來回奔跑，一隊在這邊，一隊在那邊，有人觸地得分，有人受傷等。在經過四回合後，激烈刺激的比賽終於結束，MASH這一隊贏得比賽，被擊敗的敵隊不斷

咒罵著。這是段落的中間。比賽結束時結局就來臨了，他們去更衣室更衣，這就是《外科醫生》足球賽這場戲的結局。

有幾種方法來開始。可以用一明顯且刺激的情節段落（action sequence）來吸引觀眾，像《星際大戰》所做的；或者可以創造一有趣的人物介紹，像羅伯特‧唐納（Robert Towne）在《洗髮精》（Shampoo）一片所寫的：黑暗的臥室，歡娛的呻吟聲和尖叫聲──電話鈴聲，聲音很大，不停地響，破壞了氣氛。是另一個女人──打電話給華倫‧比提（Warren Beatty），他正和葛蘭特在床上，這情景顯示我們無論如何要知道這個人物。

《第三類接觸》（Close Encounters of the Third Kind）的開始是一充滿活力、神祕的段落，因為我們不知道將發生什麼事。《不結婚的女人》（An Unmarried Woman）用一場爭論來開始，接著顯露不結婚女人的生活。

編劇者得花10頁（十分鐘）來建立三樣事情給讀者或觀眾：(1)誰是主角；(2)戲劇性的前提是什麼──換句話說，在說什麼？(3)戲劇性的場合是什麼──戲劇性的環境環繞故事？

應該在什麼時候開始呢？

這是很不容易解決的問題。選擇良好的時間開始，與全劇的成功有很大的關係。

開始要從最緊要、最危急的地方寫起，然後在劇情的進行中，將它的來龍去脈說明交代。這裡的說明交代，不能專門闢一場戲，像話家常一樣的細訴從頭，這是冷場。所謂冷場，就是沒有戲的一場，也就是說沒有必要存在的戲，一開頭就必須將它剔除。

開始後，劇情就必須接著發展下去，向著最高潮發展。在開始與高潮間，劇情發展不能平鋪直敘的進行，而是波浪式的進行；這就是說，劇情的進展，要不斷有高潮，像波浪一樣起伏不定，所謂波譎雲詭，叫人捉摸不定，這才能抓住觀眾。

一般來說，開始應該是：

1.直接的糾葛的最初開展。
2.應該強有力，能夠立即抓住觀眾的注意力。

3.應該有力量推動以後一切的事故。

4.應該起得自然。

如果符合上述四點，便是良好的開始。

戲的開始並不和故事的開始相一致。大抵故事的開始要早得多。例如《哈姆雷特》（《王子復仇記》），不論舞台劇和電影的開始，都在王子哈姆雷特自國外回來，聽說城堡鬧鬼，他晚上去城堡，遇見亡父國王的鬼魂，告訴他被謀殺的經過。因此，引起哈姆雷特的偵查和復仇。事實上這個故事在開始以前，還有一大段戲，即是母后和王叔的通姦，謀害國王的情節。但因戲以王子復仇為中心，故將前面的情節全部刪去，不再表現出來。

當哈姆雷特得悉父王被害，決心復仇。戲的進展好像墜石下坡，愈落愈有力量了。自這時起，戲就不斷快速的進展，直到最後如巨石轟然一響，觸到地上為止。而開始則如推動那石頭滾下去的力量，那是早已存在了的，而由推動的力量引發，直滾而下。

很小的事，也可以引起很大的糾紛，而這種糾紛不獨為劇中人物所不及料，亦為觀眾所不及料——這樣的情節，每被利用為戲的開始。如《哈姆雷特》中的城堡鬧鬼，原是小事，但經發現母后和王叔「弒君」，事情立刻變得十分嚴重了。凡此正如墜石下坡，自最初推動之力，引發了故事中積蓄的嚴重糾葛，至此便一發不可收拾了。

糾葛至衝突的開展

在開始之後，緊接著更緊逼一步，使糾葛成為正面衝突。而開始的這一點點推動之力，現在已經成為導火線，引動了一大堆易燃的材料。糾葛的逼緊發展，已經不可避免。編劇要讓觀眾感覺得到所要發生糾葛的嚴重性。令人有陰雲密布，雷聲隱隱，不用等到暴風雨來到，觀眾已感受到壓迫的氣氛。

開始是很短的，接著立即進入「開展」的第二階段，那是編劇者最難處理的一段。應該盡到下列的責任：

1.要抓住觀眾的注意力。

2.要介紹重要角色的一切。

3.要說明以前的經過。

4.要創造必需的情調。

這四點責任中，尤其是二、三點的介紹和說明，是很重要的。編劇者往往集中精力於此，以致腳本顯得笨重呆滯。要是忘了創造情調，那麼會使觀眾得不到明確的印象，而無法感受到他所看的電影是哪一種影片。

經過發展之後，進入本體的階段。就是戲的糾葛各方面可能的發展，並且愈逼愈近，愈結愈緊，終於達到不可收拾的地步。這就是糾葛的開展，也就是全劇大部分情節所要表現的。一個腳本應該怎樣結束，當然是預先決定好了，不過要邏輯地達到這個結局，卻不是一蹴可幾。編劇者必須將一切不能達到這結局的可能歧途，都斷塞了，最後只留下一條可能發展的路，使之不得不趨於預定的結局。假如這其間還有一條別的路可以走，那就是力量還不夠，也就是糾葛的開展尚未完全。

📹 最好的開始就是瞭解結局

什麼是開始你的腳本最好的方式？瞭解結局。

整個故事就像是旅行，結局就是目的地。中國有句話說：「行遠必自邇。」在未開始出發之前，必有一目的地，兩者牢不可分。而且在許多哲學系統上，結局與開始是相連的。在中國陰陽的概念裡，兩個同心圓連結在一起，永遠結合，永遠相對。

費爾德特別強調：

在還未下筆之前，結局是你必須知道的第一件事[8]。

結局與開始十分密切，在《洛基》一片中，電影一開始就是洛基與對手比賽，結局也是他爭奪世界重量級的拳王寶座。

試回憶以下影片的結局是什麼？《第三類接觸》、《不結婚的女人》、《紅河》（*Red River*）、《週末的狂熱》（*Saturday Night Fever*）、《虎豹小霸王》（*Butch Cassidy and the Sundance Kid*）、《安妮霍爾》（*Annie*

Hall）、《再見女郎》（*The Goodbye Girl*）、《歸鄉》（*Coming Home*）、
《大白鯊》、《上錯天堂投錯胎》（*Heaven Can Wait*）。

當你看一部好電影❾，你會發現它有一強有力和直接說出來的結局，一
個明確的結果。

例如，電影中預定女主角要以自殺做結局。那麼戲的發展中，種種的不
幸事情加諸在她的身上，逼得她山窮水盡，走投無路，沒有另外的一條生路
可走，使她不得不死，最後才自盡了卻殘生。要是在這種糾葛開展中，她有
機會可以活下去，沒有達到完全絕望的程度，使觀眾認為她不必自殺，則自
殺的結局就沒有力量，會引起觀眾反感和疑問。

除了開始和結局，這兩部分所占時間很短，全劇大部分篇幅都供本體做
糾葛的發展。觀眾直接和事實相接觸（這是電影的觀眾和其他藝術的觀賞者
不同之處），對於情緒的感染雖很強烈，但對事實的瞭解頗遲鈍。所以，對
於主要的情節，主要的理由，主要給他們瞭解的內情，必須讓觀眾明白。所
以，糾葛的開展，較之簡單的說明一件事實，是要用加倍的力量。

等到一切可能發展的都已展開了，就達到腳本的高潮，這就是全劇所欲
表現的一點，也就是結構的中心。在這以前，所有情節、動作、對白，都是
為完成此一事而存在。在這以後，所有情節、動作、對白，都是為撤銷此一
事而保留。就好像墜石下坡砰然一擊的瞬間，此後則四山震動，繼之以回響
遠引，繼之以無盡的靜寂。

達到高潮以前，必須有充分的準備，既達到之後，就須迅速收束。在這
以前是糾葛的開展，一層比一層逼緊，直到不可收拾而爆裂。在這以後，是
糾葛的撤散，——除去其所以糾結起來的原因，直到毫無所存。

在戲中每一情節、動作、對白，都必須和高潮有著有機的關係，這才
能成為一部完整的腳本。生手寫腳本，每急於達到高潮，以致沒有充分的準
備，卻把許多要表現的東西，留在頂點以後，這是很不合宜的。

腳本的結束，即是在一切可以引起糾葛的原因，都已完全撤銷時。假如
還留有一點糾葛，即腳本的結束缺乏力量。

主線與副線

腳本的結構，除了開始、中間、結局以外，還有主線、副線。

美國的戲劇教授羅維（K. T. Rowe）說過：

> 劇情的變化，要循著中心的鬥爭線逐次發展[10]。

主線的形成

中心的鬥爭線即主線。主線的形成，在理論上來說，並不是什麼困難的事，以主角為中心，照主題所提示的方向和目標，理出故事的骨幹，如此就形成了主線。主線的內容，我們可以簡單的說，就是主角在片中所言所行的一切事情。

為了清楚起見，我們將主線內容分為三個主要部分：

第一部分，包括主角的一些背景，他的一些個性，他的志願和他的最後目標等，都可以向觀眾透露出來。這些情節是全劇的開始部分，一般不會很長。

第二部分，觀眾知道了主角的動向和最後目標之後，就向觀眾展示主角向著最後目標進行的歷程。例如，他所採取的種種步驟和方法（副目標），他所得到別人的幫助（配角等的合作），他所遭遇的困難、反對、衝突等，以及他如何去應付這一切的經過，都在這一部分之內。整個主戲在此部分中發揮。

第三部分，是說明主角的最後結局。他達到最後目標──成功了；或他沒有達到目標──失敗了。一般來說，這一部分很短。

有時腳本強調對比的主題時，會有雙主線出現的可能，如窮與富；強與弱；自由與奴役；便可採取雙線進行，去拓展劇情。即使在這種情形之下，仍有不少編劇者選擇其中之一為主線，餘下的為副線。

一部腳本保持一條主線，有很多的優點：

可使劇力集中

在編劇時，編劇者循著一條主線去發揮，就能使劇力集中，劇情分明，情節連貫，步步緊湊，扣人心弦，前後一致，一氣呵成。如此，更能影響觀眾。

主角能適度的發揮

電影的長度普通是兩個小時左右。如果只有一條主線的話，就能將主角的事件做適當的發揮。不會太長，也不嫌太短，恰到好處。如果主線太多，不僅使劇力分散，而且影響每條線的發展：為這一條主線寫一些，又為另一主線寫一點，如蜻蜓點水的作法，就會染上多而不精的毛病，是不可取法的。《皇天后土》雖是一部大製作，但未能達到理想的效果，主要的原因之一就在於此。線路太多，許多事件齊頭並進，堆砌一團，因此深深影響了主角沈毅夫（秦祥林飾）的發揮，反而使他的戲散亂無力，不能貫串前後，也不能左右逢源，令觀眾無法捉住中心思想，分出輕重，這是非常可惜的。

深受觀眾歡迎

製作電影的對象是觀眾，那麼就應以觀眾所好作為製片的方針。觀眾湧入電影院，不是像踏入展覽會場一樣，去看那些五花八門的陳列品，而是去看一部有精采情節的電影。一條主線的故事，最容易實現這個理想。相反地，主線太多，角色就會加多，隨之劇情不易控制而分散，最後必然使觀眾失望[11]。

📽 副線的輔助

一部電影中，如果幾條線不分軒輊，都是同樣重要的話，就顯不出特色。一般來說，都有輕重的區別，重的是主線，輕的是副線。有了主線、副線，可使情節錯綜複雜，從副線中輔助主線發展，使之曲折有趣，內容豐富。

所謂副線，就是主線所產生的枝節。主角在朝向他最後目標進行時，在

這過程中，他會得到某些人的幫助，或遭遇某些人的反對。無論是利是害，是敵是友，這些人的行動，就構成了副線的情節。

在主線推展的過程中，所產生的枝節（副線）能多能少，沒有嚴格的要求，為了協助主線更能戲劇化的發展，副線可隨機而變。但是副線不可破壞主線的統一性，也就是副線不可喧賓奪主。凡是能輔助主線的便是可取；如果與主線拉不上關係，或對主線不發生作用的，便要捨棄。

電影的內容，在時空方面雖不受限制，但其與觀眾正面接觸的真正時空，局限在一個固定範圍，時間以不超過兩小時為原則。空間則為一塊銀幕，如果人多事多，第一，必然混淆觀眾耳目；第二，結構容易鬆散，失去戲劇重心。

清代戲劇名家李漁特別強調結構，他對結構的要求是頭緒不可繁雜，他在《閒情偶寄》裡這樣說：

> 頭緒繁多，傳奇之大病也。荊劉拜殺（荊釵記、劉知遠、拜月亭、殺狗記）之得傳於後，止為一線到底，並無旁見側出之情[12]。

除此之外，他還提到要前後照應，使其完整，他說：

> 編劇有如縫衣，其初則以完全者剪碎，其後又以剪碎者湊成。剪碎易，湊成難，湊成之工全在針線緊密，一節偶疏，全篇之破綻出矣。每編一折，必須前顧數折，後顧數折。顧前者，欲其照映；顧後者，便於埋伏。照映埋伏，不止照映一人，埋伏一事。凡是此劇中有名之人，關涉之事，與前此後此所說之話，節節俱要想到，寧使想到而不用，勿使有用而忽之[13]。

在結構方面，希區考克（Alfred Hitchcock）習慣兩個高潮的安排，一陣狂暴慌亂之後，峰迴路轉柳暗花明，又引出另一個最後的高潮，這種鬆緊並用的方式，非常吸引人。

不管線路有多少，到最高潮時，必須將所有的線收束在一起，這時已到了結束的尾聲，收束時要乾淨利落，不拖泥帶水。

結構一部腳本，應該有長時間，先將整個故事用順敘式的記下來，研究主題，做精細的劇情分析，再配置適當的情節，進行分場。填寫分場表（scenario），把每場所要寫的詳細記下來。不厭求詳、不厭刪改，一部腳本才能得到完整的結構。

編劇工作比其他寫作耗費時間多出幾倍。而耗在結構劇情的時間上，尤比寫作腳本的時間還要多。但這時間並不是白費的，在結構上多用工夫，相信在腳本上會有收穫。

第三節　結構的安排

劇本情節在作品中必須透過劇作者的結構和組織，才能表現出來。如果說，情節是內容，結構就是一種形式。電影劇本中的結構，是劇作者根據創作的總體需要對情節——人物、事件及其發展——所進行的有意識的組織和安排。

結構的組成

從結構的組成看，它往往被分為序幕、開端、發展、高潮、結局和尾聲等。

序幕

是指中心情節展開以前的段落，一般用來介紹劇中人物的身世，劇情發展的起因、背景或環境，預示全劇的主題，設置懸疑，賦予作品以某種基調，暗示一種敘事的方式等。序幕的表現方法，除直接的造型表現外，還可以採用旁白、字幕等，有時則與演職員表的出現疊合在一起。序幕的篇幅必須簡練，並非所有影片都必須有序幕。

開端

劇作主要事件的起始、主要人物的出現和主要矛盾的顯露，就構成了結構的開端部。

與發展、高潮、結局一起構成劇作的主體結構。開端除交代時間、地點、人物外，主要是引出劇中的主要人物和主要衝突，或者埋下伏筆，為作品的情節發展打下基礎。如電影《芙蓉鎮》的開端，從胡玉音的米豆腐店生意興隆到李國香暗下計謀要陷害胡玉音為止，各種主要人物都已出場，而且拉開了胡玉音與李國香衝突的帷幕，為以後的劇情發展開了頭。

開展

指開端以後，主要衝突以及次要衝突不斷加強、激化，它是劇作的情節主幹，承先啟後，既使開端時的衝突更加劇烈，又為高潮的到來做好準備，並使衝突各方得到充分展示，人物性格得到鮮明的創造。這一部分在情節結構中，篇幅最長、內容最多，使觀眾的心理期待累積充分，於是，高潮的到來便如「箭在弦上，不得不發」。如美國電影《魂斷藍橋》，它的發展過程，主要經過了相愛、分離、誤會、淪落等階段，人物命運、人物關係的發展，引起了觀眾強烈的期待，為最後重逢和自殺的高潮，做好充分準備。

高潮

是劇中主要衝突發展到最緊張、最激烈、最尖銳的階段，是決定人物命運、事件轉折和發展前景的瞬間，也是劇中累積起來的各種衝突和感情的總爆發。它既是作品中人物性格最鮮明的體現，也是作者感情最濃烈的顯示。高潮不宜出現過早，否則就會影響觀眾的接受心理，一般都是在劇本的後半部出現。

對戲劇結構來說，高潮部是劇作中最重要的部分。它是矛盾發展的必然結果和頂點，是主要人物性格塑造完成的關鍵時刻，也是劇作中主要懸疑得以解決的時刻。因而，它應該是最緊張和最為震撼人心的，所以，經驗豐富的電影編劇者，都十分重視對高潮的處理。

結局

　　在戲劇結構中，當高潮過去之後，主要衝突和主要懸疑的最終解決，主要人物性格的最後完成，使劇作終於出現了一種平衡和穩定，這便構成了結局部。

　　結局是情節發展的最後階段，主要衝突已經結束，人物性格發展已經完成，主題也有了明確的完整表現。結局應該從容又乾脆，既不要潦草收場，也不能畫蛇添足，而要做到畫龍點睛，為全劇的思想、人物、情感拓展新的空間。

　　汪流主編的《電影劇作概論》中，討論到結局時說：

　　在處理結局時，應注意以下幾個問題：

　　第一，結局部應該在動作中進行表現。有些作者，一等到結局，首先考慮的不是通過人物的動作展示現在和將來，而是藉某個人物之口對觀眾已經看到的過去進行總結和評論，這不但起不到任何作用，反而在影片最後，又將前面所創造的藝術真實全部破壞了。這對作者來說是最笨拙的，也是最容易引起觀眾反感的處理結局的方法。

　　第二，在處理性格時必須注意掌握性格發展的一定限度。所謂性格的完成，並不是說好人必須完美無缺，壞人必須一壞到底，中間人物必須或成為好人或變為壞人，而是指對性格的各個側面進行了充分的展現，使性格的發展得到了生動的刻劃……

　　第三，在結局部對矛盾的處理上也應注意掌握一定的分寸。主要矛盾到了結局部固然已經解決，但這只是相對而言的。主要矛盾解決了不等於所有矛盾都解決了，一個矛盾解決了還會產生新的矛盾……

　　最後一點是，結局部應該乾淨利落，切忌拖泥帶水，畫蛇添足。觀眾已經看到的事實不需贅述，觀眾已經明白的道理不必再講，觀眾尚需思索的問題則留待他們自己去思索。正如艾森斯坦所說：「善於在該結束的地方結束，這是一種偉大的藝術。」**⑭**

尾聲

大致有幾種作用：一是補充交代；二是展示事件未來的發展趨勢；三是暗示主要人物今後的生活方向；四是重複加深對全劇的主要人物、精采情節或主題的印象；五是做出哲理性的概括。尾聲有時採用字幕或旁白，有時是對劇中片段的重複，有時是透過與畫面配合的音樂、歌曲來點染。尾聲必須簡短、別致。

結構的類型

從結構類型看，有順敘結構、倒敘結構，以及兩者混合使用的交錯式結構。

多數影片所採用的是順敘結構，即按照事件發生的時間順序來安排情節。

倒敘結構常常將結局放在作品的開始。許多偵探片、驚險題材的電影，都採用這種結構方式，它可以吸引人的注意、加強懸疑效果。

但在一些影片中，還採用順敘和倒敘交錯的結構方式，如在事件發生過程中插入回憶等。如法國電影《廣島之戀》，它將一位女演員和一位建築師的愛情與對戰爭和往事的回憶，交錯結構在一起。

選用什麼樣的結構方式，要根據作品的總體需要做出決定。

結構的時空

從結構的時空看，有多時空結構、多視點結構、平行結構、套層結構、組合結構等。

多時空結構打破了現實時空的關聯，按照一定的藝術原則對時空進行自由組合，現在、過去、未來、現實、想像、夢幻相互交織，大幅度的跳躍，多層面、多維度的時空世界，常用以表現人物心理活動和意識流程。一些現

代主義電影曾採用這種結構，如法國電影《去年在馬倫巴》。

多視點結構是指作品中的敘事，是由不同的人物，透過不同的角度來進行的一種結構。這種多視角的敘述方式，可以使作品顯示出一種複調的效果，更深刻而富於哲理地展示敘述者與事物的關係。美國電影《大國民》、日本電影《羅生門》，均採用了這種結構。

平行結構是指同時描寫兩組人物及兩組事件，相互對照、烘托，形成一種對比關係。

套層結構亦稱為「戲中戲」，故事中還有故事，形成雙層時空。如西班牙電影《卡門》（*Carmen*），一個是演卡門者的戲，一個則是所演的卡門的戲，兩組戲疊合在一起，相互推動。

組合結構指作品由許多既獨立又略有關聯的部分所構成。經典影片《大國民》是由五個人分別講述五個不同的關於凱恩的故事，結構在一起。

結構的形態

從結構的形態看，除了一般常見的戲劇式結構外，還有所謂小說式結構、散文式結構、意識流結構等。

小說式結構不要求矛盾衝突的高度集中、強化，而致力於場面環境的細緻描繪，人物行動和心理的精細刻劃，既追求時空的宏觀性，也追求描寫的微觀性。日本電影《遠山的呼喚》就近似於這種結構。

散文式結構不注重情節的曲折性、緊張性、完整性，而是充分利用各種細節和風格化的手段，來渲染感情、表達哲理。

意識流結構是隨人物意識的流動所組成，它是某種心理表象、幻象的記錄和再現。例如柏格曼的電影《野草莓》（*Smultronstället*）。

電影化的戲劇式結構，仍然是電影編劇的主流，它要求比較集中地刻劃人物、展開激烈的衝突和完整的情節。

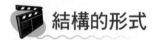
結構的形式

從結構的形式看，有內部結構和外部結構。

外部結構是指劇作的外在組織方式，包括處理部分與部分、部分與整體之間的分割與關聯，規定情節發展的基本步驟和劇情推進的韻律，安排各個人物、事件出現的序列和比例，確定場面、段落的劃分和組合。外部結構要按照一定的藝術創作意圖，從形式上固定劇作內容。

內部結構則是指劇作的內部構造方式，即構成形象的各種要素之間的內在關聯和形態，包括人物與人物、人物與事件、環境之間的關係、事件與事件的關係，以及由這些關係所構成的具體的情節和細節。內部結構應該根據創作意圖和電影造型藝術的要求處理題材、設計情節、安排人物和事件。

第四節　結構的分類

北京電影學院汪流教授在《電影劇作結構樣式》一書中，花費了很多篇幅介紹了電影劇作的各種結構樣式。據他研究的成果，電影劇本的結構有六種，包括戲劇式結構、散文式結構、心理結構、電影劇作中詩的成分、混合的結構樣式、西方現代主義電影的結構[15]。介紹如下：

戲劇式結構

戲劇式結構又叫作「傳統式結構」。這是由於電影先借助於戲劇，後來才借助於小說，戲劇式結構在前，因此而得名的。同時，人們往往把其他的電影結構形式，統統叫作「非傳統的結構」。顧名思義，戲劇式結構在電影史上占有「傳統」的重要位置。這不僅是由於電影自有聲以來，就採用了這種結構形式。雖然到了四、五〇年代，已有許多中外優秀影片採用了這種結構樣式，並在攝製的影片中占有很大的比例，而且，還由於它沿襲至今，歷

時數十年而不衰。迄今為止,在世界電影中,仍有不少名片佳作繼續採用這種結構樣式。

所謂戲劇式結構,並非就是舞台上的戲劇藝術結構,但它又吸取了戲劇藝術結構中的一些重要元素。關於它們之間的異和同,推崇戲劇式結構的美國戲劇和電影理論家約翰‧霍華德‧勞遜(John Howard Lawson)對此曾做過概括:

戲劇按照衝突律來結構劇本,「也適用於電影劇本的結構」,但「電影在應用這一定律時必須注意一些重要的特殊條件」[16]。

這就是說,戲劇式結構和戲劇藝術結構的相同之處,在於它們都可以按照戲劇衝突律來結構劇本;它們的不同之處在於,電影具有一些自身的重要特殊條件。

汪流主編的《電影劇作概論》,介紹戲劇式結構的特徵如下:

戲劇性結構有三個主要特徵:一個是戲劇情節的貫串性,一個是時空發展的順序性,再一個是整體布局的嚴謹性。

一、戲劇情節的貫串性

戲劇情節的貫串性是其最重要的特徵,即以性格衝突構成戲劇衝突;以戲劇衝突構成戲劇情節,並以戲劇情節貫串於劇作的始終。因而,在戲劇結構中,十分講究對矛盾衝突進行集中而凝練的處理,並迫使其尖銳化,十分講究對情節進行曲折而複雜的安排,並使其在發展中貫串於全劇。

正因為如此,因果關係便成為性格矛盾的發生、戲劇矛盾的形成和戲劇情節的發展的內部動力。所以,在戲劇結構中,對人物、事件以及細節等各方面的因果關係,進行合理而巧妙的安排十分重要。

戲劇情節的貫串性,就必然要求其本身具備完整的特點,即因果關係清楚,起、承、轉、合明晰,矛盾的發展有層次,衝突的形成重累積,注意分場分段,重視對戲劇情節的線性安排和對重點場面的點式處理,講究故事有頭有尾,線索分明。

二、時空發展的順序性

戲劇性結構的第二個特徵，是時空的順序性。一般都是以順時的時空關係構成的，使故事的發展按時間的順序進行，使情節步步推進、環環相扣，絕不允許隨意打亂時空順序。

從一般意義上說，時空的順序安排，使觀眾看起來比較順理成章，因而易於被觀眾接受。

三、整體布局的嚴謹性

戲劇性結構的第三個特徵，是它的布局的嚴整性。整體劇作包含著開端、發展、高潮和結局四個部分，而且在每一段戲裡也大多包含著以上四個部分。由於分段分場明顯，以及段落和段落、場面和場面之間，按因果的內在聯繫形成的順序組合，這都是造成布局上規整和嚴謹的直接原因[17]。

散文式結構

散文式結構分成兩類：線形結構的散文式電影和塊狀結構的散文式電影。

線形結構的散文式電影

線形結構的散文式電影，有如下的特點：

1. 它確實像威廉・阿契爾（William Archer）所說，在把一個性格或者一種環境的變化階段，表現得那麼委婉細緻。與戲劇式電影比較，它不著力於表現衝突，而是著意於表現人物思想感動的細微變化。

2. 正因為線形的散文式電影要著意去表現人物思想感情的細微變化，而不是著力去描寫矛盾衝突，這就決定了它在取材上具有自己的特點。這就是，線形的散文式影片的取材，不從是否有利於開展衝突的方面去著眼，而是著眼於那些有利於表現人物思想感情細微變化的材料。

3. 重細節，不重情節。這一點很重要。戲劇式影片依靠一條主要情節線

索的發生、發展和解決未完成敘事。而散文式電影則不然，它不重情
節，而是在細節上下工夫。

4.塞薩‧柴伐蒂尼（Cesare Zavattini）說，「沒有必要把日常普通事件
編起來，搞成什麼說明、進展、高潮」，而應「按其本來面目表現出
來」，這句話是道出了散文式電影的特點。但是，散文式電影又並非
對事件沒有編排，恰恰它十分強調細節的前後照應，而且正是透過細
節的前後照應而造成場面的有效積累，從而完成人物思想感情以及人
物關係的細微變化。只是這種編排不搞什麼「說明、進展、高潮」。

5.美國電影理論家D‧G‧溫斯頓（Douglas Garrett Winston）說：「小說
中事件的結構比較鬆散，而與之相反，戲劇中的情節和衝突等因素的
結構，則比較緊湊和嚴謹。」

6.高潮。正因為線形的散文式電影不以衝突為基礎，所以它也就不會出
現隨著衝突的不斷深化的衝突頂點——戲劇性的高潮。

7.結局。線形的散文式電影忌敘事帶濃重的人工痕跡，因此，電影藝術
家就好像是隨手從生活中截取了一個段落似的，讓故事情節顯得那麼
自然、樸實。這就造成線形的散文式電影的結尾，常常出現一種戛然
而止的勢態。不像戲劇式電影那樣，必須有頭有尾，顯得十分完整。
而且，戲劇式電影總要在結局部分把衝突解決得清清楚楚，敵對雙方
誰勝誰負，一清二白。

塊狀結構的散文式電影

塊狀的散文式結構，主要表現在以下三個方面：

段落和段落之間不存在必然的依存關係

戲劇式電影和線形的散文式電影，都十分講求段與段之間的依存關係，
其中的一部分行動必須蘊涵在另一部分行動之中。顯然，這是由於衝突的激
化過程，以及人物性格發展的軌跡向結構提出的要求。而在塊狀的散文式電
影中，正是由於沒有高度集中的衝突，寫人也只是抓住最具有性格特徵的幾
個側面傳神地勾勒幾筆，因而在結構上也就必然會造成段與段之間缺少必然

的依存關係。故而在這類影片之中，只要一個段落能夠頗為合理地由另一個段落產生出來（有時甚至連一點關聯都沒有），即可將劇情發展下去。所以，構成塊狀的散文式電影劇本的，實際上只是一些串連起來的段落而已，它們並不講求段落與段落之間的必然性，以及它們之間深遠的依賴關係。

看不到在戲劇式結構中必有的那種高潮和結局

這是由於這種結構樣式既沒有戲劇衝突所形成的那種緊張發展的過程，也沒有衝突激化後必然要出現全劇高潮的那種形勢。這類影片的結構，總是以勻稱、平衡的畫面，從容不迫地來展示生活中發生的一個個事件。可以這樣比喻：塊狀的散文式電影如行雲流水，它以「簡約平易」和「羅羅清疏」見長；戲劇式電影卻如雷雨天氣，它不斷發出小的霹靂，然後形成一聲巨雷。

屬於順序式結構，基本上很少應用閃回

不採用把現在、過去和未來交織起來的手法去組織情節，而是按照生活本身的順序向前發展。在這一點上，它似乎和戲劇式結構相似，而和時空交錯的影片不同。

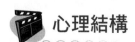 ## 心理結構

過去常把這類影片的結構稱之為「時空交錯式結構」，但時空交錯只是一種手法，還不是一種結構樣式。因為這種手法可以運用在各種各樣的結構樣式中。

心理結構的特點在於：它著力去表現人物的內心世界和對人物內在感情的剖析，以達到刻劃人物的心理活動為目的。這種結構樣式的另一特徵是：追求敘述上的主觀性和心理性，並根據人物的心境變化，用回憶倒敘的閃回形式，把過去的事情交織到現實的動作中來，以此進行布局和裁剪，加深影片的感人力量。

在這類結構的影片中，之所以可以不遵循時間的順序，把過去、現在和未來相互穿插起來，是依據了這樣一條原理：人的心理活動（如：回憶、聯想、夢幻等）是不受時間和空間限制的。

這種結構樣式，不僅擅長於對人物內在感情的剖析，而且，因其根據抒發人物情感的需要去進行布局和裁剪，因此往往可以省略掉與人物無關的、過程性的描寫，在結構上顯得十分凝練和濃縮。

戲劇式結構中的「閃回」和心理結構中的時空交錯，是有區別的，其區別就在總體結構上。戲劇式結構雖也在局部情節中運用「閃回」手法，但其基本結構是以衝突所展開的動作過程——開端、發展、高潮、結局來結構的；而時空交錯則以意識活動的跳躍為依據，用現在、過去、未來交替進行的方法去組織整個情節。它們在結構的根本之點上是很不同的。

心理結構由於運用了時空交錯的手法，它在分段和分場的格局上，也明顯地與戲劇式結構不同。如果說，在戲劇式結構的影片裡，段落是十分分明的，場景有一定的限制；那麼，在心理結構的影片裡，根據意識活動的跳躍改變場景，不僅段落不甚分明，場景的轉換也很多，因此每場戲很短，場景也明顯增多了。

心理結構除了採用主觀敘述的方式外，還打破了過去認為「只有請人物用自己的行動和語言」去表現人物內心世界的局限，採用了與小說相似的直接披露人物內心世界的手法。但是它與小說又有不同：小說用語言進行心理描寫，電影用畫面和聲音達到相同的目的。電影是借鑑了小說的表現方法，而又將之變成「電影的」。

電影劇作中詩的成分

首先，詩的電影像詩歌一樣，最富於作者的主觀感情。雖然電影作品都要包含作者的主觀感情，並將這一感情傾注在客體的形象之中，但是詩的電影中洋溢著的感情畢竟是最強烈的。而且，影片往往要透過主角尖銳的、感情上的變動和主角主觀的、心理上的折射，去反映故事情節。因此，觀眾所

看到的，是主角所感受的現實。觀眾從中既能感受到詩意的激情，又處處不脫現實的具體性。在這一點上，電影與詩有共同之處。

其次，詩的電影中表現的思想感情，有別於一般影片中所表現的思想感情。一般影片中表現的思想感情，是基於現實生活的，是現實主義的；而詩的電影中出現的思想感情，雖也必須根植於現實的土壤之中，但它富於想像，具有人物個性的獨特之處，是作者抓取了人物情感中昇華了的、最具光彩的那一部分，因此，它具有浪漫主義的色彩。影片也藉此構成了詩一般的意境。在這一點上，詩的電影和詩也是相通的。而且，為了造成這種詩的意境，電影也往往要採用詩中寓意的手法，即將那種昇華了的感情，透過寓意的手法得到表現。

影片中的寓意手法，雖常要採用詩中情景交融等手段，但因它們各自使用的工具不同，使電影和詩便具有各自的特色。詩是透過有韻律的語詞，寫給人看，引起聯想；電影則要運用造型的畫面和畫外之音等藝術手段，訴諸人們的視覺和聽覺，產生出影片獨具的深邃而優美的意境來。

電影的詩意應當不只是產生自一幅畫面之中，更應當產生自一組連續的畫面之中。在這方面，有許多出色的例子可舉。如蘇聯影片《安娜・卡列尼娜》（Anna Karenina）中的「賽馬」那場戲，導演沒有直接去拍賽馬的場面，而是從側面拍攝安娜看賽馬時的緊張心情，和她丈夫對她的觀察。透過這組畫面，能夠更加刺激觀眾對賽馬的關心，並且產生出對不幸者安娜的無限同情。不僅如此，這組畫面也能使觀眾聯想到，招致安娜不幸的真正原因，正是那位站在她的身後，代表著上流社會用虛偽、冷酷的道德觀壓迫著她的貴族丈夫。這是一組構思巧妙、含蓄，而又能觸發觀眾產生聯想的畫面。而在另一些影片裡，盎然的詩意卻又來自像是一幅幅風景畫的畫面本身。

再次，電影也從詩中學習了詩一般的結構美。吸取詩的結構方法，使得詩的電影從開頭到結尾，既有情節發展的清楚內在邏輯關聯，而形象的開展卻又比較迅速；往往只用幾個鏡頭就表達了無限深厚的感情，摒棄了單純的交代，省略了鏡頭與鏡頭之間一些浮面的、形式上的關聯。

詩的電影還往往要採用詩的重疊、對比等手法。重疊的手法，在詩中是

一種迴環的形式，它重複地說，目的卻並非為了說得少，而是為了要說得強烈些，或是為了使形象更為飽滿，使意境更加深遠。詩的電影借用這種重疊的手法，是為了根據情節或人物情緒發展的狀態，用它來造成一種感動人的調子。因此重疊手法的出現，總是在合理、巧妙的布局中，造成動靜結合、互相依託、前後呼應的局面。對比的手法和重疊的手法不同，它不是同一事物的再度出現，而是用相反的事物造成呼應和對照，以強化人物情感的波瀾，達到渲染和強調的目的。

混合的結構樣式

如果我們進一步來研究電影劇作的結構樣式，又可發現，在實際創作裡，結構樣式並非總是表現得那麼單純，它往往在一種結構樣式之中，交錯、滲透進去其他的結構因素。造成這種狀況的原因，從電影劇作家的角度來說，是出於他所要表達的內容的需要，也是出於他已形成的獨特風格的需要，於是他就不可能受這種或那種結構樣式的限制。他為了能夠更完美地表達出他所要表達的內容，做到內容和形式的和諧統一，自然而然地便會產生出並不那麼純淨的種種結構樣式來。而從電影作為一門綜合藝術的角度來說，電影也只有透過綜合（不僅是各種文學形式的綜合，還包括各種藝術的綜合），才有可能將極為豐富的現實生活內容完善地表現出來。

這種混合形式是戲劇因素和小說因素的結合，而且常見於根據小說改編成的那些影片之中。

西方現代主義電影的結構

西方現代主義電影有一個共同的最基本的形式特徵，便是對傳統的情節結構的否定。

西方現代主義電影主張以非理性的直覺、本能和下意識，來體現創作者的「自我」。因此，他們不把情節作為電影的基本結構，而是採用了適宜

於非理性的主觀想像,可以任意跳躍的非情節和非結構的模式。其中包括兩種基本傾向不同的影片:一種是以直接記錄「生活的流動」,所謂純客觀的「生活流」;另一種則是以直接表現「意識流動」,所謂純主觀的意識流。

「生活流」電影主張「讓生活本身說話」,按照「生活本身的自然流動」,對生活做一種「純」客觀的記錄。換句話說,這種影片要求「按照生活原來的樣子」去記錄生活,對於所描寫的對象不做任何思考和概括,也不做任何評價和分析,而認為應該由觀眾自己去得出結論。

「意識流」電影主張以非理性的意識流動構成影片的內容。所謂「非理性的意識」,是指一種不清醒狀態的意識活動,如夢、幻覺等都是。所以,意識流電影即是由一連串彼此毫無關聯的回憶、幻覺等景象的流動所構成的影片。

「生活流」和「意識流」不是相同而是完全相反的東西:一個標榜「客觀性」,一個強調「主觀性」。但兩者殊途而同歸,前者反映極其瑣碎、偶然的不帶有生活客觀規律性的東西,後者反映由下意識所產生的混亂的世界視象。

總之,結構作為一種形式,首先必須服從於它所表達的內容的需要,必須與總體藝術設計相符合。其次,結構要帶給作品以鮮明的敘事韻律,既絲絲入扣,又從容不迫,在層層推進中,與觀眾的心理韻律和感情變化相呼應。最後,結構還應追求和諧、變化和獨特,結構本身也可以給作品帶來獨立的形式美。

註釋

❶費爾德著，《電影腳本寫作的基礎》，第56頁。

❷普多夫金著，《電影技巧與電影表演》，第126頁。

❸關於「新小說」的精神和表現手法，可參閱梅席耶（Vivian Mercier）所著《新小說指南》（*A Reader's Guide to the New Novel*）的緒論部分，該書1971年由紐約Noonday文學指南叢書出版。

❹朱疇滄著，〈實驗電影的特質〉，刊《電影評論》第5期，第91頁。

❺李曼瑰著，《編劇綱要》，第10至12頁。

❻費爾德著，《電影腳本寫作的基礎》，第45至46頁。

❼汪流主編，《電影劇作概論》，第232頁。

❽同❶，第57頁。

❾一個好的腳本應具備的條件：

第一個，要有思想。以《太陽浴血記》（*Duel in the Sun*）來說，它本來只是一部單純的西部片，可是我們從這部片子可以看到，美國從農業社會跨進工業社會，過渡時期所發生的種種紛爭，這代表著一種時代性。

第二個，要有濃烈的感情，像《孤星淚》、《一襲灰衣萬縷情》（*The Man in the Grey Flannel Suit*）、《巨人》都屬於此類。《一襲灰衣萬縷情》本是一個極普通的故事，它卻代表了美國戰後對世界負責的態度。不管電影形式如何的變遷，一部電影若是激不起人們的感情，激不起人們的憐憫，那這部電影的力量將削弱不少。

第三個，要有動作。電影不單是用來講道理的，它也應該具備強烈的電影感，要有動作。像《太陽浴血記》、《一襲灰衣萬縷情》，不但是有思想有內涵，而且片中也具有強烈的動感。《霹靂神探》（*The French Connection*）充滿了動感，所以能得到最佳編劇獎。《夏日殺手》（*The Hidden Enforcers*）無疑是個好腳本，對白不多，只是用動作來表達，根本不須再多做解釋。

綜合上述三點：有思想、有感情、有動作，就構成了一個好腳本應該具備的三個條件。像《亂世佳人》（*Gone with the Wind*）這部電影就同時具備這三點。

❿徐天榮著，《編劇學》，第40頁。

⓫劉文周著，《電影電視編劇的藝術》，第141至142頁。

⓬李漁著，《閒情偶寄》，第12頁。

⓭同上。

⑭同❼，第257至258頁。

⑮汪流著，《電影劇作結構樣式》，第21至145頁。

⑯勞遜（1894-1977）著，《戲劇與電影的劇作理論與技巧》（*Theory and Technique of Playwriting and Screen Writing*），第449頁。

⑰同❼，第232至235頁。

Chapter **9**

劇本的人物

第一節　認識人物

任何腳本必須具備兩項基本要件：一是人物，一是情節，兩者缺一不可。

人物的重要

在電影劇本創作中，人物是造型形象的主體。人物的活動及各種人物關係構成了作品的情節，人物的命運形成了作品的敘事架構，編劇對生活的理解、認識、評價，主要也是透過人物得以表現。因而，塑造富有審美個性和價值的人物形象，是電影劇本創作最重要的任務。

費爾德教授在他的大作《電影腳本寫作的基礎》中，談到人物時說：

每部腳本都有戲劇性的動作和人物，你必須知道誰是你的電影中要描述的。還有什麼事情會臨到他或她，這是寫作的最基本概念[1]。

他還替「動作」（action）和「人物」（character）下了清楚簡明的定義：

動作就是發生什麼事情；人物就是誰去碰到些什麼事[2]。

腳本的誕生往往因人而異，初學編劇的人，往往以情節來決定人物；有經驗的編劇者，則是以人物來決定情節。一般而言，先塑造人物再安排情節比較理想，如此可使人物的性格較為統一，但也要根據題材而定。美國出品的《無聲電影》（Silent Movie），就是先有情節再安排人物。

顧仲彝在《編劇理論與技巧》一書中，詳細介紹人物的重要，以及人物與情節的關係，以下就是他的見解：

人物塑造和情節結構都是重要的，缺一不可，但人物第一，結構第二；情節結構必須以人物性格為依據，從人物性格中誕生出情節來；不是先有情節結構，再把人物一一安插進去。我們如果先把人物研究透

了，情節自然而然地在性格中產生了；如果先把情節安排定了，再去找人物，那人物必然跟著情節走，受情節支配，很難塑造出有鮮明生動性格的人物來；這種人物在外國戲劇術語裡就稱為「受結構支配的人物」。先有人物再有結構，就像女人生孩子是順產；而先有結構再有人物，必然是難產。有人比喻為造房子，人物是劇本的基礎，基礎先打好，再一層層造房子，那房子一定造得很穩固；先有結構再寫人物，就像造屋不打基礎，房屋就不牢固。許多作家的劇本裡人物寫不好，不是因為他不會塑造人物，而是由於他先把劇本的情節結構搭好，於是人物就受了結構的約束，不能自由生長而僵化了。我們知道人物的個性裡不僅有他性格的特徵，並且還包括他的環境、他的遺傳、他的興趣、他的信念、他的理想，甚至於他的誕生地區的地方特點，所以只要把人物的各個方面都瞭解清楚了，摸透了，情節就自然而然地很容易地產生了。人物性格裡面包含著情節❸。

美國的拉約什‧伊格里（Lajos Egri）在其所著的《戲劇寫作的藝術》（*The Art of Dramatic Writing*）一書中，也說：

任何人，不論是否有靈感，如果把劇本的成敗寄託在人物性格上，他的方向就算對頭，他的方法就不會出錯，不管他是有意還是無意。關鍵不在劇作者口頭怎樣說，而在筆下怎樣寫。任何偉大的文學作品都著眼於人物性格的描寫，即使作者是從情節入手也一樣。人物性格一旦被創造出來，就成了頭等重要的因素，情節必須重新安排以適應它們❹。

人物與情節

無論是先有故事，先有意念，或者是一則不為人知的小新聞，究其終了都得藉一、二人物，透過他們的聲音、肢體、動作、表情，而將腳本的情節加以組合連貫，呈現在觀眾眼前。腳本的組成因素包括了堆砌的布景、襯托的道具、衝突的精神、適宜的對白……這一切都因人物的存在而有意義。人

物的注入，促成腳本從無意的雕琢，提升為有意義的生命，悲則令人泣不成聲，喜則使人舞之蹈之。人物賦予情節生命和意義。誠如費爾德說的：

　　沒有衝突就沒有戲劇；沒有需要就沒有人物；沒有人物就沒有動作❺。

　　人物是腳本的骨架，動作是血肉部分，兩者相連才構成一部完整的腳本。

　　首先我們必須理解人物塑造（characterization）、人物性格（character）和人物特性（characteristic）的區別。人物塑造包含著人物的所有事實，性格是其中之一，而特性是性格裡的一個因素。

　　電影既受到時間等的限制，在一百二十分鐘內交代一個故事，使人物塑造成功，當然不是一件容易的事，唯有那些能認識人物，並把握他們個性的作家，才可以做到；否則，劇中人物就會顯得平淡無奇、無個性、不突出……或抄襲前人的造型，流入一般老套模式，像這樣的腳本，既沒有創意，當然也就不會有獨特的風格了。

　　因此，在編劇前，或更精確地說，在塑造人物前，須先認識人物、瞭解人物。名劇作家易卜生曾向人透露他的工作方法：

　　我開始工作時，感覺好像坐在火車上去旅行時，遇到這些人物，在第一次邂逅中，我們談這個又談那個，幾乎無所不談。我開始寫作時，就好像我們相處達一個月之久，關於他們的個性連那些古怪的小動作，我都摸得一清二楚❻。

　　他就是先做認識人物、瞭解人物的工作。

　　日本著名的電影編劇兼導演小津安二郎，他寫腳本的第一個步驟，就是分配角色。小津說道：

　　除非你知道那些角色將由誰來扮演，否則寫腳本是不可能的。正如同一個畫家在不知道他將使用什麼顏色的情況下，無法動筆作畫的情形一樣。對於明星，我一向不感興趣。演員的性格才是最重要的。這不是他有多好的問題，而是他實際上是一個什麼樣的人的問題。他所投射的，不是劇中的人物，而是他自己❼。

 人物之間的關係

電影劇本的任務是在寫人，這是毋庸置疑的。但是這個人，並不是孤立的，他是社會中的人，是生活中的人。因此，寫人，就應該圍繞著人，處理好與人有關的幾種關係，特別要寫出彼此間相互映襯、互為作用的關係。具體的說，有以下幾種：

人與人的關係

這裡有主要人物與次要人物（包括群眾角色）的關係、正面人物與反面人物的關係。紅花需要綠葉陪襯，人物也需要在彼此的映襯中，才能顯示出各自的個性差異來。

人與物的關係

這裡有人與事物的關係、人與細節的關係、人與景致的關係。這些關係一旦出現在銀幕上，就得讓彼此之間有一種內在的聯繫。

人與社會的關係

包括人與政治背景、環境氣氛，乃至社會心態的關係。人與社會的關係，須合乎情理，彼此既協調又能為塑造人物形象服務。

當然，不論人與人的關係、人與物的關係，還是人與社會的關係，其核心仍是人。

 人物的特性

腳本要描寫什麼樣的人物呢？什麼樣的人物才適合編成腳本呢？

戲劇人物必須具備下面的特性：

📹 特殊性

一個普普通通、平平凡凡的人，一點都沒有「戲感」，怎麼會引起觀眾的興趣呢？

這種普通人，音容笑貌與其他人沒有兩樣，觀眾見得多了，平淡無奇，這樣的人不太適合成為劇中人物。唯有特殊的人，一言一行都與眾不同，這樣的人一舉一動都有「戲」，自然引起觀眾的興趣了。

世界上平凡的人多，特殊的人少，千百而不得其一，因此劇作者必須有豐富的經驗與敏銳的觀察力，在千千萬萬人群中，在平凡中求特殊，在特殊中求平凡。一個平凡的人，有他特殊的地方；一個特殊的人，也有他平凡的地方，這兩種人都是編劇心目中的理想人物。有經驗的編劇者，能很精密的從極平凡的生活中去發掘特殊的事物；從特殊的事物中發掘平凡的境地。事實上，大多數的腳本都是描寫這些人物。

如何從特殊中尋找平凡，在平凡中發掘特殊？

這裡有個簡單的方法，就是發掘「反常」的地方。例如普通人都有嫉妒的心理，這是人之常情，並無特殊之點，所以有這種嫉妒心的人，還不能成為戲劇性的人物。可是如果一個人的嫉妒心達到瘋狂，甚至殺人的程度，這就是異於常人，而成為戲劇性的人物，如莎士比亞筆下的奧賽羅便是。又如好人不如壞人，妻子不如情婦，結婚不如偷情，談天不如吵嘴，吃飯不如喝酒，喝酒不如酗酒……再如壞人本是作惡多端，忽然放下屠刀做好事，嚴守婦道的妻子，竟然背叛丈夫紅杏出牆……這些都是平凡中有特殊，特殊中有平凡。

只要細心觀察周遭的人物，戲劇的題材俯拾皆是，如果能深入留心，刻意描寫發揮，不難創作出成功的好腳本。但不可為了找特殊人物，而一味描寫變態的人物，傳播變態的人生觀。

📹 衝突性

戲劇的本質就是衝突，戲劇人物具備衝突性，這是無可置疑的。問題是人物要有如何的衝突呢？腳本不論寫什麼人物，都必須安排在衝突的局面

中；也就是說，一個普通的人物，一旦使他有了衝突，他的生活和行為就不平凡，他隱藏在內心的祕密、動機、善惡的觀點，及偽裝在外的各種面具，他的喜怒哀樂、情感理智……一件一件揭開了，赤裸裸地呈現在觀眾眼前，也深深震撼著觀眾，把他們的慾望表達出來。

根據這點，什麼人物都可以寫，帝王將相、皇親國戚固然是腳本的好人選，販夫走卒、三姑六婆又何嘗不是腳本的最佳人選呢？問題只在這些人物有沒有值得在觀眾面前呈現的衝突而已。

第二節　區分人物

其次談到人物的分類。

人物如果談到分類，事實上是無法分類的，因為「人心不同，各如其面」，無法詳細區分。不過為了說明方便，可做概略的分類，對腳本的寫作當有助益。

正派人物

1. 平正型：這型是最常見的一種人物，也可以說是最正常的人物，品行端正、見解平和、面貌端正、心地善良。

2. 拘謹型：這一型就比較有些特色，他言語謹慎，行動拘束，不敢多動多言，顯得過分老實。

3. 拙笨型：這一型並不是喜劇裡面令人可笑的笨蛋人物，而是在智慧上稍低於常人，因而產生戲劇性。

4. 機智型：智慧高而異常機警，但用心公正，不是為了一己之私而用心機的人物，如歷史上的諸葛亮、張良。

5. 忠正型：這一型是忠臣義士型的人物，他們的機智未必勝過機智型，但其人的品德性行，忠誠正直，超過常人，如岳武穆、文天祥。

6.剛愎型：這一型的好人，有時會因過於剛正而做錯事，他絕對的有心為善，當然更無心為惡，卻會做壞了事。

7.粗豪型：這種人物多是很可愛的粗人，心地善良，行動粗魯，如《水滸傳》中的魯智深。

8.火爆型：性情太躁急，沒有耐性，三言兩語之間就能吵起來，甚至揮拳打架。

9.純真型：這一型的人天真未泯，並不是孩子，但是對任何事情都只看見平直的一面，是很容易受騙的好人。

10.自卑型：有嚴重的自卑感，因而造成過度的自尊，使許多事在他的因應之間，造成偏差，事實上他絕非存心為惡。

以上就正派人物粗分為十種類型。實際上，人心不同，各如其面，正派的人絕不止於十種，千百種也限制不住，不過我們實不必那樣細分。但劇中人物要有分別，同是正派人物，就必須分開成幾種類型，否則的話，每個人物都相同，便成了複製品。

反派人物

1.兇狠型：這一型的人物，外型兇惡，一看就知道是反派，做事心狠手辣，一切形之於外的壞人。

2.陰險型：這一型的人，外貌看起來並不兇惡，而內心陰險，專門處心積慮的做壞事，害人圖利，實際的兇狠，比兇狠型且有過之。

3.墮落型：這一型的人，吃喝嫖賭，作姦犯科，無所不為，見利忘義，毫無品德可言，自暴自棄，不只圖眼前快樂，而且用卑劣方法求取將來的快樂。

4.紈袴型：只知享樂，可以一夜賭輸全部祖產，可以淫人妻女不以為意。這樣的人，最後窮途末路，可以為盜賊，可以為賣國賊。

5.敗類型：遊手好閒，社會敗類，專做欺壓詐騙，惡人幫兇。這種人以做壞事害人取利為快意，視做正事、做好人為不正常。

6.小丑型：壞人的手下，仰人鼻息，助紂為虐，混口飯吃，卑鄙得可
憐，下賤得可惡，但他還自鳴得意，狐假虎威。

7.奸詐型：這一型人物，在外表上極力表現其美善，而內心隱藏著極深
的奸詐之心。他一切用詐術，別人或許對他深有好感。他比陰險型更
可怕十倍，自古大奸都是這一型。

8.諂佞型：媚上驕下，以說別人壞話、打倒好人為職志；對上諂媚，不
知羞恥，只知如何逢迎邀寵，做了壞事從不覺得慚愧，也沒有同情
心。

9.潑辣型：這當然專指女性。戲劇中潑辣型的女人，都是相當突出的。
潑辣型的女人都屬反派。

10.風騷型：這當然也是指女性。風騷型和潑辣型大為不同，潑辣是在言
語行動之間，肆意恣行，似乎無人能限制她，因此造成一種雌威，使
許多人都怕她。而風騷型的女性放縱的表現魅力，往往造成不正常的
行為。

11.交際花：這一類型自然也專指女性，江湖氣特別重，善交際，多手段
❽。

　　人物分正反兩者，只是一種粗分。事實上，人物的性格類型都是千變
萬化，絕不是前面所說的幾種類型所能含括。至於細分，則要靠編劇者去創
造。編劇者筆下可以創造出無數種形態的人物，演出感人的劇情，這實在是
藝術家的功能，而不是理論上的歸納分析所能做得到的。

第三節　塑造人物

　　區分人物類型後，接著須確立主角，然後將他或她的生活構成要素，
分別變成兩種基本的種類：內在的（interior）和外在的（exterior）。人物的
內在生活，發生於出生到開始拍攝電影的剎那為止，這是構造人物（forms
character）的過程；人物的外在生活，發生於攝製電影的剎那開始直到故事
終了，這是顯露人物（reveals character）的過程❾，如圖9-1所示❿：

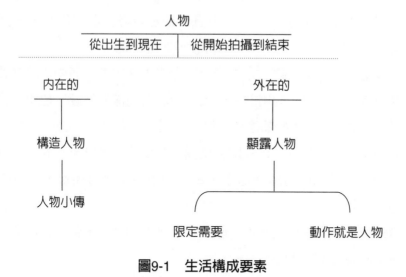

圖9-1　生活構成要素

人物生活的基本要素

人物還必須多樣化，不可抄襲老套，塑造刻板型的人物。

但怎樣使人物具有真實與多元化呢？

首先，分別將人物的生活歸納成三種基本要素：職業的、個人的和私人的。

職業的

人物靠什麼維生？在哪裡工作？他是銀行的副總裁嗎？或建築工人？是無業遊民？還是科學家？或是鴇母？他或她做什麼？

若人物工作的地點在辦公室，那他在辦公室做什麼？他和同事的關係又如何？他們各自獨行其是呢？還是互相協助、互相信任呢？在公餘休閒時間，彼此有社交活動嗎？他又和老闆如何相處呢？有好的關係？或因為意見不同、待遇不公而有些憤恨？你能限定和揭露人物在他的生活中與其他人的關係，你就是創造了個性和觀點。這就是開始描寫人物的觀點。

個人的

你的主角是單身漢？守寡、已婚？分居？或離婚？若結婚，他和誰結婚？何時結婚？他們的關係又如何？交遊廣闊或孤獨自守？婚姻美滿或有外遇？若單身，他的生活又如何？他離過婚嗎？離過婚的人有許多的戲。

你對人物產生疑問時，就反過來探討自己的生活。問問自己：若我也處在那種狀況，我會怎麼做？限定你個人的人物關係。

私人的

獨處時，他或她在做什麼？看電視、運動——例如，散步或騎單車？他有寵物嗎？哪一類？他是否集郵或參加一些自己喜好的活動？

簡單地說，他或她獨處時，這些都包括在人物生活的範疇[11]。其間的關係如圖9-2所示[12]：

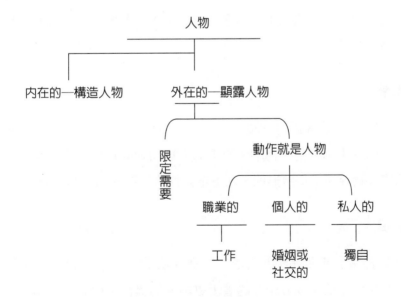

圖9-2　人物生活的範疇

人物安排的考量因素

編劇者在安排人物時，必須注意人物與情節的配合，在配合時必須注意下述幾個因素：

外型

在我們的生活領域裡，常聽見這句話：「他給我的印象……」這印象包含了內在涵養和外在的修飾儀態，諸如這個人的年紀、高矮、胖瘦，基於這些外型有時能加強人物的特性。因此，編劇者在創造人物時，為了強調該人物，製造該人物的特性，外型的配合實有必要。

內在

心靈活動是人物的精神所在，除了不變的外型，編劇者應致力於人物心靈的描述，舉凡人物的慾求、憎惡、喜好。人物若喪失了內在的表現，將無異於活的死道具。

社會

任何時代的社會都有它獨特的生活層面，生活在相異的社會下，因而各有其不同的生活習俗。編劇者筆下的人物須和此種習俗達成某種一致的形態，倘使人物違逆了這層形態，那麼這人物將是特殊的，非常態的。

家庭

編劇者為了情節進展的需求，時而會安放些不同背景、不同階層的家庭，這些家庭中的組成分子，隨著上述境遇的異樣，而表現出相異的行為語言。例如一位生長在貧民窟的孩子，竟穿著一套絲綢的衣服，溫雅的站在鄙視他的鄰人面前。就常理而言，貧民窟的孩子如何穿得起絲綢的衣服呢？由此而情節上必定有所變化。大致說來，人物的教育、衣著、娛樂和家庭的環境互為因果。

朋友

　　喪失了刺激就缺少了反應，缺乏了反應就只有平靜。相反地，電影強調的是動，在孤掌難鳴下，編劇者必須創造一個以上的人物，利用連串的刺激、反應，以達到動的原則。人物間相互的關係，在編劇者筆下，必須明確地勾畫出來。

人物的創造

　　在確認情節和人物之間的關係後，其次必須研討：這人物是為何而來？他的任務為何？在情節的發展線上，人物的加入有其必要。但這必須符合精簡的原則，絕不創造一個多餘的人物。因此，在創造一個新人物時必須考慮：

　　1.這人物是否必須創造？
　　2.這人物所要接受的事件，是否能由原有人物承擔？
　　3.這人物的創造與否，對情節的效果影響如何？
　　4.這人物的創造，只為暫時的需要或長久的需要？

　　有些編劇者唯恐劇中人物貧乏，形成冷場，於是大量製造人物，結果上自曾祖輩下至曾孫輩，加上婢女、門僮，真是洋洋大觀。這不但為導演增加處理上的繁雜，在製片上，又得多支出一筆龐大的演員費用，這豈是良策？如果要刻劃人物的富有，可在服裝、布景、道具上描繪，又何必動員許多不必要的角色呢？

　　因此，在人物創造上必須加以斟酌，除了考慮是否必須創造這人物外，接著必須考慮，這人物應以何種形態加入情節。

主要人物

　　一個人物的形態和情節發展，有莫大的關聯，大致上一個人物形態決定後，他的言行也隨即形成。當一切都固定了，一個情節的進行，遂得依據這

個人物的形態而做合情合理的發展。違逆人情常理不容易使觀眾折服，自然不會引起觀眾的共鳴。

有時，在情節發展過程中，人物的性格會因外在的事件或刺激而有所改變，這種人物性格的變化，使人物的言行也隨之改變。一個編劇者要使其作品力求變化，然而必須切記的是，這種人物的性格轉變，並非出自於人物本質的喜惡，而是建立在情節的轉變上。

劇中主要人物的性格都確定了，次一步驟要使人物處在一些難題與困境之中，他們必須被某些人或某些事所敵對，他們必須有衝突，不論是利害的衝突、人性的衝突、思想的衝突或生理的衝突。撰寫人物的衝突之前，如果能夠先對人物的性格做一番詳細分析，找出衝突的要素來，如此可以得到更理想的戲劇效果。編劇者一旦能夠有效利用對比事物製造衝突性，就很容易創造戲劇效果。

要想使得腳本中具有強烈的衝突性，編劇者對腳本的基本意念，就要具有衝突的種子。劇中的人物，必須處在一件或一連串的難題之中，這些難題的產生，很自然的來自劇中人物的現實環境和過去的背景。同時，這些困難要有普遍性，換言之，必須使觀眾也感受到這些困難的存在，才會引起共鳴。

此外，這些困難必須有意義，無論對於劇中人物或對於觀眾，都能引起一種情感上的共鳴，不要令人覺得像無病呻吟。觀眾關心劇中人物的困難，才會對劇情發生興趣，如此劇情中所表達的事件，才能掌握觀眾的注意力。

想達到這種效果，就要刻劃劇中人物，使觀眾有親切感，觀眾與劇中人融為一體，情感上產生共鳴，就會隨著劇中人物的處境引起身心方面的同樣反應。

次要人物

除了主要人物，次要人物也是不可缺少的，次要人物必須包括在主要人物的生活之中，但他們要由本身的生活導致與主要人物發生關係。為了使次要人物也生動而真實，所以，他們要有激發性和自然的性格，不然將會影響主要人物，並破壞其真實性。

同時，每個次要人物不論在對白或動作方面，必須賦予他本人真實性。他們的典型應當是日常生活中常見的人物，但要具有特色，如此才能在同一場中，由他們與主要人物的關係，反映其真實性。所謂「次要」，是指在故事裡的重要性而言；對編劇者的編寫工作而言，則同等重要。

腳本的編撰，尤其電影腳本方面，分歐洲與美國兩大派別。美國的作法，特別是好萊塢編劇者的作法，通常較注重動作；為了使腳本富於動作，常有損害人物性格的情形。而歐洲編劇者的作法剛好相反，他們特別注重人物性格，有時候為了人物性格的完整性而損害動作，以致劇情節奏進行遲緩，失去緊湊的刺激性[13]。

上述兩種極端作法都是錯誤的，情節與人物是相互關聯的，最理想的作法應當將情節與人物合而為一，以使全劇的風格統一而調和。

這裡再說明刻劃人物要注意的幾件事：

1.人物要真：人物逼真，是藝術的真，而非科學上的真。其意思是要求人物要切合身分、教育、背景，但不必照本宣科地像攝影機和錄音似地寫出來。最重要的是，要表現他的個性、思想、意志、行為動機，使其栩栩如生，自必引起共鳴。這正如徐天榮所說的：

> 在人物研究中，有兩項最重要的：一為人物要真；一為人物要宜。宜者，其出沒於劇中，恰如其分也；真者，其有血有肉，栩栩如生也。人物應求其真，後求其宜[14]。

2.人物要一致：這是指人物的性格不能前後矛盾。雷斯克（Christopher Russell Reaske）說：

> 分析人物的性格，要將人物在前後兩個不同階段的發展提述出來[15]。

人物的性格並非一成不變，但其變化必須合情合理，也就是人物性格或行為的轉變，必須有他心理的過程或環境的因素，使觀眾覺得毫無突兀之處。

3.合情合理：這也就是徐天榮所說的「宜」。譬如小孩說大人的話，粗
　人說話引經據典，都不合理。這樣的人物，觀眾實在無法接受。

　　人是語言的動物，要刻劃人物就必須研究他的語言，語言在腳本寫作
上占了重要的一環，我們也不能忽略；另外，有關對白的探討，留待下章介
紹。

註釋

❶ 費爾德著，《電影腳本寫作的基礎》，第14頁。

❷ 同❶，第14頁。費滋傑羅（F. Scott Fitzgerald）有不同的看法，他在《最後大亨》（*The Last Tycoon*）裡說：「動作就是人物。」

❸ 顧仲彝著，《編劇理論與技巧》，第288至289頁。

❹ 伊格里著，《戲劇寫作的藝術》，第110至111頁。

❺ 同❶，第14頁。

❻ 同❹，第32頁。

❼ 李春發譯，《小津安二郎的電影美學》，第24頁。

❽ 王方曙等著，《電視編劇的理論與實務》，第172至176頁。

❾ 同❶，第23頁。

❿ 同❼，第24頁。

⓫ 同❶，第25至26頁。

⓬ 同❶，第27頁。

⓭ 不獨歐洲、美國不同，台、港兩地也迥然不同。國內的編劇者在創作時，先考慮主題、內涵，其次再談技術；香港則以商業為重，先考慮觀眾的需要。至於編劇的方式，國內是整劇的去想，香港則一場一場的去想。新藝城的幾個巨頭，每晚喝酒想腳本，把點子錄音下來交給編劇者，讓他們白天聽。

⓮ 徐天榮著，《編劇學》，第87頁。

⓯ 姚一葦著，《藝術的奧祕》，第92頁。

Chapter **10**

劇本的情節

第一節　情節的重要

　　情節在一部電影劇作中占了非常重要的地位，任何編劇者不可輕忽它。汪流主編《電影劇作概論》中，有一段話強調情節的重要：

　　　　第二次世界大戰後，西方某些電影藝術家曾提出「非情節化」口號，力圖擺脫情節，而最終又回到故事和情節上來這一事實，就足以說明情節在電影劇作中的重要地位和強大的生命力[1]。

　　在談到情節之前，必須先把故事與情節區分清楚，以免混淆。

情節的定義

　　佛斯特（E. M. Forster）在《小說面面觀》（*Aspects of the Novel*）中指出：故事是按照時間順序安排的事件敘述；情節是事件的敘述，但重點在其因果關係。「國王死了，然後王后也死了」是故事；「國王死了，王后也傷心而死」則是情節[2]。簡潔而明瞭地分析了兩者的差異，以及其間的因果關係。

　　兩千多年前的希臘哲人亞里斯多德，在《詩學》一書中，為情節下了一個定義：

　　　　故事的事件的安排[3]。

　　他並將情節列為悲劇的六個要素之首，他說：

　　　　悲劇之第一要素，亦可謂為悲劇之生命與靈魂，是乃情節[4]。

　　由此可知情節的重要。

　　美國電影理論家戴維‧波德維爾（David Bordwell）和克里斯琴‧湯普森（Kristin Thompson）合著《電影藝術導論》（*Film Art: An Introduction*），書中對情節（plot）所下的定義如下：

敘事片中直接向我們呈現的所有事件，包括它們的因果關係、順序、頻率和空間位置。它與故事相對，後者是觀眾對敘事中所有事件的想像產物❺。

至於故事的定義則是：

在一部敘事片中所見所聞的全部事件以及我們推斷或認為發生過的事件，包括其假定的因果關係、時間順序、持續時間、頻率和空間位置。它與情節相對，後者是實際搬演出來的某些敘事事件❻。

《電影劇作概論》中解釋情節如下：

情節也是劇中主人公的一系列遭遇和變故，因此也可以這樣理解，即情節是電影編劇根據人物的性格和心理所做出的（或可能做出的）事件的安排❼。

接著該書又解釋：

故事和情節是兩個不同的概念，在古代就是明確的。亞里斯多德說：「不管詩人是自編情節還是採用流傳下來的故事，都要善於處理。」他不僅指出故事並非情節，還告訴我們，情節是作者自編的，故事則是流傳下來的，即不是作者編撰出來的❽。

故事與情節的區分

故事和情節到底有何區別，《電影劇作概論》分析如下：

我們或許可以對什麼是故事，什麼是情節，故事與情節的關係得出必要的結論：

其一，故事──生活中的事實，是未經作者加工的。

情節──經作者加工過的故事（事實），或在生活的基礎上編撰出來的。

其二，故事——只有一個，它自身是不變化的。

　　情節——根據同一個故事（事實），不同的作者可以創造
出不同的情節，如《崔鶯鶯傳》、《董西廂》、
《西廂記》。又如流行於歐洲的《唐璜》、《浮士
德》，許多作家都寫過。

其三，故事——不一定有認識價值，如魯迅的《狂人日記》和果戈
里的《外套》所依據的原型故事。

　　情節——一定有認識價值，如魯迅的《狂人日記》、果戈里
的《外套》、托爾斯泰的《復活》和《活屍》等
等。

其四，故事——通常都沒有性格鮮明的人物，如杜勃羅留波夫說
的，在故事裡，性格對觀眾來說還是不清楚的。

　　情節——要求人物性格鮮明，心理活動豐富。

其五，故事——總是按照事情發生的經過，按照事情進展的時間順
序來敘述的。

　　情節——按照最有效地影響讀者和觀眾的方式來表現，既可
以正敘，也可以倒敘，將時空交錯起來敘述也行
❾。

最後，《電影劇作概論》強調：

　　對電影編劇來說，情節可以編撰、虛構，但絕不允許脫離人物性
格、脫離生活去胡編亂造。任何胡編出來的情節，都會破壞情節的真
實，劇本必然失敗❿。

　　如果說主題是電影腳本的靈魂，那麼情節就是電影腳本的生命。電影中
若無情節的安排，使故事的發展有衝突、糾葛、高潮、驚奇與懸疑，那麼這
部電影一定單調乏味，引不起觀眾的興趣。

第二節　情節的種類

　　十八世紀時，義大利劇作家卡洛・柯奇（Carlo Gozzi）研究歸納，認為世界上只有三十六種劇情。二十世紀初期，法國劇作家喬治・浦洛蒂（Georges Ploti）引證了一千兩百種古今名著腳本，證實了這種說法。也就是說，這三十六種情節，可以包括所有的情節。當然像今天這樣複雜的社會、複雜的人際關係，也許會有新的情節產生，但至今還沒有創造第三十七種、三十八種⋯⋯情節。或許有了，還沒有正式增補，但至少這三十六種情節，可供劇作者編劇時參考⓫。

浦洛蒂的三十六種情節

 求告

　　主要劇中人：求告者

　　次要劇中人：逼迫者、威權者

　　情節(一)：△幫助他去對付仇人

　　　　　　　△准許他去進行一件他應做而被禁止做的事

　　　　　　　△給予他一個可以終其天年的地方

　　情節(二)：△舟行遇災的人請求收留幫助

　　　　　　　△行事不端被自己人斥逐而祈求別人的慈悲

　　　　　　　△祈求恕罪

　　　　　　　△請求准許葬屍骨取回遺物

　　情節(三)：△替自己親愛的人求情

　　　　　　　△為被迫害者仗義求情

　　舉例：電影《緹縈》

援救

主要劇中人：不幸的人

次要劇中人：威脅者、援助者

情節(一)：△救援一個被認為無辜的人

　　　　　△救援一個被認為有罪的人

情節(二)：△子女救助父母或臣援君恢復王位

　　　　　△受過恩惠的人報恩

舉例：莎士比亞劇《威尼斯商人》（*The Merchant of Venice*）；電影《孤星淚》

復仇

主要劇中人：復仇者

次要劇中人：作惡者

情節(一)：△為被害的祖宗或父母報仇

　　　　　△為被害者的後人或子女復仇

　　　　　△為愛人或朋友受侮或被害復仇

情節(二)：△為了存心為敵故意為難而復仇

　　　　　△為了蓄意謀害而復仇

　　　　　△為了奪去所有而復仇

情節(三)：△職業的追捕有罪的人

　　　　　△仗義的為大眾鋤奸

舉例：電影《獨臂刀》

骨肉間的報仇

主要劇中人：報復者

次要劇中人：作惡者、受害人（已死或未死）

情節(一)：△父死報復在母身上

　　　　　△母死報復在父身上

情節(二)：　△弟兄的死報復在兒子身上

　　　　　　　△姪甥的死報復在姨舅身上

情節(三)：　△父死報復在丈夫身上

　　　　　　　△妻死報復在母親身上

情節(四)：　△丈夫的死報復在父親身上

　　　　　　　△母親的死報復在妻子身上

舉例：莎士比亞劇《哈姆雷特》

逃亡

主要劇中人：逃亡者

次要劇中人：追捕或懲罪的勢力

情節(一)：　△違犯法律的或因其他政治行為而逃亡

情節(二)：　△因為戀愛的過失或罪行而逃亡

情節(三)：　△反抗者對統治者之抗爭

情節(四)：　△不正常人或瘋狂者之變態逃亡

舉例：電影《第三集中營》（*The Great Escape*）、《孤星淚》

災禍

主要劇中人：受禍者

次要劇中人：勝利者、助威者

情節(一)：△戰敗或亡國

　　　　　　△天災或人禍

情節(二)：△君位被奪

　　　　　　△意外地被權勢者迫害

情節(三)：△不公道地被懲罰或遇到暴行

　　　　　　△他人忘恩負義或以怨報德

情節(四)：△失戀或被情人遺棄

　　　　　　△非自然的喪失親愛的人

舉例：莎士比亞劇《李爾王》；電影《火燒摩天樓》（*The Towering Inferno*）、《大地震》（*Earthquake*）

不幸

主要劇中人：不幸人

次要劇中人：製造不幸的人、為虎作倀的幫凶

情節(一)：△無辜者被野心者的陰謀所犧牲

情節(二)：△無辜者被環境突變而遭犧牲

情節(三)：△人才在困苦貧乏之中仍受迫害

情節(四)：△失去了唯一的希望

舉例：電影《單車失竊記》（*The Bicycle Thief*）

革命

主要劇中人：革命者

次要劇中人：暴行者

情節(一)：△一個人或數個人的反抗

情節(二)：△一個人的革命影響許多人

舉例：電影《雙城記》（*A Tale of Two Cities*）、《氣壯山河》（*Cavalcade*）

壯舉

主要劇中人：領袖

次要劇中人：敵人

情節(一)：△戰爭

情節(二)：△鬥爭

情節(三)：△冒險

舉例：電影《最長的一日》（*The Longest Day*）

綁劫

主要劇中人：綁劫者

次要劇中人：被綁劫者、保護人

情節(一)：△綁劫不願順從的人

情節(二)：△奪回被綁的人

情節(三)：△救助將被綁或已被綁的人

舉例：平劇《節義廉明》；電影《手提箱女郎》（*La Ragazza com la Valigia*）

釋謎

主要劇中人：解釋者

次要劇中人：受解釋的人

情節(一)：△必須尋得某人某事否則遭禍

情節(二)：△懸賞尋人或尋物

情節(三)：△必須解釋謎語否則不幸

舉例：電影《迷魂記》（*Vertigo*）

取求

主要劇中人：取求者

次要劇中人：拒絕者、判斷者

情節(一)：△用武力或詐術獲取目的物

情節(二)：△用巧妙的言詞獲取目的物

情節(三)：△用言語或行動判斷的人

舉例：平劇《拾玉鐲》；電影《豔賊》（*Marnie*）

骨肉間的仇視

主要劇中人：仇恨者

次要劇中人：被恨者或互恨者

情節(一)：△兄弟間一人被諸人嫉視

　　　　　△兄弟間相互仇視

　　　　　△為了自己自利親戚間互相仇視

情節(二)：△子仇視父

　　　　　△父與子互相仇視

　　　　　△女恨父或子恨母

情節(三)：△祖孫仇視

　　　　　△翁婿仇視

　　　　　△婆媳仇視

情節(四)：△嬰兒殺戮

舉例：平劇《天雷報》；電影《朱門巧婦》（*Cat on a Hot Tin Roof*）

骨肉間的競爭（戀愛之類）

主要劇中人：得勝者

次要劇中人：被拒者（對象）

情節(一)：△惡意的競爭

　　　　　△不得不競爭

情節(二)：△為了未婚女（父與子或兄與弟）而爭

　　　　　△為了未婚男（姊或妹）而爭

　　　　　△正常或不正常的戀愛引起（父與子或母與女或兄與弟或姊
　　　　　　與妹）之爭

情節(三)：△骨肉間的曖昧引起朋友間之爭

　　　　　△朋友間的愛情引起骨肉間之爭

舉例：莎士比亞劇《李爾王》；電影《洛可兄弟》（*Rocco and His Brothers*）

姦殺

主要劇中人：有姦情者

次要劇中人：被害者

情節(一)：△情人殺害丈夫或為了情人殺害丈夫

情節(二)：△為情婦殺害妻子

情節(三)：△為了姦情殺害親友

情節(四)：△為了自利殺害情人

舉例：電影《埃及豔后》（*Cleopatra*）、《武松》

瘋狂

主要劇中人：瘋狂者

次要劇中人：受害人

情節(一)：△因為瘋狂殺害了骨肉、戀人或無辜的人

情節(二)：△因為瘋狂而受恥辱或予人以侮辱

情節(三)：△因為變態而成瘋狂或因瘋狂而成變態

情節(四)：△並非真正的瘋狂或以瘋狂為手段或是有時間性的一時瘋狂

舉例：莎士比亞劇《奧賽羅》；電影《暴君焚城錄》（*Quo Vadis*）

魯莽

主要劇中人：魯莽者

次要劇中人：受害者

情節(一)：△因魯莽而自致不幸

　　　　　△因魯莽而自致恥辱

情節(二)：△因魯莽而致別人不幸

　　　　　△因魯莽而致愛人受害或因此失去了愛人

舉例：易卜生劇《野鴨》

📹 無意中的戀愛造成的罪惡

主要劇中人：戀愛者

次要劇中人：被戀者、被影響者

情節(一)：△誤娶自己的女兒或親母

　　　　　　△誤以自己的姊妹為情婦

情節(二)：△受人陷害或作弄誤以骨肉為情人

　　　　　　△被動的巧合誤與骨肉發生肉體關係

情節(三)：△幾乎犯了亂倫的罪

　　　　　　△無意中犯了姦淫的罪（如誤以丈夫或妻子已死而與別人發生肉體關係）

舉例：希臘悲劇《伊底帕斯王》；易卜生劇《群鬼》；電影《太陽浴血記》

📹 無意中傷殘骨肉

主要劇中人：殺人者

次要劇中人：被害者

情節(一)：△受神命誤殺自己的骨肉

情節(二)：△受報應殘傷骨肉

情節(三)：△因政治的必要發生誤殺

情節(四)：△因怨恨但並不認得女兒的情人

情節(五)：△受奸人撥弄與安排犯了罪

情節(六)：△無意中殺了一個愛人

情節(七)：△幾乎殺了一個不認識的情人

情節(八)：△沒有去救一個自己不認識的兒子的性命

舉例：電影《海》

📽 為了主義或信仰而犧牲自己

主要劇中人：犧牲者（殉道者）

次要劇中人：主義（對象）

情節(一)：△為了諾言而犧牲了自己的生命

　　　　　△為了國族的成功或幸福而犧牲生命

　　　　　△為了忠孝而犧牲生命

情節(二)：△為了信仰而犧牲戀愛與一切

　　　　　△為了公眾利益而犧牲小我利益

情節(三)：△為了義務而犧牲自己的幸福

　　　　　△為了公眾榮譽甘心犧牲個人榮譽

舉例：易卜生劇《國民公敵》；電影《田單復國》

📽 為了骨肉而犧牲自己

主要劇中人：犧牲者

次要劇中人：骨肉

情節(一)：△為了親人或親人所愛的人的生命而犧牲自己的生命

　　　　　△為了親人或親人所愛的人的幸福而犧牲自己的幸福

情節(二)：△為了骨肉的戀愛而犧牲自己的戀愛

　　　　　△為了骨肉的生命而不顧貞操

舉例：莎士比亞劇《一報還一報》（*Measure for Measure*）；電影《百
　　　合花》（*Calla*）

📽 為了情慾的衝動而不顧一切

主要劇中人：衝動者

次要劇中人：被影響者（對象或犧牲者）

情節(一)：△為了情慾而破壞了宗教上的誓言

　　　　　△破壞了法律

　　　　　△為了一時毀了一世

△自毀而又毀了對象

情節(二)：△因受誘惑而忘了一切

△因受愚弄而忘了一切

舉例：電影《埃及豔后》

必須犧牲所愛的人

主要劇中人：犧牲者

次要劇中人：被犧牲的所愛的人

情節：△為了國族必須犧牲一個兒子

△為了公眾利益必須犧牲一個女兒

△因為遵守神所立的誓言

△為了個人的信仰出於自願

△為了報恩

△為了不得不的特殊原因

舉例：平劇《吳漢殺妻》、《託孤救孤》、《睢陽忠烈》；電影《大摩天嶺》

兩個不同勢力的競爭（為了戀愛）

主要劇中人：兩個不同勢力的人

次要劇中人：對象

情節(一)：△神與人

△有妖術者與平常凡人

△得勝者與被征服者或主與奴或上司與下屬

△君王與貴族

△貴族與平民

△有權威者與勢力者

△富人與窮人或豪富與貴族

△門當戶對或勢均力敵或棋逢對手者

△一個被愛的人與一個沒有權利去愛的人

　　　　　　　△離過婚的婦人與前後兩個丈夫

　　　　　　　（以上是在兩男之間的）

　　情節(二)：△一個妖婦和一個平常女人

　　　　　　　△皇后與臣民

　　　　　　　△皇后與奴隸

　　　　　　　△女主與僕人

　　　　　　　△高貴的女子與貧女

　　　　　　　△神與人

　　　　　　　△容貌相差很多的兩個女人

　　　　　　　△勢均力敵者

　　　　　　　（以上是在兩女之間的）

　　情節(三)：△重複多角的競爭──甲與乙、乙與丙、丙與丁、丁又與甲

　　　　　　　　或甲與丙、乙與丁

　　情節(四)：△神與神

　　　　　　　△人與人

　　　　　　　△法律上的兩個妻子

　　　　　　　（以上是東方式的）

　　舉例：電影《老人與海》（*The Old Man and the Sea*）

姦淫

　　主要劇中人：兩個有淫行的人

　　次要劇中人：被欺騙的丈夫或妻子

　　情節(一)：△為了另一少婦欺騙了情婦

　　　　　　　△為了自己的妻子欺騙了情婦

　　　　　　　△為了情婦欺騙自己的妻子

　　情節(二)：△為了另一男子欺騙了情夫

　　　　　　　△為了自己的丈夫欺騙了情夫

　　　　　　　△為了情夫欺騙自己的丈夫

情節(三)：△忘記了自己的丈夫（以為他死了）去和他的情敵要好

　　　　　　△為了情慾而背棄丈夫

舉例：莎士比亞劇《亨利八世》（*Henry VIII*）

▣ 戀愛的罪惡

主要劇中人：戀愛者

次要劇中人：被愛者

情節(一)：△母戀子（非嫡親的）

　　　　　　△女戀父（非嫡親的）

　　　　　　△父對女或骨肉之間的肉慾暴行

情節(二)：△少婦戀其丈夫的前妻之子

　　　　　　△一個女子同時為父與子的情婦

情節(三)：△畸形的愛──兄與妹

情節(四)：△變態的愛──同性戀或人與獸

舉例：平劇《白蛇傳》；田納西・威廉斯（*Tennessee Williams*）劇《玫瑰夢》（*The Rose Tattoo*）；電影《六朝怪談》

▣ 發現了所愛的人不榮譽

主要劇中人：發現者

次要劇中人：有過失者、拆穿真相的人

情節(一)：△發現了父或母有可恥的事

　　　　　　△發現了子或女有可恥的事

　　　　　　△發現了妻或丈夫過去的醜行

　　　　　　△發現了未婚妻或未婚夫之家屬間的醜行

情節(二)：△對最崇拜者

　　　　　　△對恩友

　　　　　　△對密友

舉例：電影《魂斷藍橋》

📹 戀愛受阻

主要劇中人：兩個戀愛的人

次要劇中人：阻礙的勢力

情節(一)：△因為門第、地位或財富的不同

　　　　　△雙方家長不同意

情節(二)：△因有仇人從中破壞

　　　　　△第三者故意挑撥離間

情節(三)：△因女方或男方已先有婚約

　　　　　△誤會對方欺騙造成誤會

情節(四)：△親友們的反對

　　　　　△意外的打擊

舉例：電影《殉情記》（*Romeo and Juliet*）

📹 愛戀一個仇敵

主要劇中人：被愛的仇敵

次要劇中人：愛他者、恨他者

情節(一)：△被愛者為愛人的親族所痛恨

　　　　　△愛人為被愛者的親族所痛恨

　　　　　△被愛者（男）是愛他的女子的夥伴的仇人

情節(二)：△愛人（男）是殺死被愛者父親的人

　　　　　△被愛者（男）是殺死他父親的人

　　　　　△被愛者（女）是殺死他母親的人

情節(三)：△雙方家長是世仇

　　　　　△不同種族者而又有仇恨

舉例：電影《殉情記》

📹 野心

主要劇中人：野心者

次要劇中人：阻擋他的人

情節(一)：△野心為自己的親族所阻

　　　　　　△野心為親族或有勢力者所阻

　　　　　　△被自己的親信所阻

情節(二)：△長進的野心

　　　　　　△反叛的野心

舉例：莎士比亞劇《馬克白》

📹 人和神的鬥爭

主要劇中人：人

次要劇中人：神

情節(一)：△與神鬥爭

　　　　　　△與那信仰神的人鬥爭

情節(二)：△為公眾而鬥爭

　　　　　　△為個人意氣而鬥爭

舉例：希臘悲劇《被縛的普羅米修斯》；電影《汪洋中的一條船》

📹 因為錯誤而生出來的嫉妒

主要劇中人：嫉妒者

次要劇中人：見妒者、第三者

情節(一)：△因嫉妒者的疑心而生出來的誤會

　　　　　　△因為巧合而生出來錯誤的嫉妒

　　　　　　△誤認友誼為愛情

　　　　　　△為惡意的造謠所引起的嫉妒

情節(二)：△第三者的挑撥離間所造成的

　　　　　　△無意的或粗心的

舉例：平劇《紅樓二尤》

錯誤的判斷

主要劇中人：錯誤者

次要劇中人：受害人

情節(一)：△過分自信與主觀

　　　　　　△誤疑對方的態度而生疑忌

情節(二)：△為了自救或救人故意使人對自己發生不能正確的判斷

　　　　　　△有作用的使別人誤會

情節(三)：△利用第三者的掩護

　　　　　　△利用環境造成不自然不正常不近情理的事件

舉例：莎士比亞劇《亨利五世》；電影《英烈千秋》

悔恨

主要劇中人：悔恨者

次要劇中人：受害人或「罪惡」

情節(一)：△為了一件人家所不知的罪惡而悔恨

　　　　　　△為了弒父而悔恨

　　　　　　△為了謀殺而悔恨

情節(二)：△為了誤殺而悔恨

　　　　　　△為了一念之差而悔恨

情節(三)：△為了戀愛的過失而悔恨

　　　　　　△為了無意傷人而傷人因此造成自毀前程而悔恨

舉例：電影《離恨天》

骨肉重逢

主要劇中人：尋覓者

次要劇中人：尋得的人或被尋覓者

情節(一)：△萬里尋夫或妻終於得見

　　　　　　△父與子或母與女或兄弟姊妹受政治戰爭等原因失散而有計

實用劇本寫作
電影篇

　　　　　　　　畫的尋覓終於得見

　　情節(二)：△被陷害幸而未死

　　　　　　　　△被挑撥終於覺悟再和好

　　舉例：莎士比亞劇《冬天的故事》（*The Winter's Tale*）

🎥 喪失所愛的人

　　主要劇中人：眼見者

　　次要劇中人：死亡者

　　情節(一)：△眼見骨肉被殘害而不能救

　　　　　　　　△為了職務上的祕密幫助以不幸加在愛人身上

　　情節(二)：△眼見一個所愛的人的死亡

　　　　　　　　△參加預謀加害所愛的人

　　情節(三)：△得知了親族或摯友的死亡

　　　　　　　　△參加愛人的喪葬儀式

　　舉例：平劇《韓玉娘》；電影《乞丐與蕩婦》（*Porgy and Bess*）❷

　　以上介紹的浦洛蒂三十六種情節，已包羅人生社會諸種現象，經過若干專家予以加工提煉，成為一種具有代表性的情節，對編劇者較為實用。對這三十六種情節，必須做分析和組織的工作。找出其衝突的因素，找出其造成戲劇的材料，找出其劇中人物的塑造，找出其情節發展形態，找出其高潮所在，找出解決的方法和結束的方法，再加以組織，運用時只要入情合理，即可增強戲劇的效果。

🎬 赫爾曼的九種情節

　　浦洛蒂的三十六種情節，初學者也許不方便記憶，在此介紹赫爾曼在《電影編劇實務》書中敘述的九種情節❸：

愛情型

男孩與女孩相遇而結識，愛上了她，不巧失去她，最後又得到了她。

成功型

一個人經過種種努力和奮鬥，終於成功了。但這要看故事的性質，有時一個極渴望成功的人，最後也沒有成功，例如那些偽科學家之類，亦屬這種模式。

神話型

古代故事中，醜小鴨變成天仙般的美女，就屬這一型。蕭伯納的名著《賣花女》（*Pygmalion*，原名《皮革馬利翁》），是這一型的標準範例。

三角型

三個主角（一男兩女或兩男一女）的有關戀愛關係所構成的愛情故事。如果人物更多一些，則可以稱為「多角型」，但其結構和三角型大同小異。

浪子型

浪子回頭；離家出走的丈夫；因戰爭的緣故，妻離子散，又重新團聚……都屬於這一型。

復仇型

這是謀殺故事的基本類型，惡有惡報，善有善報，不論是由法律或秩序判定，犯罪者最後必難逃出法網。

轉變型

壞人洗心革面變成好人的故事。此類型故事最重要的，就是要精心設計他轉變的過程，有充分的理由和動機使他覺悟。如果理由不夠，而且轉變得太快，就會失去可信度。

犧牲型

此種類型正好和復仇型相反，內容是描述一個人如何犧牲自己或個人意志，協助他人達成志願的目標。此種類型中，犧牲自己的那個人物，必須有偉大的人格和可信的原動力。

家族型

夫妻之間的和諧或爭吵、離婚對子女的影響、父母與子女的種種問題、婆媳之間的問題……此處的家庭故事不僅限於骨肉之間，而且也可以擴大至公寓、孤兒院、養老院等類似的團體。

上述的情節類型是編劇者最常用的類型，每一部作品並不一定單純的只包含一項內容，可能一正一副，或三線並行，或更複雜的形式，如何架構完全視編劇者的構想與運用而定。

第三節　情節的要素

分析浦洛蒂的三十六種情節，大致可以歸納成以下幾種類型，這些類型，在編劇技巧上，即衝突（conflict）、懸疑（suspense）、驚奇（surprise）、滿意（satisfaction）、曲折（complication）等，分述於後。

衝突

十九世紀法國的文學批評家柏魯尼泰爾（Ferdinaand Brunetiere）在"Annales du theatreet de La Masique"一文中，開宗明義的道出：「戲劇常是表現人生意志的衝突，無衝突便無戲劇。」[14]美國戲劇批評家馬修斯（Brander Matthews）也極力附和，贊同為戲劇的基本要素，此後，「無衝突便無戲劇」即成了編劇的圭臬[15]。

情節必須包含兩種力量之間的若干衝突，有衝突才有戲劇。衝突產生

行動，行動產生變化，變化產生懸疑，懸疑產生危機，危機產生高潮，高潮產生結局。所以，衝突是戲劇的原動力，衝突愈烈劇力愈強。在這裡所謂衝突，簡單的說，就是有正反兩面，兩種不同的趨向，遇到一起，造成難以解決的問題，為了解決這一問題，自然產生情節。

衝突大致可分為三種：

人與人的衝突

人際交往，大家都戴著面具，很難透露他真正的個性，一旦發生衝突，就把面具摘掉，揭露本來的面貌。衝突實在是揭露人性最有力的方法之一。這種衝突在劇作中最常見，因為人與人的衝突，最容易也最可能發生，人與人之間常因立場不同、性格不同、種族不同、思想不同、信仰不同，造成爭執、敵對、戰鬥、陰謀、傷害等等衝突現象。

人與環境的衝突

人與環境的衝突，也就是指人與命運的衝突，包括自然環境與人為環境，前者涵蓋了自然災害，如風霜雨雪、山崩海嘯、地震火山，以及人類為了征服太空、高山、大海、森林所引起的衝突；後者則是人們對人際關係、生活形態、慾望程度、法理約束、道德規範、傳統習俗、信仰派別等所造成的衝突。許多所謂災難片，如《火燒摩天樓》、《大地震》等都屬於這類衝突。

人的心理衝突

人的心理衝突，力量最大，因前面所談的衝突，都是雙方對立的情況，既是雙方對立，觀眾便同情一方，只要被同情的一方有了滿意的結果，這一衝突便告結束。即使被同情的一方有失敗的結果，那便帶來感傷、哀痛、惋惜的結果，也便結束。但這種人的內心自己衝突，卻是一個人自己內心的矛盾。這一種衝突，從一開始便無法解決，而最後仍然不能解決，只能使矛攻破了盾，或者盾阻損了矛。這種劇情過程造成難分難解，使劇中一個人物，

成為被同情者，又成為不被同情者。他所以被同情，是因為他的處境左右為難，無法選擇，至於不被同情，是因為他最後的選擇令人遺憾，不願意原諒他。因此，這種情節的過程中，使觀眾感情激動，甚至憤怒激昂，血液沸騰，情緒高漲造成高潮。

依照阿德勒（Alfred Adler）的看法，認為最嚴重的心理衝突，含有三個重要因素，即社會地位、職業與性生活。根據其他心理學者的研究歸納，比較基本的心理衝突，有失敗、家庭、愛與性。

懸疑

人類天生有好奇心，而懸疑的情節，正好滿足其窺探的慾望。中國的章回小說裡有「欲知後事如何，且待下回分解」，正是懸疑手法的最佳例證。懸疑就是懸而不決、令人猜疑、令人關懷、令人抑鬱、令人怨恨、令人扼腕、令人著急、令人緊張，因而產生「非看下去不可」的慾望。

在影片中，懸疑是被經常運用的手法，這是對編劇說的。對觀眾來說，懸疑則是一種心理活動。因此，懸疑既是一種手法，又是一種效應。

作為心理活動，它指的是觀眾在進入敘事藝術作品的情境以後，對於故事的發展和人物命運結局的關切，從而引起心理上的緊張。

作為創作手法，它是指那些對劇情轉化、進展的安排，力求使觀眾的欣賞力特別集中，從而在吸引觀眾欣賞興趣的基礎上，感動觀眾。

懸疑首先與情節相關。情節是故事的發展過程。有的作品情節體現為事件，在其發展過程中的方向，並非是觀眾預先已經明瞭的，由於相關矛盾衝突之間力量的不均衡，由於環境因素的變化，事物發展的內在、外在條件不斷變動，所以使觀眾對事件發展方向一時難以判定。而當觀眾對劇情有所瞭解，對劇中各類人物的性質有了初步認識，對劇中的人物關係、劇中環境有了初步瞭解，對矛盾衝突中各方的力量對比有了一定程度的瞭解之後，當故事難以具有明朗的結局時，懸疑就產生了。

懸疑還和人物相關。有的作品情節體現為人物的生活歷程。這樣，在對

作品有了相當的瞭解之後，代表善的人物面臨危險境地，代表惡的人物能否得到應有的下場，觀眾便以社會公理為尺度，對未到來的人物命運的結局，做出情感上的反應。

在懸疑的安排上，有時作品故意讓觀眾知道善良人物的危險在步步逼近，而當事者本人還不知道。一方面觀眾希望劇中人趕緊行動，以逃離危險境地；另一方面劇中人因不知情，依然安之若素，懸疑便產生了驚險的效果。

懸疑不是故事的一個成分，而是觀眾對故事的反應。如果有人說這個故事沒有懸疑，這意味著當把故事講給觀眾聽的時候，他們不能感受到懸疑。

懸疑是觀眾對故事裡角色的意圖將產生怎樣結果的一種疑慮。

懸疑常帶給人一種神祕感，因而夾雜著一股強大的吸引力，驅使人全神貫注，拭目以待，非看到事情的究竟，才肯罷休。有些電影平淡無奇，一點也不吸引人，原因之一即是缺乏懸疑。

造成懸疑的原因，主要是好奇驅力❶，利用觀眾的好奇心理，一重一重的奧祕，一層一層地剝落，至末了才令人恍然大悟，但回味全劇的情節發展，曲折迂迴，並無不是之處。編劇者隱藏答案，故布疑陣，暗示若干可能的結局，以迷惑觀眾，然後千迴百轉，最後才演出一個意想不到的結局，使觀眾大吃一驚。

著名的緊張大師希區考克是運用懸疑的能手。偵探片或間諜片大多以懸疑的情節，來醞釀緊張的氣氛。1970年代後期，楚原導演古龍原著的武打片，也喜歡採用懸疑的情節，故弄玄虛，令人疑惑不定，吸引觀眾。

 驚奇

文學作品不分中外，如欲引人入勝，非用「巧」則不奏其功。電影為了吸引觀眾，編劇者就必須把情節安排得極盡「巧」之能事。在此，先給「巧」下個定義，然後，以此定義來透視「巧」的技巧與運用。巧的意義有二：一是為文構思之「巧」；一是巧合之「巧」。前者近似「巧奪天工」中

的「巧」；後者頗似「無巧不成書」的「巧」。構思之「巧」以情節離奇取勝，讀者讀來，觀者觀來，如醉如癡，欲罷不能。巧合之「巧」則是扭轉故事情節的轉捩點，由悲轉歡，由離轉合，泰半操之於「巧」的安排。

這裡所說的巧，就是我們要討論的驚奇。並不是設計許多人所未見、人所未聞的奇事奇物，使人看了驚奇，而是要在情節發展變化之中，有令人驚奇的情況。

寫腳本時應該注意，情節必須不落俗套，如果觀眾一眼看出，或一下子就猜到，那便索然無味了。編劇者好像與觀眾鬥智，如果在情節發展中，令觀眾想不出「以後如何」，而觀眾在猜疑之中，劇情的發展完全出乎意料之外，那麼就產生「驚奇」的效果。也就如李漁所說的：「事在耳目之內，思出風雲之表。」[17] 但是這種驚奇的效果，必須在合情合理中變化發展而來，如果刻意製造驚奇，失去理性，造成情節不合理，那就不妥當了。

情節的發展講究合情合理，事件的發生有其來龍去脈，編劇者不能筆下快意，在紙上呼風喚雨，要什麼有什麼，其結果必使觀眾如墜五里霧中，昏頭轉向，不知所云。要想將情節安排得合情合理而又出人意料，一定要用伏筆，就是先將後面可能發生的事件或出現的人物，在前面適當的情節種下一個「因」，只給觀眾一點暗示，而不直接說明，觀眾當時也許疑惑，但後來必恍然大悟。但要注意伏筆安排要自然，最好不著痕跡，如果硬將伏筆塞進情節裡去，觀眾一看就知道怎麼一回事，不但收不到效果，反而破壞了情節的完美。

滿意

懸疑、驚奇、滿意，這三者有先後的相關性。也就是說，劇情的發展在懸疑之中，懸疑的劇情解決的時候，應該使觀眾驚奇；而在結束的時候，應使觀眾有「除此以外，絕無更好的辦法」的滿意。這種滿意的感覺，是觀眾感到情節的發展趨向、變化，真的引人入勝，能夠合情合理緊扣人心，而不是劇情的大團圓，所有的一切都圓滿解決，而使觀眾滿意。這時觀眾隨著情

節的發展也入戲了，隨著劇中人笑，隨著劇中人哭，隨著劇中人喜，隨著劇中人怒，使觀眾如醉如癡。

 曲折

千迴百轉，變化無窮，即是曲折。曲線是世間最美的線條，因此，山要蜿蜒，水要彎曲，新月要彎，欄杆要曲，龍要蟠，虎要踞，鳥要旋飛，松要盤結，春在曲江更暖，花開曲徑更麗。而電影的情節也講究曲折感。如果情節如同一條直巷，筆直通到底，一目瞭然，見首知尾，那怎能吸引觀眾呢？所謂一波未平，一波又起，一波比一波嚴重，但須注意其層次分明，曲折趨強，把劇情推向高潮。

劇情的發展，如抽絲剝繭，愈抽愈多，愈剝愈出，使觀眾如遊名山，到山窮水盡處，忽又峰迴路轉，別有洞天，應接不暇，這樣才算深得曲折之美。編劇者寫到「曲徑通幽處，禪房花木深」和「遙知楊柳是門處，似隔芙蓉無路通」的境界，已是能手。如能更上層樓，達到「只言花似雪，不悟有香來」的意境，則是深達爐火純青的地步了。

曲折的情節大致可分為兩種：一種是直線型的曲折；另一種則是曲線型的曲折。直線型的曲折，換句話說是開門見山的曲折，也就是一開始就可預見結果，雖然開門即可見山，但要登山，還必須千迴百轉，歷經千辛萬苦，領略千奇百怪的勝景，才能完成登山盛舉。因此，儘管開門可見山，然而所經歷的過程，仍然造成一股很強的吸引力，令人嚮往。中影的《強渡關山》即為顯例。

至於曲線型的曲折，是以抽絲剝繭方式進行，觀眾對結果茫然無知，僅隨情節發展亦步亦趨，最後終達目的。《銀線號大血案》（*Silver Streak*）、《朱門血痕》（*Bloodline*）都是典型的例子。

編劇者不能使觀眾常緊張，有緊有鬆，有個調節方能維持長久。一件事已達完成階段，觀眾的注意力及精神自然鬆弛下來，做暫時的休息，所以，又須新的事件發生，以復振觀眾的精神，但此事必已潛伏於前節中，否則會

使觀眾感到突如其來，不知為何有此段插曲之布置，節外生枝，注意力隨之分散了。就是說情節變化雖多，意思卻是一貫而統一的。

由於情節變化無窮，川流不息，一波方落一波又起，一方面可以陳述故事始終自然發展的過程，另一方面可以使觀眾的注意力維持恆久。

雷斯克說：

　　人物可以決定情節，戲劇最重要的因素為情節，而情節必須透過人物及其動作來具現[18]。

情節的介紹，到此暫告一段落，至於人物，則待下文討論。

註釋

❶ 汪流主編，《電影劇作概論》，第176頁。

❷ 李文彬譯，《小說面面觀》，第75頁。

❸ 姚一葦譯，《詩學箋註》，第68頁。

❹ 同❸，第69頁。

❺ 史正、陳梅譯，《電影藝術導論》，第602頁。

❻ 同❺，第604頁。

❼ 同❶，第179頁。

❽ 同❶，第184頁。

❾ 同❶，第192頁。

❿ 同❶，第193頁。

⓫ 梅長齡著，《電影原理與製作》，第146至154頁。

⓬ 中國戲劇中有一些奇奇怪怪的劇情，原本在三十六種以外，還沒被容納進去。比
如說，明朝湯顯祖的《南柯記》，純粹以一個夢為全劇情節造成的要素，而湯顯
祖的另一部作品《還魂記》，也是以夢為最重要關鍵，像這樣純中國式的傳奇故
事，千奇百怪，恐怕可能由此中發現三十六種之外的劇情關鍵，也未可知。

⓭ 赫爾曼著，《電影編劇實務》，第33至34頁。

⓮ 徐天榮著，《編劇學》，第42頁。

⓯ 同⓮，第42頁。

⓰ 張春興、楊國樞對「好奇驅力」（curiosity drive）的解釋：「當個體遇到新奇的
事物，或處於新的環境時，常是表現注視、操弄等行為，促動此等行為的內在力
量，通常稱為好奇驅力。」見所著《心理學》，第136頁。

⓱ 李漁著，《閒情偶寄》序文。

⓲ 林國源譯，《戲劇的分析》（*How to Analyze Drama*）。

Chapter 11

劇本的分場

第一節　分場的程序

電影腳本的分場，關係全局，非常重要。

電影腳本必須分場，這是因為結構和寫作上的方便，以及影片攝製上的需要。在結構上說，腳本所受時間限制太大，只能表現若干有戲的凝縮片段，藉分場的形式，把比較不關主要、無戲的部分隔離開來。據人類學研究，沒有文字的落後民族，很難適應影片的分場方式，因為他們無從設想這種時空上一致與持續的文字性假設[1]。但現代社會的觀眾要求分場細膩、時空交代清楚。

曾西霸在《爐主：電影劇本及其解析》一書中，強調分場的重要：

> 事實上任何一個電影編劇，在決定了材料，編織了故事而後，到處理多達數十場的對白本的流程中，有一個觀眾、讀者都看不到，卻是極其重要的過渡作業，就是「分場大綱」。根據草擬乃至一再修整的分場大綱，我們可以知道編劇準備用什麼樣的秩序來交代故事，處理個別事件將占多大的比例，以及場面與場面間的關係如何搭建，整個電影故事發展的急緩所產生的節奏感亦於焉成立……這一般人少見的分場大綱，它前承故事大綱，後為對白本奠定基礎，反而變成是電影劇本流程中最關鍵的活動[2]。

一般的電影，多放映九十至一百分鐘為標準，有的雖加長到兩小時以上，甚至有長達六小時的影片〔如《戰爭與和平》（*War and Peace*）〕。但這種影片很少有，要有很多的情節，才能填足全部時間。再說會在電影院內放映時遭遇困難，不是被刪剪縮短，便是分成數次放映，且電影放映時間拖得太長，使觀眾的情緒異常緊張，而感到疲倦。所以，放映一百分鐘左右的影片長度，是公認最恰當的[3]。在這有限的長度內，影片內容必須十分緊湊，不能浪費銀幕上的時間。

場是腳本組成的基本成分，一般視腳本內容、影片性質來決定場的數量。但在一百分鐘的放映時間內，一部影片大約分70至90場左右，最為恰當。腳本的場分得太多時，場景時常變換，會感到過於細碎；分得太少時，

每場戲很長，又會感到沈悶，缺乏活潑生動感。

但情節複雜的，場數必然多些；情節單純的，場數必然少些。

場是組成腳本的基礎，每場為時空連續地發展的一個段落。這個段落，不但在時空上有相當的限制，並須自成一整體的組織。在開始時，是故事自然的起始，到結束時，則又要有相當的結束。但除了最後一場外，其他的場並不完全結束，必須留下些事件，在以後解決。每一場的本身應該是統一的，為事件進行中之一自然段落。由各場連接起來，如鍊條的每一個圓環，互相扣接，不能中斷。

每一場應該段落分明，自身統一，但又為全劇組成的有機部分，盡其全劇的責任。故事的發生、開展、極點和結束，都在場的進行中表現出來。

在寫分場腳本前，必須先完成劇情分析的工作。劇情分析的工作，是將故事做精細的分析，研究主題和將劇情分條列出，以備編寫分場腳本。

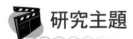 研究主題

所謂主題，就是腳本的思想，是電影應表現的主要任務。雖然有些人寫腳本、拍電影，不大關切到主題，或是不想在作品表現什麼思想。但一部有價值的好影片，絕不會單純是娛樂，必然具有思想性。它經銀幕為媒介，將編劇和導演的對世界上某些事物和問題，透露出他們的觀點和看法，或是表現出他們的意見和觀念。這就是具有思想性的主題。觀眾往往受到他們的感染，而接受它。

例如美國電影《海神號》（*Poseidon*），是描寫一艘大郵輪在海洋中覆沒，困在船中的人們，有的在慌亂中死了，有的奮鬥求生，終於突破危難得救。這個故事的主題是「人要克難自救」。但這主題太簡單、概念化，應該更詳細的註釋它：人在遇到危難時，要鎮靜應付，精細思考，勇敢的解決困難，不能慌張，不要沒有主張，大家團結一致，共同努力，甚至犧牲自己，幫助別人，克難自救。因此，要相信人的命運握在自己手中，唯有自己努力，才能脫險。

劇情分條列出

　　確定主題之後，第二步就是將劇情分條列出。這是將一個故事，按照它的情節，在電影中表現的部分，以簡要的文字分行寫出來，分成若干小段，每段自成一個單元。例如：

國片《梁山伯與祝英台》

主題：批判封建社會的婚姻制度，男女不公平的教育制度。

劇情分析：

1.祝英台聽說杭州開學塾，請求父母讓她去讀書，被拒斥。

2.祝英台化裝成男人，試探父母，終於應允去求學。

3.祝英台扮男裝啟程，在草橋遇到同學梁山伯，義結金蘭。

4.梁祝在杭州讀書，情誼厚篤，梁未發現祝是女性。

5.三年讀書期滿，祝英台將返家，求師母作媒，留下信物，轉告梁去求婚。

6.梁山伯送祝英台回去，一路依依惜別，祝暗示自己是女人，但梁不理解，祝失望而去。

7.梁山伯回學塾，師母說明祝是女扮男裝，囑梁快去求婚。

8.梁山伯高興地去祝家莊，回味祝英台的暗示，醒悟過來。

9.祝父不顧英台反對，硬將女兒許配給馬文才。

10.梁山伯抵祝家，惜時已晚，祝英台說明她已許配馬文才，梁不勝悲傷回去。

11.梁山伯回家得病，去世。

12.祝英台出嫁，求父允許，過梁墳墓祭告。

13.祝英台哭墳，墳裂投入，化蝶升天。

　　從這分段中，有關「梁祝」的重要情節，全部包括在內，而又依據戲劇的進展排列。所以，觀看這份劇情分析，就可明白電影的進展過程和主題所在。

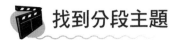

找到分段主題

在分段之後，每一小段的情節，還要經過研究，抽出它的主題，討論：這小段在表現什麼？

在小段中找到的主題，研究比較它和整個腳本的主題是否相符合。如果有衝突，發生矛盾，就要刪改；如果不夠明朗，應予加強。再將這個小段分場。因為每段情節不同。有的小段可分若干場戲，那是視情節的簡單或複雜而定。

例如《梁山伯與祝英台》中，第一段可分作兩場戲，即祝英台在花園中聽到杭州開學校；她去客廳求父母讓她去上學被拒斥。在第六段中，梁山伯送祝英台回家，即是著名的「十八相送」，他們一路走來，依依惜別，就可分七、八場戲。在第十一和十三段，梁山伯之死和祝英台哭墳情節簡單，分作一場已夠。

在分段時，要是分得十分精細，每個單元的情節很簡單，那麼每小段的場數就不會太多。

抽出主要任務

根據劇情的每一小段，在分好場次之後，還必須做一項場的分析工作。那就是在每場的情節中，抽出它的「主要任務」，研究「這場戲在表現什麼」。

例如《魂斷藍橋》，是描寫第一次世界大戰時，一個英國軍官在法國滑鐵盧橋畔，回憶往事。他和女主角芭蕾舞伶在橋頭相遇。在這場戲中，主要的任務是：

1.第一次世界大戰，男主角重臨舊地，回憶往事。

2.男女主角認識。

3.空襲、軍車運輸忙碌，戰時色彩。

4.男、女主角的身分、性格。

5.滑鐵盧橋。

至少這場戲中，要將這五項任務寫入戲內，才算完整。

在列出主要任務後，還要研究比較它和影片的主題是否符合，要根據主題來增刪修改場的主要任務，使它配合，發揮主題作用。如果在場中缺少主要任務，或沒有充分的任務，這種場應該刪除，或增添任務，充實內容。

第二節　分場的撰寫

 草稿和定稿

分場腳本的寫作，可分草稿和定稿兩部分。整個劇情經分段，再分場，自頭到尾，排列起來，分場的工作已進展至草稿的階段。

草稿包括對精密細節的精心雕琢，在這方面，編劇者可盡情幻想，他不需要、也沒必要擔憂寫得過多。對白的場景可能會寫得太長，因為編劇者會編入一切事件，所以，後來的精簡工作就更富有意義。編劇者要很注意場景調度，以藉此來顯現腳本的特色。基於這個理由，也因每位導演都有各自的方法，所以寫分場腳本時，必須要有導演參加工作，才能寫出滿意的腳本。在和導演商議時，編劇者要找出很多重要問題的答案，比方說，要表達各個戲劇化的要點，對白是不是最好的方法？用動作還是用事件？——也許小到一個很小的手勢，或複雜到運用某一種鏡頭，或特別的攝影機的運動方式？編劇者如何把抽象的意念視覺化？如何利用聲帶來表現電影的內容？顯然，編劇者一人無法解決這些問題，除非他打算親自導演。

草稿寫好了，編劇者就可進行定稿的工作。在寫定稿之前，他要徹底的、無情的檢查腳本，細加琢磨，刪除冗長的情節或多餘的對白。他還要檢查腳本中有沒有缺點、矛盾之處？全劇中的事物是否有系統地貫穿？有沒有

冷場？是否鬆懈無力？情節有沒有吸引力？高潮的安排是否妥當？張力夠不夠？最危險的事，莫過於所有的問題在編劇時不加解決，而留待實際拍攝時，希望該問題自己會迎刃而解。在紙上解決不了的問題，在拍片時仍然留存，反而會浪費寶貴的拍攝時間，因為那些問題在寫腳本時就該解決。

在這個階段中，共同製片計畫的幕後工作，除了導演、製片人之外，最好能擴大到包括其他主要技術的專門人才，例如攝影師、藝術指導，或者執行製片。因此，編劇者的任務，幾乎不知不覺地與那些電影工作者合併了；這兩者之間的界限本來就很難劃分清楚，現在更可以說是密不可分了。因為現實問題對電影腳本有直接影響，例如，某一個特殊的外景地點、布景的搭建、演員的才華等，都有可能迫使某些段落流於野心過大的構想，必須重新考慮。一個外景也許得把當初沒有考慮到的景物本身的特色加以注意。

綜上所述，以及許多其他從腳本發展到銀幕所牽涉到的事情，現在對定稿腳本都有極大的關係。除了某些主要鏡頭之外，這個階段還包括全部演出規則和詳細的動作撰寫，但並不包括攝影方向的決定，這也就是為什麼有時稱為「主戲腳本」❹。

因為腳本中精確的分鏡工作要由導演來做。這並不是說，編劇者不能用攝影機的拍攝運動方法來思考，只是大多數的導演喜歡直接用主戲腳本來工作，而不喜歡在開始拍電影以前，受到太多詳細的技術方面指示的限制。不過，雖然寫拍攝腳本有時是不恰當的事，有時編劇者卻也不得不越俎代庖。

分場表的格式與撰寫原則

無論是草稿或定稿，都得照分場表的格式撰寫。劇情分場表的格式，以編劇者的寫作習慣而異，但一般常用的格式，包括五個項目，即場號、布景、時間、情節和備註。現在且舉例於後：

×××××（片名）分場表

場	景	時	情　　　節	備註
1	郊野	日	一隊客商自小路走來，歹徒埋伏林內，商隊走近，歹徒出現劫掠，殺傷商人，劫貨而去。	
2	客棧內	夜	受傷被劫商人抵客棧，遇偵捕歹徒的捕頭，報告劫案。	

　　其中備註項，是留下來供導演、製片人等提供意見用的。這種分場表，在編劇者填寫之後，除供自己做編寫腳本依據外，還要交給影片主要製作有關人員研究，他們如果有意見，可以填寫在備註項內，和編劇者討論修改。

　　一般腳本寫作過程中，最重視導演的意見，有的導演會提出很好的意見，供編劇者參考。他們在備註項寫「同意、修改、加強、合併、刪除……」等不同的意見。

　　在分場表上修改，較寫成腳本後的修改，容易得多。編劇者在分場階段，還是多聽導演等人的意見，參考修改，免得將來完成腳本之後，再大動情節，修改重寫，增添不少麻煩。

　　在分場表經導演和製片人同意之後寫成的腳本，也難免有局部的修改，但大體上情節已經決定，只是對白或某些小地方改動，比較容易處理。

　　怎樣寫分場表，可依據下列八點原則，分別說明於下：

📹 以景（地點）變換為分場的基本原則

　　電影腳本的分場，大半是以景為單位。如一個小偷進入屋內偷竊東西，得手後逃走。在電視腳本可能只做一場處理，景放在屋內，戲從小偷進入，開始偷竊，到得手後逃離屋子為止。電影腳本則不然，可能分作六、七場來處理。如第一場：小偷從牆外翻入牆內院子；第二場：小偷由院內進入屋內；第三場：小偷由屋內偷偷上樓；第四場：小偷進入屋內行竊，得手後離開現場；第五場：小偷下樓出屋；第六場：小偷翻牆出去。若主人發覺追出，小偷逃出巷子，進入街道，還可分出好多場。電影如此分場的目的，是加大了「空間」，也就是擴大了觀眾的「視野」，滿足他們的「視慾」。電視劇因限於攝影棚場地的狹小，就不能做如此的分場。

📹 情節不同，時間變更，但景相同，可分場

這和第一點相反，景相同，卻需要分場。例如：

場	景	時	情　　　　節	備註
a	花園	日	一對戀人在花園內依依不捨的分別。	
b	花園	日	二十年後，男友重遊舊地，懷念女友。	

這情節要分兩場的原因，是景雖相同，均在花園內，但時間已隔二十年，且情節也不同。

📹 情節相同，地點不同，可併為一場（每段畫面很短）

例如：少女到城內找工作，到處碰壁。

場	景	時	情　　　　節	備註
X	雜景	日	1.少女向工廠謀職被拒門外。 2.少女向商店謀職被拒。 3.少女向公司謀職被拒。 4.少女向家庭找工作被拒。	

這個例子中，少女向工廠、商店、公司、家庭……不同地點找工作，都是失望而去。場中各小段情節相同，但地點在變換，可合併成一場。除1.可描寫得詳細外，其餘只要一、兩個片段的短畫面，即可交代，不要詳細重複的描寫。

📹 第一次介紹內景時，先介紹該處外貌，可併入同場

該外景只是介紹地點環境，都是一個鏡頭的很短片段，不應有戲。如果有戲，則要分場。例如：

場	景	時	情　　　　節	備註
X	病房	日	醫院外景。 病房內，少女躺在床上，醫生在診治她。	

這場中，醫院外景僅是介紹地點，使觀眾明白內景是這家醫院的病房。但這種介紹僅在該內景第一次出現銀幕時為限。第二次出現時，觀眾已知道該內景性質，就不必加插外景介紹。

📹 同一景內可加插其他景物的極短片段畫面，不必換場

這種加插畫面，和這景無關，一般應用於回憶、增加氣氛或象徵等方面。例如：

場	景	時	情　節	備註
X	客廳	夜	女主人遇見陌生男人，發現他的左手殘缺一根小指。吃驚的回憶，殺人兇手正是缺少小指的人。插入畫面：兇殺現場牆壁上留下缺少小指的血手印。女主人一臉害怕地面對這個兇嫌。	

在這場戲中，插入的血手印畫面，不是在客廳內，而在另外一處兇殺現場。因為是女主人的回憶，腦中一瞬而過，所以畫面極短。接著又回復到客廳場內。不必另行分場。

在增加氣氛上，如少女的受辱，加插狂風暴雨的畫面；象徵的應用上，如狂暴男人的憤怒，加插火山爆發的畫面。這些加插畫面，雖地點不同，可不必分場。

📹 內外景連接的其中一景是次要性質，戲不重要，不多，是介紹劇情時連帶提到的，可併於一場

例如：

場	景	時	情　節	備註
X	客廳內外	日	少女甲和乙激烈的爭吵。甲怒打乙耳光，哭著奔出去。乙追出客廳，去找甲。	

這場戲中，客廳是附帶性質，主戲在客廳內，所以將它合併為一場。在「景」的項目中，要填寫「客廳內外」，以示客廳外還有些戲，布景師設計時，據此加搭「客廳外」的部分布景。

📹 **同時進行的兩個事件，交叉連接映出，可併在一場中，分為數個小景，以Ａ、Ｂ、Ｃ、Ｄ……來區別，分列於場號之後**

這就是美國著名導演葛理菲斯善長的平行描寫法，在處理高潮時，將兩件事合併連接映出。例如：

場	景	時	情　　　節	備註
XA	監獄	日	神父向死囚祝福，死囚將被處死。	
XB	郊野	日	援救者獲得赦免令。	
XC	監獄	日	神父離去，獄卒押死囚出牢。	
XD	郊野	日	援救者奔來。	
XE	刑場	日	死囚押赴刑場。	
XF	城門	日	援救者進城。	
XG	刑場	日	死囚抵刑場，上斷頭台。	
XH	街道	日	援救者奔赴刑場。	
XI	刑場	日	劊子手將殺死囚，援救者趕到，救出死囚。	

這種平行描寫，可以製造緊張場面。其他方面，可應用在警探追捕逃犯，或是女的自殺、男的狂歡等對比的情節上。這種分場中，在最初的數段兩組平行畫面，長度可以略長，而到最後時，畫面要短促，造成快速的節奏，促進高潮。

📹 **刪去不必要的、沒有戲的場景，不要寫過場戲**

例如：

場	景	時	情　　　節	備註
a	甲家	日	甲表示要去高雄看乙。	
b	車站	日	甲到車站買票，上車。	
c	車內	日	甲坐火車內。	
d	車站	日	甲抵高雄車站，下車。	
e	乙家	日	甲抵乙家，見乙。	

上例如b、c、d三場沒有戲，是不必要的過場，可刪去。由a直接跳接e，不必交代甲如何去高雄。但若甲在b、c、d中，遇見什麼重要人物，發生什麼重要事情，與劇情發展有關係，則可保留，但須充實加戲。總之，沒有情節、無戲可演的過場應刪去，保持電影進展的明快，不要有呆滯之感。

分場的結構

分場是編劇過程中的重要工作，要是分場不好，腳本也不會好。所以，編劇者要充分熟習這工作，多用些時間去思考，編組情節，安排場次。尤其每場戲，必須有戲劇性，在遇到沒有戲的場中，應使它戲劇化。

有些情節是單線發展，有些雙線發展，或多線發展，其分場的手法，要適應情節的特性而異；有些順序發展，或倒敘發展；有些在進行中不斷插入回敘，這三種不同形態的情節，其分場的手法，當然也要有所不同。絕不能千篇一律，用一成不變的公式，代入予以分場。

腳本有許多不同的風格和類型❺，例如，有的是緊張刺激的警探片，有的是音樂歌唱的文藝片，有的是詭譎懸疑的推理片，有的是輕鬆明朗的喜劇片，有的是哀怨纏綿的悲劇片，為了配合劇情、氣氛、節奏，有的分場要順序進行，有的要故意顛倒，有的要分場長一些，有的要分場多一些，這也不能照固定的公式來套入予以分場。

電影腳本的分場，因是放映給觀眾看的，所以分場時，要注意將黑夜、白天岔開；情節推展不能老是在黑暗中進行，很久以後才換到白天，這樣，觀眾的眼睛會很不舒服，這一點不能不注意。另外，分場時，必須避免重複，如一部影片中，可能有多次上飛機、下飛機，但在分場時，如一再有飛機起降的鏡頭，不但形成累贅，也極易引起觀眾的不滿。但在喜劇片中，引用重複來引起觀眾發笑，那又另當別論。

完成分場之後，還要做整個結構的研究，就是場與場之間連接是否流暢妥當？有無重複、脫節、不合理、前後矛盾和衝突等弊病。如果有的話，要再修改，直到全部分場都非常妥貼。經導演和製片人等同意之後，就可根據分場表，開始寫腳本。但分場表並非一成不變的定稿，在編劇時，只要認為能使腳本寫得更好，在即興的意念中，得到好意念，修改分場表，重新調整情節，也未嘗不可這樣做。

編劇在分場中經常出現一些錯誤，理查德・布魯姆（Richard A. Blum）在《電視與銀幕寫作：從創意到簽約》（*Television and Screen Writing: From*

Concept to Contract）中，列出屢見不鮮的八個問題：過於零碎、過於含混、過於囉唆、過於冗長、過於說明性、過於追求技術性、過於昂貴以及過於具有引起法律糾紛的可能性，以及其解決方法，引錄於下以供參考❻：

一、過於零碎

有的場景描寫試圖單個描述出表演中的每一個動作，因而顯得不連貫。例如：

「瓊撿起垃圾。她停下來去餵狗。她向後門走去。」

要使文體變得更加流暢，就要避免使用過多的單句和代詞，動作可以描述得更加泛化。

「瓊撿起垃圾，接著去餵狗，然後走出後門。」

二、過於含混

同一場景中出現多個角色，而且作者想讓每個角色都活動起來，隨著片段中角色的增多，代詞的具體所指很容易混淆不清。例如：

「狗汪汪地叫起來。阿蒂走進來。伊蓮娜看到他並試圖讓他安靜下來。她從廚房給他拿來咖啡。他叫得更厲害了。」

這讓人迷惑不解。實際只要指出具體人物，將動作濃縮，問題就可以解決了。

「阿蒂進來時，伊蓮娜試圖讓汪汪叫的狗安靜下來，但沒有成功。她走進廚房給阿蒂端來咖啡。狗叫得更厲害了。」

三、過於囉唆

視覺形象描寫中很容易出現囉唆的情況。有些詞語會毫無必要地重複出現，這的確使這些詞語顯得更加「扎眼」。你可以將這些詞勾出來，再讀一讀，看看是否生硬。

「珍妮弗笑了笑，卡洛斯對她也笑了笑。卡洛斯走到火爐邊，她開始生火，點燃木柴。他用銅鉗撥了撥火，火堆裡發出噼啪聲。」

這裡的舞台指導還須理順一些，可再修改潤色一下。

「卡洛斯向火爐走去，他們相視一笑。他點燃木柴，用銅鉗在火堆裡撥了撥，火堆裡噼啪作響。」

盡量避免重複——無論是詞還是短語——這樣會使描述更加簡潔，也增強了劇本的可讀性。簡潔且措辭出色的場景描述可以保持劇情的發展速度，並使得場景之間的過渡自然並富有節奏感。

四、過於冗長

如果細節敘述得過多，描述則會變得很長。一般來說，一個創造性文學性兼備的劇本和一個細節過多、令讀者迷惑的劇本之間的差異只存乎一線之間。記住，劇本只是一個實現影像的工具，其目的就是要被攝製成片。一本書可以不急不緩地營造氣氛，但劇本卻要求在指定的頁數內完成。

五、過於說明性

注意場景描寫不要包含那些我們不可能知道的信息。比如佛蘭克和珍妮佛在華盛頓特區相遇，他們在同一個鎮長大，或者曾經結婚或離婚兩次。我們獲知這些信息的唯一途徑，就是通過角色彼此間對話的表露。

六、過於追求技術性

有時候，如果你在創作劇本時試圖對拍攝進行指導，就會出現這種問題。通常的規則是：劇本遠離攝影鏡頭、過間鏡頭、中景鏡頭等拍攝指導。這樣只會妨礙導演的進一步工作。

七、過於昂貴

如果你在劇本中提出一些並非必不可少的拍攝場所和攝製條件，例如高空鏡頭（這需要昂貴的直升飛機和攝影機）、雪景或雨景、成百上千需要開口說話的臨時演員（臨時演員只要出聲兒就要付給額外報酬）、不同城市或者各種場所做背景。如此一番，製作費用必然大大增加。

八、過於具有引起法律糾紛的可能性

如果你想在劇本中引入一些公眾人物的真實姓名，或者取材於發生在別人身上的真人真事，這個問題就必須加以考慮。在現今的法律社會，做任何事都要小心謹慎，一定要在獲取必要的准許後，方可為之。

使用歌曲或歌詞也一樣。除非這首歌對劇本至關重要，一般來說，

你只需簡單地建議一下歌曲的風格，切莫指定某首歌詞。例如：

「在酒吧裡，我們聽到藍調歌曲的旋律，夜總會歌手沙啞的聲音。在歌聲的掩映中，我們聽到晚餐時間夜總會人群的喧鬧聲，他們已經完全把音樂忽略了。」

這樣的場景描述既營造出氛圍，又沒有框定死某首歌曲或歌詞。有時候，一些編劇也會特意選定某首歌烘托某一時刻的氣氛。這樣做合適與否，則須具體問題具體分析，這也取決於你自身的藝術風格。

第三節　分場的實例

曾任法國巴黎第三大學電影系主任的馬瑞（Michel Marie），研究分析了亞倫・雷奈的影片《莫瑞爾》（*Muriel*）的分場劇本❼，共有104場，列舉如後。

《莫瑞爾》

(1)2分鐘。片頭字幕：黑底畫面上白色大寫字體連續出現。音樂伴隨字幕而出，再隨其結束而突然斷掉。

(2)3秒（特寫）：一隻戴手套的手在微開門把上。

畫外音：船笛聲；女白：「對於我……」

(3)1秒（特寫、稍俯角）：爐上水壺、咖啡濾器及杯子。

畫外音：女白：「其實是那種衣櫥使我……」

(4)1秒（特寫）：一隻戴手套的手拿著棗色皮包。

畫外音：女白：「……曾感……興趣。」

(5)4秒（特寫，伴以兩個斜搖）：由一拿香菸的手上移至一女人（海倫）的臉部，然後再下移。

畫外音：倒水的聲音；女白：「……一尺二的衣櫥，別再大……」

(6)1秒（大特寫）：同(2)，卻更推近些。

畫外音：湯匙弄咖啡濾器聲、倒水聲；女白：「……我必須安置它……」

(7)1秒（特寫、俯角）：一水壺正被注水於咖啡濾器。

　　畫內音：倒水聲。

　　畫外音：女白：「……在兩扇窗戶間……」

(8)1秒（特寫、仰角）：一銅吊燈。

　　畫外音：倒水聲、遠方的船馬達聲；女白：「……如果我……」

(9)1秒（特寫）：打蠟衣櫥前方的一張木雕椅背。

　　畫外音：倒水聲、遠方的船馬達聲；女白：「……沒找到……」

(10)1秒（特寫）：同(6)。

(11)1秒（特寫、稍俯角）：一盤人造水果。

(12)1秒（特寫）：金色鐘面的黑色掛鐘。

(13)1秒（特寫）：同(6)、(10)。

　　畫外音：女白：「……我要去買……」

(14)1秒（特寫）：一張表現古典傾頹的壁氈，前面兩個黑色小古玩。

　　畫外音：烹調聲、遠方的船馬達聲；女白：「……一張瑞典桌
　　　　　　子……」

(15)1秒（特寫、稍仰角）：一座水晶吊燈。

　　畫外音：烹調聲、遠方的船馬達聲；女白：「……用柚木做的……」

(16)1秒（特寫）：同(6)、(10)、(11)。

(17)1秒（特寫）：男人（貝納）的手拿起咖啡濾器。

　　畫外音：船笛聲。

(18)1秒（特寫、後頭深景深）：一穿大衣戴單色皮帽的女人背影；在她
　　前面，海倫叉著兩臂朝她笑。可看清房間裝飾。

(19)1秒（特寫、仰角）：海倫對面女顧客的臉孔。

　　畫內音：顧客白：「……我尤其不想……」

(20)0.5秒（特寫、45度角）：顧客側面。

　　畫內音：顧客白：「……弄舊……」

(21)0.5秒（特寫、30度角）：顧客臉部四分之三側面。

　　畫內音：顧客白：「……我的房子……」

　　畫外音：遠處交通雜音。

(22)0.5秒（大特寫）：顧客棗色大衣的衣領和絨球，側面。

(23)0.5秒（大特寫、俯角）：顧客帽子後面四分之三部分。

(24)1秒（特寫）：海倫拿著香菸的手同時拿著根金屬軟尺。

　　畫內音：軟尺聲。

(25)1秒（近景、俯角）：海倫交叉著的雙腿在打蠟地板上擺動著。

(26)6秒（近景）：顧客四分之三的臉朝著海倫，然後轉過來朝向走廊。

　　畫內音：門的聲音；女白：「……您可滿足兩種口味，一是我的，
　　　　　　一是我先生的。您曉得我想要什麼，我相信您……」

　　畫外音：遠處城裡聲音、船笛聲。

(27)6秒（中景、對場、攝影機置於屋外）：顧客打開房門，走出，海倫
　　跟著出現並關上門。

　　畫內音：步伐聲、開門聲、關門聲；顧客白：「……而且架子的情
　　　　　　況也不錯……晚安。」海倫白：「晚安。」

　　畫外音：船馬達聲。

(28)1秒（特寫、連以動作）：貝納的手放咖啡濾器於家具上一盤人造水
　　果旁邊。

　　畫內音：放咖啡濾器於桌上。

　　畫外音：門聲、腳步聲。

(29)4秒（近景）：海倫由走廊進入正廳、整整裙子。

　　畫內音：海倫白：「真是的，你這麼不小心，你想要怎樣……」

　　畫外音：船馬達聲。

(30)1秒（特寫、仰角、對場）：貝納朝著前方的上半身。

　　畫外音：船馬達聲（結束）。海倫白：「……讓我賣掉這桌
　　　　　　子……」

(31)3秒（近景、對場）：同(29)，但較推近些。

　　畫內音：海倫白：「如果留點痕跡……」

　　畫外音：貝納接道：「我沒做什麼。」

　　畫內音：海倫白：「你想，如果這張桌子有了漬印，我要怎麼樣才
　　　　　　能賣掉它？」（較大聲）

(32)2秒（特寫）：同(28)。貝納拿起咖啡濾器且反掌揩桌子。

　　畫內音：揩拭聲音。

(33)32秒（中景——特寫——中全景，連以動作，向右輕搖）：貝納坐
在沙發上，手拿著咖啡濾器；海倫走過他前面，揭起門簾，進入自
己房間，再出來，脫下灰背心，已穿上棗色方格大衣。

　　畫內音：貝納白：「他幾點到？」

　　畫外音：海倫白：「不要一小時就到。」

　　畫內音：貝納：「他要留很久嗎？」

　　　　　　海倫：「你可愛的話，就別去問他這問題，他或許會成為
　　　　　　　　　你的父親。」

　　畫外音：貝納：「這不是理由。」

　　畫內音：海倫：「可你別怪他，阿勒風是個生活還沒安頓好的男
　　　　　　　　　人。」

　　畫外音：貝納：「我要走走，去看莫瑞爾。」

　　畫內音：海倫：「但我希望你會留下來吃晚飯，這是第一個晚
　　　　　　　　　上……」

　　畫內音：貝納放咖啡濾器聲；走路及揭簾（強）聲；電燈開關聲；
　　　　　　海倫衣服聲。

　　畫外音：外頭船笛及馬達聲。

(34)7秒（近景、後頭深景深）：前景為海倫背景，貝納在客廳後景向自
己房間走去。可看到由走廊看過來的客廳。

　　畫內音：海倫：「你從未告訴過我，在哪兒碰到你女友？她的姓不
　　　　　　　　　是本地姓。」

　　　　　　貝納：「她現在正生病。」

　　　　　　海倫：「啊！……」

　　　　　　貝納粗暴道：「不，她沒病……」

　　畫內音：開關及走路聲。

　　畫外音：船笛聲。

(35)2秒（近景、對場）：海倫正面上半身。

畫內音：後面門聲。

畫外音：後方汽笛聲。

(36)12秒（近景、朝左輕搖）：貝納坐著（背部四分之三在畫面內），
手持一杯咖啡。他前面書桌上有錄音機、底片及拆開的手槍機件。
貝納把手槍收到抽屜內，站起來拿張報紙。

畫內音：拉抽屜，放東西聲。

畫外音：很響門聲和船笛聲。

(37)8秒（特寫）：貝納打開衣櫥的抽屜，從裡面拿出一堆雜誌。衣櫥上
放著背袋及照片板。

畫內音：貝納：「要幾時妳才給我處理掉這張笨衣櫥？」

畫外音：海倫：「會有人來看它……」

畫內音：極強抽屜聲。

畫外音：船馬達延伸。

(38)20秒（近景、深景深）：海倫在客廳底端（即自己房間前面）整理
頭髮。貝納由前景左方來到，再由走廊門出去。海倫跟著出去，又
回身去關她房間的燈才出去。本場景最後，畫面呈現一片昏暗。

畫內音：海倫：「……三天以後。」

畫外音：貝納：「沒人知道……」

畫內音：貝納：「……當他醒來時是在第二帝國時代，還是在諾曼
第鄉村。」

畫內音：腳步聲、門聲、電燈開關聲。

畫外音：船馬達聲。

音樂：在本場景結束前四秒，音樂出現，亦即當房間變黑時，歌聲
開始（第一首歌）。

(39)4秒（全景）：海倫家公寓下面夜裡的人行道。海倫走過一明亮咖啡
店的玻璃前面，朝前景走來。歌聲。

(40)6秒（從半全景到特寫）：海倫在明亮商店櫥窗前面行走。歌聲。

(41)10秒（向右搖，全景）：貝納晚上在老城裡騎小摩托車。歌聲。

(42)2秒（近景，連以運動）：海倫由左向右走過。後頭是L'Express酒

吧。

歌聲繼續並結束（全長30秒）。

音樂則繼續1秒鐘而直到(43)場景的開頭，即海倫打開火車站的門時。

(43)6秒（全景）：老車站外景，海倫由中央門進入。

(44)4秒（近景）：海倫背影，向火車站員工說話。後者在後景（中景）的月台門口。

　　畫內音：海倫：「這是巴黎來的火車嗎？」

　　站員：「是的，它誤了點。」

(45)4秒（近景、對場）：海倫正面，緊抿著唇。

　　畫內音：海倫：「下一班幾點來？」

　　畫外音：月台門聲。

(46)15秒（中景、對場）：站員向售票口退去。

　　畫內音：站員：「明早十點鐘。」

(47)15秒（近景、輕微向左再固定畫面）：站員穿過中場向前景的左邊行去。面對著售票口，海倫在玻璃窗前倚肘站著。

　　畫內音：海倫：「您可有看到一位先生有點躊躇……」

　　畫外音：站員：「我總只看到別人給我的車票……」（切）

　　畫內音：海倫：「謝謝！」

　　畫外音：門聲。

(48)6秒（近景）：站員正面看著海倫。

　　畫內音：站員：「或許有什麼阻礙……」

　　畫外音：火車聲及汽笛聲。

(49)9秒（中景）：兩個陌生人（阿勒風和法蘭絲）坐在咖啡店的一張長椅上。

　　畫外音：海倫：「我不知道……」

　　站員：「很容易就會耽誤火車……」

　　畫內音：掛鐘聲音。

　　畫外音：火車聲。

(50)5秒（特寫、連以45度）：法蘭絲塗口紅，轉向左邊。

畫內音：法蘭絲：「你很可能料到了。」衣服聲（阿勒風起身出畫面）。

(51)9秒（中全景）：站著的阿勒風扣上外衣鈕。法蘭絲坐著看地。阿勒風將手套放在桌上。

畫內音：海倫：「別忘了你的手套，還有……」

阿勒風：「我回去一趟；她可能遲到……問問老闆有沒有房間。」

（本場景最後突然切掉聲音）

(52)20秒（全景）：車站大廳。海倫在畫面正中間的背影正看著阿勒風。阿勒風轉過身，走向她，注視她片刻又親吻她的手。在後景，站員重新關上月台門。本場景快結束時，阿勒風道（畫內音）：「我不知該怎麼說。」（低聲）

畫內音：突然切入火車經過月台的聲音特寫，接著又因月台門的關上而使聲音降低。

(53)10秒（特寫、連以運動）：阿勒風四分之三正面朝右邊看著、微笑著。

畫外音：火車聲繼續減弱。

(54)33秒（全景，弧形向右搖）：火車站正面。海倫和阿勒風推開門，走出來，再穿過中場直到L'Express咖啡店門前。

畫內音：海倫：「您有行李嗎？」

阿勒風：「我把它們放在咖啡店裡，我姪女陪我……」

海倫：「我從不知道你有個姪女。」

阿勒風：「我叫她來，她一直有這慾望。」

海倫：「你做得對……人們過著瘋狂的生活。」

畫內音：腳步聲、門聲。

畫外音：城市交通及小摩托車的雜音。

(55)6秒（近景）：法蘭絲四分之三背部在電動玩具前；她轉向左邊。

畫外音：阿勒風：「讓我看看您。」

海倫：「晚點兒。」

畫外音：小摩托車雜音。

(56)27秒（半全景，向右搖）：在咖啡店內海倫和阿勒風朝前走。阿勒
　　　　風向法蘭絲伸個手，向海倫介紹她給海倫。

　　　　　畫內音：阿勒風：「這是法蘭絲……海倫，她很高興接待我們，真
　　　　　　　　　　好！……」

　　　　　海倫：「妳是學生嗎？」

　　　　　法蘭絲：「我是個藝術家，我剛開始。」

　　　　　海倫：「這真是好職業……」

　　　　　法蘭絲：「……有點兒累人。」

　　　　　海倫：「啊！……」

　　　　　畫內音：咖啡店雜音。

(57)10秒（全景，對場，連以180度）：阿勒風、法蘭絲和海倫站在畫
　　　　面中間，海倫轉過身，提起一個旅行包。阿勒風走向底部，拿起箱
　　　　子。

　　　　　畫內音：先靜寂，後海倫道：「走吧！」

　　　　　腳步聲，咖啡店喧囂聲。

(58)12秒（特寫，連以運動，連續向右或向左固定畫面）：低著頭的法
　　　　蘭絲望著走向畫面外的阿勒風。法蘭絲翻著皮包。看著海倫，微笑
　　　　著。

　　　　　畫外音：阿勒風：「妳可有錢嗎，法蘭絲？」

　　　　　海倫：「讓我來……」

　　　　　畫內音：箱子聲。

　　　　　畫外音：腳步聲。一節音樂和弦。

(59)1秒（近景）：海倫在出納前付錢。一節音樂和弦。

(60)5秒（特寫，向左固定畫面）：海倫關上咖啡店的門，然後出來。

　　　　　畫內音：「……我們走回去。」

　　　　　畫外音：音樂、和弦。

(61)9秒（全景，連在軸心處）：海倫、阿勒風和法蘭絲在咖啡店前由左
　　　　邊走出中場。

畫內音：海倫（極低聲）：「我將我的車賣給一個朋友……」

畫內音：腳步聲。

畫外音：在本場景中段起，音樂開始（第一首歌）。

(62)2秒（全景）：白天裡咖啡店的正面；一輛自行車穿過中場向右行去。歌聲。

(63)1秒（全景）：夜裡火車站正面〔和(43)相似〕。歌聲。

(64)1秒（全景）：白天裡火車鐵軌和月台。歌聲。

(65)1秒（全景）：黃昏的遊樂場正面（仰角）。歌聲。

(66)1秒（全景）：老城門。歌聲。

(67)1秒（全景）：夜裡的遊樂場正面，輝煌的大廳，左邊前景的路燈。歌聲。

(68)1秒（全景）：白天所見的巴維路；後景為一轉賣店的工房。歌聲。

(69)1秒（全景，俯角）：白天裡，高樓建築物。

(70)1秒（全景）：白天，舊的粉紅漆鐵門。歌聲。

(71)2秒（全景）：白天，一批老建築物和有陸橋的街，陸橋下有火車經過的煙霧，一個行人通過中場。歌聲。

(72)2秒（大特寫，朝左搖）：白天，四棟現代建築的仰視。歌聲仍繼續1秒鐘到下一場景〔總計從(61)到(72)，歌長20秒〕。

(73)18秒（全景，向左搖，連以運動）：夜裡，商店明亮的櫥窗，法蘭絲、海倫和阿勒風穿過中場朝左走去。

畫內音：海倫：「我們這兒有段可怕的時光。」

阿勒風：「巴黎也一樣。」

海倫：「啊！我們現在快到了。海就離不遠……」

法蘭絲：「聽得到嗎？」

海倫：「噢！有大風的日子。」

畫內音：輕微腳步聲。

(74)2秒（全景，向左快搖）：白天，十字路口。

畫外音：腳步聲。

(75)16秒（半全景）：夜裡的十字路口。阿勒風、法蘭絲和海倫前行的

背景。海倫轉過來一下,又再度離開。

畫內音:腳步聲。

海倫:「您像是覺得冷。」

阿勒風:「不,是風大。」

(76)12秒(中景):夜裡街頭和明亮櫥窗。法蘭絲、阿勒風和海倫正面
在人行道上前行。

畫內音:法蘭絲:「我很高興,這不是個小城。」

畫內音:法蘭絲跑的步伐聲。

畫外音:遠處交通聲。

(77)5秒(中景,連以運動):另一個櫥窗,他們繼續走。

畫內音:海倫:「您不能設想這城市。夜裡是不可能的。」

畫內音:腳步聲。

畫外音:交通聲。

(78)12秒(全景):極亮咖啡店的玻璃平台。他們通過中場向左走。

畫內音:法蘭絲:「噢!我沒有菸了。」

阿勒風:「經過菸店再找。」

海倫:「我家裡有。」

法蘭絲:「我只抽班松牌。」

海倫:「啊!今晚妳可得滿意泡沫牌了。」

法蘭絲:「那我寧可抽高廬人牌……」

(接畫外音:船笛聲)

海倫:「正如您想的,我有……」

本場景快結束時,開始音樂和弦。

(79)2秒(特寫):夜裡,海倫的面孔正朝前景行來。前景和弦引出的音
樂。

(80)2秒(特寫):阿勒風的面孔。音樂。

(81)2秒(近景):法蘭絲看著阿勒風。音樂。

(82)1秒(特寫):阿勒風的面孔。音樂。

(83)1秒(特寫):法蘭絲的面孔。音樂。

(84)1秒（特寫）：海倫的面孔。音樂。

(85)1秒（特寫）：法蘭絲的面孔。音樂。

(86)1秒（近景）：海倫的面孔。音樂。

(87)3秒（近景）：法蘭絲的面孔仰看天空。

　　畫內音：法蘭絲：「噢！下雨了，我被淋到一滴。」

　　畫外音：本場景開始時音樂即漸弱，但仍繼續。

　　〔總計音樂從(79)到(87)介入12秒〕。

(88)7秒（特寫，對場）：阿勒風和海倫的背部。法蘭絲進入畫面；他們
　　在景深間互有距離。

　　畫內音：阿勒風：「其實，巴黎到此旅程很近；人們老錯認了距
　　　　　　　離。」

　　畫內音：腳步聲。

　　畫外音：船笛聲及一節音樂。

(89)13秒（全景）：海倫家建築的入口外面。阿勒風、海倫和法蘭絲向
　　門走去；他們轉過身，停下來。

　　畫內音：海倫：「你們看，我們沒走多遠。」

　　法蘭絲：「這兒整個外表像重建的，是因為戰爭嗎？」

　　阿勒風：「一個殉難的城市。」

　　海倫：「是的，曾有許多死人、槍決犯……我記不得數目了。」

　　畫內音：腳步聲、門聲。

　　畫外音：交通雜音。

(90)1秒（大特寫、仰角）：回到(69)，唯較遠，即現代樓房建築。

　　畫外音：海倫：「兩百……」

(91)1秒（遠景）：現代建築的後景深。前景為破壞傾頹的遺跡。

　　畫外音：「三千……的確……」

(92)1秒（近景，斜仰角）：破壞的建築物正面。

　　畫外音：「我不記得……」

(93)1秒（近景、俯角）：刻字的墓碑（1944）。

(94)1秒（特寫）：路標：「布城英軍公墓。」（朝右斜的仰角）

(95)1秒（特寫，朝左斜的仰角）：街牌：Folkestone。

(96)1秒（特寫，斜向右邊的畫面）：街牌：Boucherde Perthes，古生物學創建者。

(97)1秒（特寫，斜向左邊的仰角）：街牌：9月8日大道。

(98)1秒（特寫，極端仰角）：兩塊路牌的街角，一塊牌為「抵抗廣場」。

(99)1秒（特寫）：磚牆前一根桿上的生鏽街牌：「Estienne d'Orves廣場」。

　　畫外音：船笛聲。

(100)7秒（中景）：阿勒風、海倫和法蘭絲站在建築入口內。

　　畫內音：阿勒風：「和我一樣，您避過了它。」

　　畫內音：腳步聲。

　　畫外音：船笛聲。

(101)8秒（近景，連以運動，連以30度）：阿勒風和海倫面對面。阿勒風握著海倫的圍巾；他們進去。

　　畫內音：阿勒風：「我太感動……我想告訴您……」

(102)16秒（半全景）：建築內部入口的大廳。法蘭絲站在電梯門口。海倫和阿勒風進入電梯。法蘭絲遲疑一下走上樓梯。

　　畫內音：海倫：「我先進來。」

　　阿勒風：「對不起，法蘭絲……來，給……」

　　法蘭絲：「噢！我走上去。」

　　海倫（大聲）：「在五樓……」

　　畫內音：腳步聲，行李搬動聲。

　　畫外音：收音機聲音。

(103)4秒（特寫）：門牌：「海倫‧奧甘，舊家具店。」

　　畫外音：收音機。

(104)9秒（中景，本場最後有搖，攝影機在公寓內部）：阿勒風和海倫進來，海倫走向電燈開關，打開燈。

　　畫內音：海倫：「我走前面。」開關電燈及腳步聲。

註釋

❶ 奚越著，〈試論電影演員的角色〉，刊《電影欣賞》第5期，第3頁。

❷ 曾西霸著，《爐主：電影劇本及其解析》，第161至162頁。

❸ 巴拉茲認為：一部影片最長不可超過一個半小時，這是因為觀眾的精神沒有辦法支持超過這一長度的時間。他說：「這一個事先決定好了的長度，是一個固定的格式，是每一位導演所必須把握住的。」哈公著，〈電影藝術中的時空因素〉，刊《藝術論文類編》（電影），第350頁。

❹ 主戲腳本有下述兩種意義：

(1)多數的劇情片腳本，分段裡每場場景所需的鏡頭類型都是指定好了的。有些電影公司比較喜歡用「主戲式」（master scene）的腳本，整段戲裡把所有的動作和對話都寫得明明白白，就是沒有指定攝影角度。羅學濂譯，《電影的語言》，第11頁。

(2)主戲腳本基本上是從完整對話情節處理，轉換到某種接近藍圖之類的東西的第一步。主戲是完整動作的樣本，像莎劇中的景一樣。但是，在時間長度方面有所不同，從幾秒鐘到十分鐘，或者更多。所以，在這個階段，編劇者不必把場景分割成個別的特寫、遠景等。主戲腳本可以作為初步選擇演員、設計、拍攝進度表和擬訂預算（除非早已決定好預算）等工作的依據。泰倫斯‧馬勒著，《導演的電影藝術》，第6頁。

❺ 電影腳本的分類，如以取材區別，可以分為原著腳本與改編腳本。所謂原著腳本，是指由意念的產生，故事的形成，以至最後的拍攝腳本，專為拍攝電影而構思的腳本。至於由其他媒介物——小說、舞台劇——改編而成的電影腳本，稱為改編腳本。

如果以構成形式來區別，電影腳本可以分為四十餘種，下面將赫爾曼的分類列出來，提供參考：

(1)西部片：動作片、傳奇片、音樂片。

(2)喜劇片：浪漫片、音樂片、少年片。

(3)罪孽片：動作片、罪犯片、社會問題片。

(4)通俗劇情片：動作片、歷險片、少年片、神祕偵探片、奇詭謀殺片、社會問題片、浪漫片、戰爭片、音樂片、奇詭心理片、心理學片。

(5)劇情片：浪漫片、傳記片、社會問題片、音樂片、喜劇片、動作片、宗教片、戰爭片、心理學片、歷史片。

(6)其他：幻想片、幻想音樂片、喜劇幻想片、喜劇幻想音樂片、嬉鬧喜劇片、奇
　詭謀殺鬧劇片、恐怖鬧劇片、心理恐怖片、紀實片、半紀實片、卡通片、古裝
　歷史片、旅遊片、音樂回顧劇情片、劇情片、續集片、雙卷喜劇片（赫爾曼
　著，《電影編劇實務》，第12頁）。

　　以上這種區分方法，是以美國影片為主，且係1950、1960年代的分類，如今美
　國又有災難片、科幻片、性愛片，均未列入；而中國的武俠片、功夫片、拳腳
　片、社會寫實片、傷痕電影，日本的武士道電影，也沒有包括在內。實際上，
　除了某些典型的腳本以外，很難硬分某一腳本是屬於某一類型。所以這種分
　類，僅供參考，不適於作為電影分類的標準。

❻徐璞譯，《電視與銀幕寫作：從創意到簽約》，第100至102頁。

❼《電影欣賞雙月刊》，第1卷第1期，1983年1月，第59至63頁。

Chapter **12**

劇本的對白

第一節　對白的重要

第二節　對白的撰寫

實用劇本寫作

電影篇

246

第一節　對白的重要

在觀賞文學氣息很濃的影片時，除領略感情和奇妙的情節，主要是欣賞對白（dialogue）❶。好的對白流暢、深刻、生動，聽來舒適悅耳，給人很大的滿足。所以評價一部電影的好壞、水準的高低，對白也是非常重要的因素。

在電影腳本寫作過程中，首先是有個故事，再結構情節和分場，創造人物個性，這都是準備階段，撰寫對白腳本才是實際工作的開始，而編劇者主要的工作就是寫對白。因為腳本以對白為主體，動作和表情均包含其中。

電影腳本中的人物，除了表情、動作之外，還有對白。如果沒有對白，則人物的描寫、情節的發展，以及主題的發揮，都無法明確地表現出來。即使是在默片時代，當代電影技術尚未發展到聲光同時呈現的地步，依然需要用字幕來代替對白。一直到現在，有些電影把蒙太奇（montage）、映像（image）置於首位，把對白減少到最低程度，仍然無法全免❷。因為說話是人類日常生活中不可缺少的部分，縱使是啞巴，也需要用手勢加表情來代替說話。所以對白在電影腳本中不但不能忽視，而且必須格外謹慎，妥善運用，方可收畫龍點睛之效。

雖然如此，還是不能過分依賴對白，才能使電影脫離舞台窠臼而獨立。聞名美國的編劇家瓦特・紐曼（Walter B. Newman）曾這樣說過：

> 編寫電影腳本，對白應愈少愈好，一場戲，一個人物，對白愈少，培養的情感就愈濃厚❸。

馳名世界的導演希區考克也說：

> 一部電影腳本，把任何事情都以對白來交代，這是最令人厭惡的事❹。

因此，撰寫對白必須恰到好處，以免弄巧成拙。

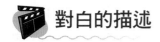 **對白的描述**

必須有高度的真實感

電影是寫實的藝術，呈現人生百態，對白必須有高度的真實感。聽來毫無虛假不實，才是好的語言。因此首先要具有人性，每句話合情合理，好似角色從心坎裡說出來，在此情景中，唯有說這句話，最為合適。那就是有人性的對白了，觀眾會引起同感的共鳴。要是說話反常，悖乎情理，觀眾會立刻起反感，嚴重破壞電影的真實感。

必須合乎時代背景

時代背景和對白也有密切的關係。現代的人和古代的人，各說各話，差異很大。如果電影中古代的人物滿口新名詞，聽來非常刺耳，因此必須讓他們講古代的白話。可以參考舊的戲曲和小說，研究古代人的說話，尤應注意用語和稱呼，不可用錯。

注意是否流暢順口

電影對白雖不必如舞台劇，重視朗誦，但對白是否順口，仍應十分注意。必須做到便於念出來，也便於聽得懂，這是最基本的要求。凡是拗口的或是不容易瞭解的話，均不宜作為電影的對白。

注意自然程度

電影的對白是日常生活的對白，與小說不同。小說的對白，與實際生活中的對白，有一段距離，這種距離的大小，往往要看小說情節發展的需要與小說作者的偏好習慣而定。雖然小說中的對白也強調自然與簡練，但是往往無法做到真正的自然或確實的簡練。這種現象，我們翻開任何一本小說名著，都可以發現許多例證。

小說對白的自然程度和人們實際生活中的對白，有一段差距，而且容許

這一段差距的存在。電影對白就比小說對白來得生活化。因為在電影中，演員用不著對觀眾演說，也不用講得華麗、典雅，這樣反而生硬、不自然，演員間的對白，就是實際生活中他們所談的那個樣子。且舉個例子來說明：

《蒂蒂日記》

華嚴創作的小說，由張永祥改編，陳耀圻導演。其中有一段，敘述女主角蒂蒂和男主角范希軍在圖書館第一次邂逅的對白，原著小說這樣寫：

下午進圖書館，人不少，好不容易找著一個位子，光線不怎麼充足，但也無所謂，一屁股的坐下去，嚓一聲，不該把東西放在椅子上的人的太陽眼鏡被我壓壞了。一會兒，那邊來了一個手裡抱著一大疊書的男同學，見了我手裡那一化為二的東西，那副模樣的揚起眉，我便也一下子的把眉毛揚起來：

「你的？」

「可不是？」

「你故意把它放在椅子上？」

「你故意把它壓壞了？」他壓低嗓音，如果這不是圖書館，我想他也會把嗓音揚起來。

「好吧！我們誰都不是故意的。」

「是呀！我們彼此都是粗心糊塗的。」

「我替你拿到店裡去修理。」

「不必，我想這樣留著做紀念。」

我不說話了，低下頭來看盧梭的《懺悔錄》。他沒有走，我又抬起頭來，他一手指我裡邊的座位，問道：

「你願意讓我進去呢？還是你可以挪到那個位子上面去？」

我挪進那位子，他道了一聲謝，把我面前三冊厚書挪了去，底下有本筆記簿，上面三個龍飛鳳舞的字跡：范希軍……

他陪著我向回家的路，他再去搭公車。

「你今天怎麼不騎腳踏車？」

奇怪，他知道我騎腳踏車？

「我好幾次看見你騎車子的。」

「這一條路？」

「這一條路看見過，那一條路也看見過。」

「我怎麼沒有看見你？」

「你當然看不見我，你不認識我，你也不會向我看。」

「你認識我？」

「學校裡鼎鼎大名的人物，我會這樣孤陋寡聞？」

我本來也想讓他知道我也認識他，他既然這麼說，我便也說出來：

「我是胡鬧出名的，不像你功課好出了名。」

「你現在又這樣客氣，（哼，好像我是向來不客氣的。）如果你功課不夠好，怎麼能夠一篇一篇的文章登在青年雜誌上？」

這一段對白和情節，改編成電影腳本就成了以下這個樣子：

○第十八場　　學校圖書館　　日

蒂蒂、范希軍、其他同學等

△圖書館裡很多同學在默默地看書，蒂蒂抱著書進來，看到一個
　空位子，坐下去──聽到響聲，也感覺到了，坐在一副太陽眼鏡
　上。拿起來一看……

　……一個鏡片壓碎了。

△一個男生拿著參考書過來，正看到她手上的眼鏡。

　蒂蒂：是你的？

△男生瞪著她沒言語，眼光是說妳看怎麼辦？

　蒂蒂：誰讓你故意放在這兒的？

　希軍：我故意？我本來坐在這兒，我去借書。

△聲音稍高，引起其他同學看他們。

　蒂蒂：我拿到店裡給你修修。

△希軍卻把眼鏡拿過來了，蒂蒂奇怪地一怔。

　希軍：不必了，留著做個紀念，請妳坐到裡面去。

△蒂蒂往裡坐，挪出一個位子，希軍在她旁邊坐下，放下參考書、

筆記簿……

△蒂蒂瞅他筆記簿一眼——「范希軍」，彷彿一大發現。

　　蒂蒂：（衝口而出）是你呀！

　　希軍：我哪兒又錯了？

　　蒂蒂：（忍不住想笑）鼎鼎大名！

　　希軍：是說妳自己……《三姊妹》的女主角，全校無人不知！

　　蒂蒂：哼！

△希軍翻開書。

○第十九場　　圖書館外面　　接前場

　　蒂蒂、范希軍和其他同學

△他們從圖書館出來……蒂蒂笑著說。

　　蒂蒂：我承認我在學校很出名，（強調地）是胡鬧出了名，你是功課好出名。

　　希軍：妳能說妳的功課不好？那一篇一篇文章登在《青年雜誌》上，是誰寫的？

△蒂蒂看他一眼。

　　蒂蒂：沒認識你以前，聽有人批評你，說你「傲慢」。

　　希軍：哦！依妳看呢？批評我的人是不是有「偏見」？

△兩人停住了。

　　蒂蒂：你往哪兒走？

　　希軍：我去坐公共汽車，妳是每天騎腳踏車的。

△蒂蒂臨去又看他一眼。

　　蒂蒂：我倒沒發現有人在注意我！

△希軍看她往那邊走了……

　　　CO

　　如果拿這兩段來做比較，就可以發現：原著小說與電影腳本的對白有了相當的差距。等拍成電影之後，呈現在銀幕上的對白又有所更改，我們看最後從銀幕上傳出來的對白：

蒂蒂：是你的呀！誰要你故意放在這兒？

希軍：我故意？我本來坐在這兒，我去借書。

蒂蒂：我拿去幫你修好了。

希軍：不必了，我自己會修，請妳坐到裡面去。

蒂蒂：是你啊？

希軍：我哪兒又錯了？

蒂蒂：鼎鼎大名！

希軍：是說妳自己《三姊妹》的女主角，全校無人不知。

蒂蒂：我承認，我在學校很出名，是胡鬧出了名，你呢？是功課好
　　　出名。

希軍：妳能說妳功課不好，那一篇篇文章登在學校雜誌上，是誰寫
　　　的？

蒂蒂：在沒有認識你以前，聽有人批評你，說你很傲慢。

希軍：哦！依妳看，批評我的人是不是有偏見？

蒂蒂：你往哪兒走？

希軍：我去坐公共汽車，我知道妳是騎腳踏車的。

蒂蒂：我倒沒有發現有人在注意我。

《汪洋中的一條船》

其次，再舉《汪洋中的一條船》的例子，這是鄭豐喜的作品，張永祥改
編，李行導演。其中也有一段男女主角在圖書館邂逅的對白，原著小說是這
樣描寫：

繼釗與我，是在一個夏季裡認識的。那時，我們經常在系研究室裡
看書。有一天，她從座位上站起來，紅著臉兒走過來說：
「鄭同學，請教一下好嗎？」
我羞怯的說：
「我……我不知道會不會。」
當時我的心跳得很厲害，因為，我曾經多次的偷瞄過她，今天她竟

然站在我的眼前了，這種突如其來的「幸運」，使我不知所措。她開朗的說：

「你太客氣了，其實誰不知道你是一位最用功的同學呢？」

結果，我「七十銅，八十鐵」的說了，她很滿意，我卻覺得沒有好好地「發揮」。

日後，她又問我一題「何謂選擇之債？」因為這是個複雜的問題，我恐怕在室內討論會吵到其他同學，因此提議到室外，她同意了。於是，我們離開研究室，來到校園外的樹下，坐定後，我便口沫橫飛的「蓋」將起來，她則頻頻點頭。「蓋」完後，我們沒有立刻回去，繼續聊了一些「題外」話。在這次談話中我知道她也念法律系，她說：

「早在兩年前，即高二時，我便知道你了……」

我詫異地問：

「妳怎麼會知道我呢？」

「那時，你不是曾經上過報嗎？你的苦學精神，真值得我們效法哩！」

我慚愧的說：

「哪裡談得上什麼精神呢？不過是厚臉皮，硬著頭皮『爬』出來罷了。」

「鄭同學太謙虛了，其實像你這種不畏艱難、勇往直前的青年，誰不欽佩呢？」

經過改編後的電影腳本，與原著小說有了很大的差距：

○第十七場　　圖書館　　　日

豐喜、繼釧、男女同學等

△圖書館靜靜地，很多同學低頭看書。

△繼釧也在看書，她似乎感覺到有人在看她，一抬頭──

△豐喜一個人坐著在看她，但接觸到她投來的目光，立刻不好意思地低下頭，心神不安地看書，這樣過了一會。

繼釧：（OS）鄭同學！

△豐喜一驚，看繼釗拿著書已到他面前了，他似被發現了祕密一般
地臉紅了。

　　豐喜：（囁嚅地）什……什麼事？

　　繼釗：我想請教你一個問題，我是法律系一年級的。

　　豐喜：是的！（比較從容）妳有什麼問題？

△鄭豐喜站起來了。

　　繼釗：何謂「選擇之債」？請你幫我解釋一下。

△豐喜稍一沈吟，看看其他同學。

　　豐喜：這個問題……不是三言兩語能解釋清楚的，我們到外面去
　　　　　說好嗎？

△繼釗含笑點點頭，豐喜收起書和他外出。

○第十八場　　校園　　接前場

豐喜、繼釗、其他同學等

△遠景——看到豐喜不停地說，說得好起勁，繼釗不停地點頭。

△慢慢推近，才聽到豐喜笑著說。

　　豐喜：我是在亂「蓋」，不知道你滿不滿意？

　　繼釗：（開朗地）你解釋得很清楚，怪不得他們都說你是系裡最
　　　　　用功的！

△豐喜臉紅了，呆呆地看她。

　　繼釗：我很早就知道你。

　　豐喜：噢！

　　繼釗：我在讀高二那年，在報紙上讀到你奮鬥苦學的精神，覺得
　　　　　好欽佩你。

　　豐喜：（苦笑）那沒有什麼，只不過別人都是走路到學校，我是
　　　　　「爬」到學校來的。

△他們邊走邊談，繼釗下意識地看他走路，是有點跛。

配音後的對白，顯然又有了很大的不同：

　　豐喜：有什麼事嗎？

繼釗：我是一年級的吳繼釗，我想請教你一個問題。

豐喜：請教不敢當，我們可以互相研究研究。

繼釗：什麼叫「選擇之債」？我不懂。

豐喜：這個問題很複雜，一下子也解釋不清楚，我們到外面去說。

繼釗：好！

豐喜：譬如說用幾頭牛，幾十隻羊，或者是幾百隻雞，在雙方當事人約定下，就可以從這些東西中間選擇一樣來還債，在民法第兩百一十二條，就規定了這些事情。

繼釗：我懂了。聽很多同學說你是系裡最用功的。

豐喜：我小時候念書念得晚，不用功趕不上。

繼釗：很早就知道你，在高二的時候，我在報紙上看過你奮鬥的故事。

豐喜：你們是走進大學，我是爬進來的。我剛來台北的時候，很不習慣，車子多，人也多，我自己走路又不方便。

對白的作用

對白有其一定的作用，固然不能無病呻吟，即使有病，呻吟也得要有「力」。對白在電影中的作用，至少有以下四種，分別是：表情達意、推動劇情、描寫人物、符合氣氛。

表情達意

所謂表情達意，是指表達人物內心與外在的動作，每句話有其「本」，有其「用」，也就是說，這句話說出來有它的原因和動機、目的和用意，即使一聲嘆息，也有其由而發，否則就是廢話，含義混淆，用意不清，叫人摸著不頭緒。表情表得好，達意達得妙，才是好的作品。

推動劇情

對白可以帶動劇情向高潮推進，有如登山，一步一步向最高處爬，上一句帶動下一句，登山有上坡下坡，劇情有高潮低潮，有如長江後浪推前浪，終抵目的地。

描寫人物

談到人物刻劃時，曾提到有三種方法，即：(1)以文字描寫；(2)以言詞描寫；及(3)以動作描寫。其中也曾談到對白。在這三種描寫方法中，以文字描寫是供演員扮演劇中人物參考用的；以動作描寫，如不輔以對白，則其動作不易讓觀眾完全瞭解。由此可知，以對白塑造人物是一項重要工作。

對白還有一個很重要的功能，就是表現人物自身的個性，並加強人物之間，乃至整個情節的衝突，即表現個性，加強衝突。這一點似乎毋庸置疑，因為像小說、戲劇等其他文學樣式的作品，對白也具有這同樣的功能。然而，電影劇本由於它是未來銀幕形象的基礎，它的對白在表現個性、加強衝突上，尤其需要獨具匠心，才能使人物的視覺形象更增添可信性。事實上，許多優秀的電影劇本之所以膾炙人口，其原因之一就是它們的人物對白富於個性特徵。

丹錫傑與拉許❺在《電影編劇新論》一書中，談到對白與人物的關係時說：

> 對白有助於加強劇中人物的真實感。不管這時候對白的作用，是在推展劇情還是反映人物性格，觀眾先天上就期望對白要像真實生活一般❻。

他們又說：

> 對白當然有它最基本的功用──說故事、表達人物的意見等等。但是，對白也可以增加人物的可信度。文化背景、社會階級、出生地、個性、氣質都會影響劇中人物的對白。
>
> 編劇部分的任務就是利用對白來增加人物的可信度。比如說，你的用字遣辭可以反映某地區慣用的俚語；而俚語使用的複雜程度可以

顯現劇中人的階級。至於人物如何平衡「心中想說的」和「嘴中實際說的」，又顯示了人物的性格。而人物的遣辭造句更會暗示他的權力地位。這些語言的地域性、文化背景、社會階級共同襯托出人物在銀幕上的形象，也建立了劇本的調和性❼。

📹 符合氣氛

悲劇是嚴肅而重感情的，當然它的對白要沈重有力；喜劇是輕鬆而重理智的，它的對白要明朗輕快。因為悲劇要人哭，所以它的對白要有豐富的感情，要含蓄深遠；喜劇要人笑，對白著重機智，要簡潔明快。

對白還常常能使情節發展激化或趨向結局。例如，美國影片《克拉瑪對克拉瑪》（*Kramer vs. Kramer*）❽，它的劇情高潮就在於克拉瑪夫婦在法庭上為兒子的歸屬問題，雙方唇槍舌劍、互不相讓的時候。唇槍舌劍一俟結束，兒子歸屬問題也得以解決，夫妻雙方原來尖銳的衝突趨於緩解，影片於是結束。

總之，對白呈現許多功能，誠如費爾德所說：

對白必須傳達你故事的資料或事件給你的觀眾。對白必須使故事推展。對白必須顯露人物。對白必須顯示人物內心或彼此的衝突、人物獨白的思想、情緒狀態。對白是由人物而生❾。

🎞 第二節　對白的撰寫

撰寫對白，有幾點必須注意。

🎬 明白確定

對白的第一要義，在於「明白確定」的表示出要說的意思。直接的表示

清楚，使觀眾一聽就明瞭。因為電影除了情節的進展，映像、動作外，差不多全靠對白。要是它說得不十分明白顯豁，觀眾很容易把這句從他們耳中漏掉了，沒有聽進去；或是觀眾對這句話的意義，要思索一番才能瞭解，則情緒的感染就不夠深切，反應也變慢了。所以編劇者寫電影對白，不要故作艱深，不要自炫淵博。

「明白確定」的說話，就是不繞圈子，不多轉折。例如用直接式的語言：

1.「我愛你。」這是最簡單的話，是肯定的語法，一聽就懂。

2.「我不愛你。」是否定語法，也聽得懂。

如用間接式語言，就成了：

3.「我不會不愛你。」是否定的否定語法。意思和肯定的「我愛你」相似，是對方對他的愛情起了懷疑時才說。但話轉折一下，觀眾聆聽時要多想一下，才明白意義，顯得比直接式的語言，在「明白確定」效果上為差，若非必要，還是改用直接式為宜。

說話時的語氣，對語意有很大的關係。有時口吻不對，意義可能完全改變。

再以「我愛你」為例：

4.「我愛你？」用懷疑的語氣說，就成了不確定的話，和肯定語法的話，意思有很大差異。

5.「我愛你！」以命令式的語氣，雖同是肯定的，可能對方並不愛他，有強迫意味，和例1意思也不一樣。

6.「我？……愛你！」是懷疑的肯定語法，說話者把握不住，疑惑自己的愛情，是不是真在愛對方。最後雖是肯定的，但語意不同。

直接式的語言比較明白確定，由前例可見。但說話不能太單調，要有變化。編劇者在寫對白時，不妨多寫幾句意同語異的話，做比較的選擇。

例如：

7.「我殺了你！」和「我將你殺了！」意義相同，但後者說來拗口，不如前者為佳。

8.「我不稀罕你的錢！」和「誰稀罕你的錢？」後者用反問表示不稀罕對方的錢，有時比前者說來更有味。

9.「我不知道。」和「哼！天知道！」後者用肯定語法表示否定的意義，說話是另有神氣。

10.「我打消了想他的念頭。」和「我不再想他。」前者「念頭」是抽象的詞句，不如後者說來明白。

11.「張三是個被懷疑的兇手。」和「張三被懷疑是兇手。」前者是歐化的語法，「被懷疑的兇手」不是兇手的一種，改用後者中式語法，更符合邏輯結構。

意義相似的話，只要多蒐集，可能一句有十多種不同的說法，不妨將它排列出來，研究比較，選擇最適當的一句應用。

對白必須自己具有語氣和代表的情感，不要再加註釋。但有些電影腳本中，往往由編劇者在對白的前面另加括弧，註明「憤怒地」、「冷酷地」、「悲哀地」等形容詞。雖可提供演員在表演和對白時參考，但若語言本身不具有這種語氣和情感，而依靠註釋，那不是最好的對白。

在腳本中往往會發現不完全的語句，如一句話，只說一半或幾個字。「我想……」、「這個……」。要是觀眾的思維無法補充編劇者未完成的語意，那就是不太好的對白，違反了「明白確定」原則。但只有角色陷於不能說完話的情境，或在銀幕上已表現出來，才可用不完全的語句。

例如：

12.角色說話到一半，對方已有反應，搶先說話，截斷了他的話，或是用動作阻止了他說話（如伸手給他一個耳光，使他停止說下去）。

13.角色已有動作表現，揮刀殺了對方，他只說個「殺……」。由於畫面顯示，觀眾明白，不必讓他說：「我殺了你！」反而覺得多餘累贅。

凝練

比「明白確定」更進一步，就是對白要「凝練」。我們不能像真正的日

常生活般的說話來編寫電影對白，那樣會太拖沓累贅。電影中沒有多餘的時間說這些廢話，所以言詞必須凝練，濃縮精選，去掉不必要成分，只留下精華，這才是好的對白。

陸機在〈文賦〉裡說：「立片言而居要。」應用到編寫對白，就是要視情節需要而定，說話者必須顧及對方的反應如何，那才算抓到了要領，不可連篇累牘，寫了一些不相干的對白。

對白忌空泛，如果既不能幫助情節的推展，又不能表現人物的性格，那麼聽來就索然無味，是為下品。倘然既助劇情的進展，又能表現人物性格，且其詞語之運用流暢靈活，能生趣、動情，是為上品。生趣給觀眾的，是喜劇的輕快感；動情給觀眾的，是悲劇的哀憐感。

中國電影腳本的對白，在凝練方面，工夫有欠周到，往往令人感到廢話太多。凝練的對白，必須做到如下的要求：

1. **不說重複的話**：在若干腳本中，相同的對白會不止一次的出現，讓觀眾聽來心煩，而且是浪費電影時間和軟片。例如甲問：「你殺了老張嗎？」乙答：「是的，我殺了老張。」在乙的答話中，「我殺了老張」是重複甲問的廢話，應該刪去，只要說「是的」就可以了。

2. **盡量用表情動作表現，不用對白說出**：電影是映像的藝術，能把動作表情透過銀幕角色表現出來，就不必說，只要「點頭」就表示了。

3. **畫面上顯現的，不必再說明**：這也是映像藝術的特點，觀眾在銀幕上已看到了，角色就不必再多說。可是，中國電影腳本中，這種毛病犯得最多。

4. **銀幕要演出來的，不必先說出來**：這是提高觀眾的興趣，不讓他們先知道以後的情節，就不必說明。同時又可使情節進展乾淨利落，沒有拖泥帶水的感覺。例如甲乙兩人商量，甲說：「怎麼辦？」乙答：「我有主意，今晚動手殺了他！」接著演出甲乙動手殺人的戲。像這樣的對白，乙洩漏了後面的戲，可不必說出，應將他的話刪去。甲說：「怎麼辦？」立即映出甲乙動手殺人的戲。

5. **對白精簡**：就是濃縮對白，卻不失語意。例如：「你囉里囉唆說個沒

完，講的都是沒有意義的話。」可精簡成「廢話！」

6.利用成語：也是精簡對白的方法。例如：「照理說來，殺人就得償命。」用成語「殺人償命」表達，簡單明瞭，一聽便知。

7.利用俗語：也可精簡對白。例如：「你想來想去，怎麼老是想不開？」用俗語：「你怎麼老是鑽牛角尖？」再如「他不懷好心眼，請你去恐怕要對你不利。」用俗語：「哼！他是在擺鴻門宴！」

成語和俗語是中國語言的財產，豐富的保留在人們日常生活的談話中，運用恰當，可增加語言的神采。但要注意這種話是否符合角色的身分、地位、知識程度、職業等，如果不相稱的話，仍不能採用。

顯現角色個性

對白做到明白確定和凝練的地步，接著就要注意角色的個性了。凡是不能表現個性的對白，都是死的，不會生動。有個性的對白，不僅是說明枯燥的事實，必須染上角色個人的色彩。因為每個人的年齡、性別、職業、地位、鄉土等的差異，說話各不相同。在腳本中，各人對白要充分表現用語上的特色。譬如說：個性剛強粗魯的人，和文柔軟弱者的說話不同；老太太和少女的話又不一樣；丈夫和妻子的話也不相同；商人、工人、學生等的口語，相差很多；僕人和主人地位有異，話有區別。各地方的人說各地方言，以及鄉土色彩的語詞。編劇者要區別這特點，妥為運用，在對白中表現出來。

什麼樣性格的人，得配合什麼樣的對白。另外，如果人物在遭逢到外在衝擊而必須變更所處的情境時，其來自當時心境的語言，最值得推敲，那是說當時他或許會說些與他性格相牴觸的話，雖然還隱隱地讓觀眾覺察那些語意並未與其性格相差太遠。這就是性格統一所要求的重點，因為它是前後相關聯的，是關係著全片結構、邏輯、情境處理，小而至於影響著演員表演的設計，因為所關涉的是人物語法的表達、結構，也連帶著動作的徐緩、柔

剛，甚至對整個形象的樹立更有所影響。

美國尤金・維爾（Eugene Vale）在《影視編劇技巧》（*The Technique of Screen and Television Writing*）一書中談到對白，說了一段精闢的見解：

> 編劇如想學會在電影中如何運用對白，應當使他的故事不用說話就被人理解。這樣，他就學會了如何充分運用其他表現手段。之後他就給自己定下了這條規則：在其他表現手段都已用盡，而不再能起作用時，才輪到使用對白。對白是最後一著，這樣，它的位置就擺正了。而且最經濟地使用對白，也是出於非常現實的考慮：影片說話過多會使語言不同的外國觀眾厭煩[10]。

對白設計十大禁忌及其解決方法

經驗不夠的編劇者在電影對白中常常破綻百出，有十種最惡劣的現象。理查德・布魯姆在《電視與銀幕寫作：從創意到簽約》中，論述對白設計十大禁忌及其解決方法[11]：

一、過於直截了當

有些對白就是照本宣科，直白得令人尷尬。聽起來也有矯揉造作之感。

例如：

珍妮佛走進房間，卡洛斯衝她微笑。

卡洛斯：珍妮佛，我很高興看到妳。我是如此愛妳。為了見到妳，我已經等待多時了。

這樣的對白的確令人尷尬，毫無婉約精緻可言。如果表現為他壓抑太久，突然一時語塞，也許就更具效果。或者他先將她一把抓住，一言不發，過一會兒再說：

卡洛斯：妳知道嗎？一看到妳我就控制不住自己。

然後二人擁抱。

當然，行勝於言。但如果對白能為人物的行為增添有力的補充，那真算得上錦上添花。珍妮佛懂得他的意思，觀眾們也照樣能懂。輕描淡寫、出乎意料的問答，以及對於人物潛意識和內心世界的表述，也可以營造出這種婉約之美。

二、過於零碎

這樣的對白顯得磕磕絆絆，一人一句，一句一兩個詞，如此回合往復，拖拖拉拉。綜觀整個劇本，更像一部品特派風格的舞台劇，而不是道地的電影作品。下面這個例子就是過於零碎的典型。

德魯：我餓了。

凱特：我也是。

德魯：出去吃飯吧！

德魯：去熟食店如何？

凱特：好。

解決這個問題的辦法就是為對白提供一個真實可信的動機。人物在言談時也需要動機和意圖，再結合其既定的思維和行為樣式。舉例而言，在早先的情節中，德魯正在檢查冰箱裡的東西，然後就說：

德魯：嗨，這裡面沒東西啦！出去吃嗎？

凱特：嗯，我都快餓昏了。

德魯：熟食店吃起來如何？

凱特：那兒的雞湯味道棒極了。

接著二人衝出房門。

總之，對白是在每時每刻建構真實感的基礎。它應該能發動人物身上最具效果的行為舉止和反應。

三、過於重複

如果一個人用很多種方式反覆自己的話，這樣的對白就是過於重複。人物口中贅餘的信息和重複性的話語如同雞肋。

伊蓮娜：我在旅行中玩得很開心。這真是迄今為止我最棒的一次旅行。

阿　蒂：我很高興妳喜歡這次旅行。

伊蓮娜：離家出遊的感覺太好了。這次旅行棒極了。

看起來好像編劇不知道人物下面要說些什麼，於是就仰仗著先前的對白原地踏起步來；或者他恐怕觀眾們不明白「其中深味」，所以讓劇中人物不斷地強調。一種解決方式就是回到劇本中清晰地促成每段對話，或者乾脆把多餘的部分刪掉。下面是改動後的版本。

阿　蒂：妳一定玩得很開心。我從沒見妳＝這麼放鬆過。

伊蓮娜：這真是太美妙了。但這結束了，我真難過。

這種簡單的交流就能改變整個對白的效果。在戲中，一個人總要對另一個人的心理和物理處境有所反應。至於「其中深味」的東西，你就應該在劇本中做好預先的鋪墊。這樣，即便看似再平常的一段台詞，也足夠讓觀眾們恍然大悟了。

四、過於冗長

冗長的對白聽起來就像是鴻篇大論或學術答辯，這不僅令人物行為停滯不前，而且還經常有囉唆說教之嫌。首先看看下面這段對白：

傑西卡：（對安娜說）妳沒有得到那個位置，就是因為妳是個女人，而不是出於什麼其他原因。如果妳是個男人，妳就會擁有那個位置。別讓他們那樣對待妳，轉身回去，繼續為自己的理想奮鬥。我饒不了他們，我向妳保證。我記得小時候媽媽經常告訴我，要小心那些性別歧視者。妳必須昂首挺胸，讓他們知道妳永遠不會屈服於那些不公的待遇。

這段話力圖取代視覺情節，將千絲萬縷的思想雜糅一處，但卻沒有為角色的過渡和反應留出適當的間隙。如果在每段思想的結尾點綴一些演員反應和表演指導，效果就會更好，這段台詞也會更具親和力和感染力。可做如下改動：

傑西卡：（對安娜說）如果妳是個男人，妳就能得到那個位置。

安娜裝作沒有注意，她沒心思聽傑西卡的長篇大論。

傑西卡：（同上）不要讓他們那樣對待妳。回去繼續為自己的理想奮鬥。

安娜一言不發。傑西卡知道她無處可去，走到她朋友身邊，語調輕

柔卻不失緊迫。

傑西卡：（同上）我從來對那些性別歧視的人保持警惕。要讓他們
　　　　知道，妳不會屈服。

一個停頓，然後安娜回轉身來看著自己的朋友。信念已經牢牢地紮
根在她的心裡。

總之，就是要把情緒上的反應融入對白中，而且盡量刪繁就簡。不
是所有的長篇大論都不受歡迎，法庭戲就是個例外。另外，說話時的情
緒反應也可以為對白的語境增光添色。例如，傑西卡就可能用憤懣不平
的語氣把這段台詞一古腦傾瀉出來。如此的情緒表現一定與她的處境密
切相關。如果真如此處理，倒也可以自圓其說。

五、過於雷同

有時候每個人物的話聽起來都大同小異，他們的對話套路也彼此雷
同，照此下去，人物的個性必然喪失殆盡。比如下面這段對話，你能區
分這兩個對話者嗎？

本：嘿，你賭賽車了嗎？

阿萊克斯：是呀，我賭了。你呢？

本：是呀！你贏了嗎？

阿萊克斯：沒。愈想贏就愈贏不了。

這些人物聽起來簡直如出一轍，說的還都是廢話。要想克服這個毛
病，就要在戲中讓人物心理更豐富一些。人物的動機、意圖和急迫感都
要反覆推敲。

本和阿萊克斯性格不同，心態的表達也應透過截然不同的語言結
構。可以做如下改動：

本：（試探性地）你賭賽車了？

阿萊克斯聳聳肩。

阿萊克斯：自然。

本：贏了嗎，阿萊克斯？

沒有回應。接著：

阿萊克斯：這次沒贏。愈想贏的時候愈贏不了。

本走過去，安慰性地拍拍他的手臂。

衝突被隱藏起來。在設計對白時，千萬記住：你的每個角色都是活生生的人，他們之間的相互作用可以是非常微妙複雜的。

六、過於呆板

這樣的對白聽起來就好像摘自歷史書、詩歌、報紙或者語法書，但就不像人嘴裡說出來的。以下就是一個典型的呆板對白：

杰佛：為你提供我對於事件的解釋是我的責任。你是唯一一個可能
　　　接受這些觀點的人。你必須聽好我的話。

除非杰佛這個角色本身迂腐到了極點，否則用口語化的、一針見血的表達會更恰如其分。

杰佛：你給我聽好了！

此言一出，無須他語。不要擔心對白中出現自相矛盾的說法，真實生活中的人就是這麼說話的。

在閱讀對白的時候，你應能從中感受到人物的心態和動作。如果言語過於呆板迂腐，你就應該即興表演出人物的行為，從而體味出自發性更強的感受。比如，當你伏於書案獨自工作的時候，你就可以想像某個角色身處不同矛盾衝突中的情景。之後，你也許就會訝異於自己竟能把這個角色瞭解得如此透徹。

七、過於說教

這個毛病總是同「太過直接」、「冗長」、「長篇大論」和「過於呆板」聯繫起來。人物總是顯得鄭重其事、頭頭是道。他或她已經無法稱之為一個立體的人，完全退化成編劇意識思想的代言人。下面這段話就有說教意味過重的嫌疑：

麥克：你知道罪犯一旦逃跑將會怎樣？他們要麼待在監獄，要麼就
　　　會對社會的每個角落產生威脅。只要我們擁有更加有力的立
　　　法者和法律，就不會有這樣的事情發生。

一個人要義正辭嚴，也不必如此振振有詞。如果麥克咆哮起來，也絕對達意：

麥克：一定要把這個混蛋關起來！

對白的真正內涵與情節的鋪陳開展息息相關，並且應和貫穿整個故事的人物動機和行為保持統一。

八、過於內省

這個問題一般集中出現在某個自言自語的人物身上。比如下面這種情況屢見不鮮：

米歇爾：（自言自語）哦！我真希望現在能和他在一起。

不少編劇肯定已經戰戰兢兢了。一個人是不是總要自言自語呢？顯然並不常見。即便出現這樣的情況，說出的話也不可能是完整的、有邏輯的句子。此時邏輯是與情緒對立的。戲劇中常見的莎士比亞似的獨白與影視作品的表達還是有一定距離的。

如果人物能在獨處的時候多一些行為動作，看起來就會更加合理可信。也許，米歇爾可以先瞥一眼照片，然後閉上眼睛，努力讓自己平靜下來。再次強調，行勝於言。

九、過於缺乏連貫性

這意味著一個人言行相牴，說著一些不符合自己個性的話。有些情況是由於故事中缺乏適當的過渡。下面這個例子中人物對白和態度的轉向快得令人難以置信：

杰　森：我希望你們能聽從我的勸告。

珍妮佛：不！卡洛斯和我還有更好的事要做。

杰　森：我說這些都是為你們好！

珍妮佛：好吧！我們就照你說的做。

可見，這裡思想轉變的速度簡直匪夷所思。如果能在這段戲中添加一些過渡，再融入一些適當的動作和反應，效果就會更好。可做如下改動：

杰　森：我希望你們能聽從我的勸告。

珍妮佛：不！

她看了一眼自己的弟弟，看到了他眼中的傷害。接著她努力要有所解釋：

珍妮佛：（繼續）卡洛斯和我還有更重要的事要做。

這顯然沒有用。杰森說話時盡力掩飾住緊迫感。

杰　森：我說這些都是為你們好！

一段漫長的停頓。珍妮佛轉過身來，走向長椅。一番深思熟慮之後，終於：

珍妮佛：好吧！我們就照你說的做。

有時候，要想避免對白中前後矛盾的情況，對於人物內心動機和心態的分析必不可少。解決這個問題的方法也並不複雜，無非是搭建更多過渡，為人物的發展設置更多鋪墊。

十、過於虛假

這個條目中包括所有讓劇中人聽起來不真實的毛病。你可以透過大聲朗讀的方法來檢驗台詞的真實度。它聽起來就應該像一個真實的人對於所見所聞的反應。

如果發現了問題，如何補救？答案是：即興表演劇本。大聲朗讀或者在電腦裡把同樣的角色放置於不同的衝突中。在劇本中，衝突應表現為人物意願間的直接矛盾，因為每人的意圖都截然不同。也許會需要兩三頁的篇幅來解決兩個人的矛盾。其中一人屈服了，或者離開了，或者雙方都妥協了。總之，結果並不重要；但是，對白、動機和行為必須前後一致、合情合理。一旦你明白人物個體之間如何相互影響，相互作用，你就能把握住人物的整體了。只有對人物動機、意圖和態度有了深刻的理解，你的對白才稱得上創意十足。

不要以自己眼光看待事實

最後，也是最重要的，就是不要以自己的眼光去看電影中的事實，不要以自己的態度去說明電影中的事實。必須透過角色的情緒去感受，則寫下來的對白，自然會感染角色的特性。再因觀眾對於情節本身的注意與興趣，遠不及在情節中活動的人物，所以僅報告事實的對白，不會深入觀眾的心中。必須將所有情節、事實，在電影中演出，變成「戲」（所謂「戲」，就是演

員能充分表演的部分，對白僅是「戲」的一部分）。最壞的是將「戲」說出來，而不是演出來。

　　編寫對白，是編劇者非常重要的工作，撰寫對白以構成腳本的本體，所以非傾全力從事不可。劇情的自然、明白、緊張、興趣，可以對白的技巧來達到。發展情節和表現角色的性格，也可藉對白表現。所以，評審腳本的好壞，對白是很重要的根據。

註釋

❶ 《中國大百科全書》（電影卷）中有如下的定義：「影片中由人物說出來的語言。電影藝術的主要表現手段之一。用以突出人物的性格，宣泄人物在特定情境下的思想感情活動，交代人物與人物之間的相互關係，推動劇情的發展，揭示主題思想。電影是以連續不斷運動的畫面直接訴諸人的視覺的藝術，因此，電影的對白要凝練、生動，更符合生活的真實，起到言簡意賅、發人深思的藝術效果。電影的對白應具有形象性和動作性的特點，符合生活化和性格化的要求。」見該書第146頁。

❷ 法國著名導演梅爾維爾（Jean Pierre Melville）的電影，對白少而精練。在《仁義》（Le Cercle Rouge）片中，從開場到結束，沒有幾句對白，充分發揮了有聲電影的靜默效果，尤其片中亞蘭·德倫洗劫珠寶一場，前後二十分鐘之久，完全沒有對白和任何聲響，氣氛之冷峻，韻律之流暢，樹立獨特的風格。美國名導演史丹利·庫柏利克（Stanley Kubrick）接受《花花公子》（Playboy）雜誌訪問時表示：「《二○○一年》是個非語言的經驗，在兩小時又十九分鐘的片中，對白占不到四十分鐘。我想創造一種視覺的經驗，能超越語言的歸類，而直接以情感與哲學的內容來穿透別人的潛意識。」見房凱娣等譯，《費里尼對話錄》，第5頁。

❸ 梅長齡著，《電影原理與製作》，第155頁。

❹ 同❸，第155頁。

❺ 丹錫傑從事編劇教學三十多年，現任教於紐約大學。曾為廣播及電視編過戲劇節目及紀錄片，著有《廣播寫作》（Broadcast Writing）。拉許是天普大學廣播、電視、電影系教授。

❻ 易智言等譯，《電影編劇新論》，第16頁。

❼ 同❻，第213頁。

❽ 《克拉瑪對克拉瑪》曾獲1979年第五十二屆奧斯卡最佳影片、最佳導演、最佳男主角、最佳女配角和最佳改編劇本等五項金像獎。

❾ 費爾德著，《電影腳本寫作的基礎》，第28頁。

❿ 吳光燦、吳光耀譯，《影視編劇技巧》，第27頁。原作者尤金·維爾是美國作家協會和電影藝術與科學學會會員。本書是他總結創作六十多個電影電視劇本的直接經驗，和汲取當代歐美影視編劇技巧而寫就的力作，深受專家的推崇。

⓫ 徐璞譯，《電視與銀幕寫作：從創意到簽約》，第72至78頁。

Chapter **13**

喜劇的編寫

第一節　喜劇的定義

　　什麼是喜劇（comedy）？什麼是喜劇電影（comedy film）？要回答這個問題，或者給喜劇下個貼切的定義，都是十分困難的。為數眾多的理論家，有代表性的笑論，已有八十餘種，下了許多定義，但都不全面。雖然如此，在此還是可以介紹一些定義給大家參考。

　　1990年，上海辭書出版社出版的《簡明戲劇詞典》對喜劇所下的定義是：

　　　　戲劇的一種類型。一般以諷刺或嘲笑醜惡落後現象，從而肯定美好、進步的現實或理想為其主要內容。喜劇的構成依靠誇張的手法、巧妙的結構、詼諧的台詞及對喜劇性格的刻劃，並以此引人發出不同含義的笑。由於描寫的對象和手法的差別，喜劇一般分為諷刺喜劇、抒情喜劇、鬧劇等樣式。喜劇衝突的解決一般比較輕快，往往以代表特定時代的進步力量的主人翁在鬥爭中獲得勝利或如願以償為結局❶。

　　另外，《簡明戲劇詞典》還給喜劇性下了如下的定義：

　　　　喜劇藝術的特性。運用滑稽、幽默、諧謔、鄙夷和諷刺等方法，揭露生活中引人發笑而又有一定社會意義的現象，從而使人獲得一種美感享受。喜劇性所表現的矛盾衝突既包括先進、美好事物同落後、醜惡事物的對立和衝突，也包括醜惡與醜惡之間、先進與先進之間的衝突。喜劇性的本質是對舊事物的諷刺和否定，對新事物的讚揚和肯定❷。

　　1980年，四川大學中文系出版的《電影手冊》，對喜劇電影所下的定義是：

　　　　一種用大量誇張手法，巧妙的結構形式，幽默詼諧的對白和對喜劇性人物的刻劃，來達到引人發生不同含義的笑，以諷刺鞭笞醜惡落後現象，肯定美好進步的現實理想的故事影片。能使觀眾在輕鬆的娛樂活動中，自然地受到某種思想的陶冶，認識社會面貌，辨別真、善、美

和假、醜、惡。是人們非常喜愛的一種樣式。由於描寫的對象和手法不同，又可分為：一、諷刺喜劇片；二、抒情喜劇片；三、歌頌性喜劇片；四、鬧劇片等等❸。

1986年，中國電影出版社出版的《電影藝術辭典》，為喜劇電影所下的定義是：

> 以產生笑的效果為特徵的故事片。在總體上有完整的喜劇性效果，創造出喜劇性的人物和背景。主要藝術手法是發掘生活中的可笑現象，做誇張的處理，達到真實和誇張的統一。其目的是透過笑來頌揚美好、進步的事物或理想、諷刺或嘲笑落後現象，在笑聲中娛樂和教育觀眾。矛盾的解決常是正面力量戰勝邪惡力量，一般來說，結果比較輕鬆寬快❹。

1992年，河北大學出版社出版的《影視藝術觀賞指南》，對喜劇片下了詳盡的定義：

> 喜劇片是故事片的一種，它以產生笑的效果為基本的核心。透過對可笑人物、事件、情節的表現，讓觀眾在笑聲中肯定美好事物，否定醜惡及缺陷，既得到愉悅，又感到生活的意義。按照喜劇表現範疇，可分為喜劇性情節、喜劇性人物。按照喜劇的內容及程度，則可分為諷刺喜劇片、幽默喜劇片、滑稽喜劇片、鬧劇片。
>
> 喜劇性情節，指情節發展常出人意料，處處可笑。
>
> 喜劇性人物，指喜劇的主人翁，可以是嬉笑的製造者，也可以是嬉笑的承擔者（嘲笑對象）。喜劇人物，或者是正面人物，因主觀願望和客觀效果的不一致而笑料抖出；或者是反面人物，因其行為的不合理、醜態百出而受到人們的嘲笑；或者雖是好人但有明顯的缺點而引起人們對其缺點的善意諷刺。
>
> 喜劇中常用的手法是誇張、幽默、滑稽、誤會。
>
> 衡量喜劇的主要標準有：
>
> 1.看其是否肯定了正面、健康的方面，否定了反面、落後的方面。
>
> 　諷刺嘲笑醜惡，固然在情理之中。但對人民的缺點不能適度地表

現，則容易有偏頗。

2.看其藝術手法是否真實、自然。喜劇離不開誇張、幽默、誤會等，但從本質上說，這些手法應當符合生活規律和藝術規律。過多明顯的人為痕跡，則容易沖淡作品的藝術力量。

3.看其藝術內容和其藝術手法是否能自然地結合。喜劇性的內容和喜劇性的手法，在觀眾中產生了喜劇的效果。這才說明了喜劇片的價值實現。

4.看其逗笑的情趣，健康還是病態，高雅還是庸俗。嘲笑殘疾人的生理缺陷，嘲笑應當肯定的方面，都是不文明的❺。

1993年，劉一兵在《電影劇作常識100問》中，談及喜劇片，他說：

喜劇片是故事片的主要樣式之一。它主要反映現實生活中具有社會意義的喜劇性現象和喜劇性矛盾。

喜劇片最大的特點就是引人發笑。它以笑為武器去嘲弄、諷刺一切阻礙社會發展的醜惡事物和落後現象，又以笑來肯定社會生活中美好的事物和情操、風尚。

好的喜劇片通常都有如下特徵：

1.形式和手法儘管是誇張的，主題卻是嚴肅的。它不是為了賺取觀眾廉價的笑聲，而是為了透過笑使人們悟到一些什麼，從而淨化人物的心靈。

2.喜劇片的衝突一般是較為輕鬆和緩的。它常以善良正義的一方的勝利、如願以償，以及醜惡的、被諷刺的一方的失敗、出盡洋相為結局。例如，讓壞人最終搬起石頭砸自己的腳，自食其果；讓令人同情的小人物意外地「歪打正著」地擺脫了窘境，都是喜劇衝突中常常出現的情況。

3.喜劇情節常常出現巧合和誤會。例如《今天我休息》中，民警馬天民與女友約好星期天初次見面，但偏巧在他赴約的路上遇到了一連串的事情，使他無法如期赴約，造成了女友對他的誤會。

4.喜劇片的人物動作要比現實誇張一些，但也要有分寸，一定要符合

人物性格的基本邏輯。觀眾的笑聲應來自人物的喜劇性格本身。例如卓別林演的流浪漢，儘管貧窮、弱小，卻又總是昂首挺胸、好打不平，並保持著可笑的紳士風度和尊嚴。一些拙劣的喜劇片創作者不瞭解這一點，他們常常讓人物無端地哈哈大笑、擠眉弄眼、無理取鬧，靠一些與人物性格無關庸俗噱頭（如讓一件東西掉下來砸在人物頭上、互相踢屁股，甚至以人物的生理缺陷作為嘲弄對象），來刺激觀眾發笑，其結果反而使人覺得難受。

俗話說：「笑一笑，十年少。」由於欣賞喜劇片會使人輕鬆愉快、精神鬆弛，所以它們總是具有較強的娛樂性。對於緊張地工作了一天的人們來說，看一部好的喜劇片將是很好的休息。所以，喜劇片歷來是最受人民大眾歡迎的片種之一❻。

1991年，中國大百科全書出版社出版的《中國大百科全書》（電影卷），對喜劇片下的定義如下：

用比較誇張的手法、意想不到的風趣情節和幽默詼諧的語言來刻劃人物的性格，並使一些看上去難以置信的行為動作具有逼真性的影片。是電影史上最早出現的片種之一。優秀的喜劇片都有高尚趣味和思想內容，往往用各種不同含義的笑聲、諷刺鞭笞生活中醜惡落後現象，歌頌肯定美好進步事物。喜劇片衝突的解決一般都較輕快，多以代表特定時代的進步勢力取勝、落後勢力失敗作為結局，能使觀眾在輕鬆的娛樂中自然地受到啟示和教育。喜劇片因描寫對象和表現手法不同，分為諷刺喜劇片，如C‧卓別林的作品；抒情喜劇片，如中國的《五朵金花》；歌頌喜劇片，如中國的《今天我休息》；滑稽片，如法國的《虎口脫險》等。喜劇片甚至可以採取荒誕的形式，來表達嚴肅的哲理❼。

喜劇電影的特點，是透過離奇、巧合、誤會、滑稽表演、插科打諢、怪誕色彩、尖刻俏皮、諷刺、幽默、噱頭等手法，安排可笑的層次細節，設置嚴格縝密的情節、意境，展示出真實的、活生生的人物性格，來揭示具有明確的社會意義的矛盾場面，激發起觀眾真實的感情，使觀眾留下深刻的印象，從而得到真理的薰陶、美的享受。

第二節　喜劇的發展

　　麥克・塞納特（Mack Sennett）[8]是美國第一位喜劇電影導演，開啟了美國喜劇電影的時代。路易斯・雅各布在《美國電影的興起》一書中，談到麥克・塞納特喜劇電影的特性，大致有：借助喜劇情節和插科打諢的獨創性，攝影機的特技（停頓、慢動作、快動作、兩次曝光）產生視覺上的荒謬性；演員違反真實的化妝和變態的個性；剪輯的精細（用6至12英尺的膠片剪出1英尺的膠片，製造出連續的流暢效果）；使用專門的笑料噱頭作家；到1920年代中期呈衰落趨勢；有聲影片的出現，給他相當大的打擊；對他最大的打擊是動畫影片的問世，尤其是米老鼠的出現[9]。

　　提到喜劇電影，大家都知道當代最偉大的喜劇大師查理・卓別林（Charlie Chaplin）[10]，他拍的一些喜劇影片在運用電影的特殊語言來揭示喜劇性上，收到了很好的效果。

　　路易斯・雅各布所做的評價，查理・卓別林實在當之無愧。路易斯・雅各布說：

> 　　在美國電影史上，任何人都沒有像查理・卓別林那樣受到全世界的愛戴了。他的作品複製成16釐米拷貝，有成千上萬卷仍在上映，男女老幼都熱愛他。卓別林同所有偉大的人物一樣，每個人都從他身上得到他所要的一切：孩子們喜愛他的滑稽；成年人則為他的深刻意義而感動，每個人都從卓別林的經歷中領略到他自己的夢想、自己的幻覺、自己的問題和失望。這個渺小的流浪者做出了我們多數人想做和想試著做而無法做到的事情，他的失敗是人類的失敗；他的成功是全體人們的成功。他笑，各個民族、各個國家的人們都為他歡呼。他愁，一道哀思籠罩著整個世界。甚至他的一個最細小的舉動都能引起人們的激情，他之所以被稱為電影事業上的怪傑，原因就在於此[11]。

　　從卓別林以後，世界影壇喜劇電影人才輩出，各領風騷，使喜劇電影成為重要的電影種類之一。然而追根究柢，或多或少都受到卓別林的影響，卓

別林被譽為喜劇大師，實不容置疑。

電影傳入中國後，中國出產的早期電影，亦繼承了歐美的風格，以笑鬧的動作短片為主。這些粗糙的出品雖然是知識分子所不屑一顧，卻頗能吸引當時的平民大眾，滿足了他們對電影這門新玩意的好奇心。這些笑鬧短片，亦成了中國喜劇電影的開路先鋒。

數十年來，喜劇電影在中國也不斷的創新發展，雖然有可觀的票房成績，但未受到學術界及電影界特別的重視，直到近年來才引起學術界注意，紛紛投入研究。

1984年，「中國電影藝術研究中心」與廣西及上海兩地共五個電影單位，在廣西桂林召開了中國有史以來第一次全國性的「喜劇電影討論會」。全國各地老、中、青的編、導、演、電影學術界等人員共聚一堂，對中國喜劇電影進行了廣泛討論，帶動了研究喜劇電影的風潮。

其後，1991年7月，香港珠海大學鄭景鴻博士，在其博士論文《中國大陸喜劇電影發展史》中，研究中國大陸喜劇電影，自1909至1989年，共有三百六十六部，論文中對中國大陸喜劇電影有詳盡的研究，欲研究喜劇電影的人士，不妨取來參考。

談到喜劇電影的編劇，應該先瞭解喜劇電影的構成。廖祥雄在《電影藝術縱橫談》一書中，談到了喜劇電影的構成因素有四：

1. **滑稽的（追蹤的）**——動作表情的誇張，踩到香蕉及摔一把派餅丟到臉上，幸災樂禍，追來追去，載歌載舞。

2. **反常的（幻想的）**——不現實，小勝大，女勝於男，不易實現，但是人類所夢想追求的。

3. **諷刺的（幽默的）**——人性弱點的暴露，對白的諧趣。

4. **預料不到的（驚奇的）**——人有預期的本性，但也期望預料不到的事情。

這些電影喜劇的構成因素是相輔相成的，而非完全獨立的[12]。

廖祥雄以他所導演的《小翠》為例，來說明這些電影喜劇構成的因素：

1. 滑稽的（追蹤的）──男主角為白癡，動作滑稽；母親追打男主
   角，最後掉落水池中；行刺戲用滑稽武打；玩球不小心，球擊中
   父親的頭；女扮男裝，扮成王公救公公；男主角滿臉貼膏藥；喜
   宴中的幾個趣戲。

2. 反常的（幻想的）──小翠有功夫，彈珠一彈出去，人就失去知
   覺；小翠打勝強盜；石獅有表情；小翠治好白癡丈夫；刪除神怪
   部分，而以喜劇安排代替。

3. 諷刺的（幽默的）──太太接受賄賂；入洞房，父母也想偷看；
   女人是老虎；強盜說：「你找我去做生意，又拿我做本錢，做強
   盜的，玩不過做官的，真他媽的，一個比一個狠！」

4. 預料不到的（驚奇的）──兩人鬥劍，強盜從屋頂破個洞摔落人
   家屋裡去，剛好掉在壞人的床上；看見一個背影很像小翠，轉過
   頭來卻是一個醜女；用阿哥哥節奏唱平劇旋律[13]。

第三節　喜劇的類型

　　傑若·馬斯特在《喜劇的心靈》（*The Comic Mind : Comedy and the Movies*）一書中，認為喜劇電影有八種情節安排，經由這八種基本架構，喜劇電影可將其中有關人的素材組合起來。八種架構之中，有六種同時可適用於戲劇與小說，有一種只適用於小說，另外一種似乎完全是電影所特有的。在此介紹這八種喜劇的情節以供參考[14]：

新喜劇

　　第一種是「新喜劇」（new comedy）中常見的情節──年輕的情侶，在他們結合的過程中，經過不管是外在或內在的阻礙，最後終於結婚了。男孩遇到女孩；男孩失去女孩；男孩追到女孩。在這個架構中，注入了許多扭曲（twists）與出人意表的情節。

　　這類情節不管有沒有出人意表的安排，都可作為某些喜劇電影的架構模型。如《育嬰奇譚》（*Bringing up Baby*），其中女孩竟然是個富侵略性的怪人；《婚姻集團》（*The Marriage Circle*）、《真相大白》（*The Awful Truth*），以及《亞當的肋骨》（*Adam's Rib*）──相對抗的男女主角竟是夫妻；《一夜風流》（*It Happened One Night*）、《天堂有難》（*Trouble in Paradise*）、《七巧合》（*Seven Chances*）以及《畢業生》──男主角的另一位情人竟是女主角的母親；類似例子不勝枚舉。

　　僅僅以婚姻（或暗示情侶的結合）來收場，還不足以建立喜劇的情節。許多非喜劇電影也是如此收場，例如《國家的誕生》、《驛馬車》、《國防大祕密》（*The 39 Steps*）、《東方之路》（*Way Down East*）、《意亂情迷》（*Spellbound*）。在這些電影中，主角常是在歷經艱難、克服困境等主戲後，方才附加男女主角的結合作為收場。主角在打敗強敵之後，他保住了生命，也贏得了愛情。這是通俗劇（好聽一點──動作片或冒險片）標準的劇情公式。冒險的情節承襲了中古世紀的浪漫文學，但經世俗化後呈現出來，故這種電影事實上可歸為浪漫片。然而，喜劇情節中，男女主角的結合，必定要經過層層感情上的糾葛。

摹擬戲謔或嘲弄戲作

　　喜劇電影的架構可說是針對其他電影或類型電影有意的摹擬戲謔（parody）或嘲弄戲作（burlesque）。電影中有的特別針對賣座默片，例如《鐵馬》（*The Iron Nag*）、《孤星淚》，做摹擬戲謔。麥克・塞納特的《巴寧・歐菲的人生競賽》（*Barney Oldfield's Race for Life*）及《玩具熊喉嚨》（*Teddy at the Throttle*）兩片中，則嘲諷了通俗劇以及格里菲斯有名的「最後瞬間的解危」（the last minute rescues）。

　　電影史上單捲影片時代，摹擬戲謔式的情節極為盛行。電影長片出來後，則少見摹擬戲謔。伍迪・艾倫（Woody Allen）的《傻瓜入獄記》（*Take the Money and Run*）有一連串對電影類型及風格的嘲諷；他的《香蕉》

（*Bananas*）則是對多部電影一連串的嘲諷。這類摹擬戲謔式的情節是人故意設計謀劃的，所以它所摹擬的對象不是人的行為，而是另一個「摹擬」。大概就是這個原因，它最適合短片的形式。

 ## 歸謬式的誇張

第三類喜劇情節是「歸謬式的誇張」（reductio ad absurdum），一個簡單的人為錯誤或社會問題，將人的表演減至混沌一片，將社會問題減至荒謬的程度。這種情節典型的發展模式，即是極有韻律地從一小點發展到無限。這種情節完美地表露社會或人類態度的荒謬性，故它時常含有教誨的作用。

勞萊與哈台（Laurel and Hardy）的喜劇短片，即是純笑鬧式的「歸謬法」最佳例證——開場幾分鐘內，單單一個小錯誤即無可避免，終導致終場的大混亂。然而還是有些雋永且挖苦的喜劇電影，它們將一些知性的論點減至令人深懼的荒謬感。儘管《維爾杜先生》（*Monsieur Verdoux*）及《奇愛博士》（*Doctor Strangelove*）兩片的重點放在死亡與恐怖上，但它們在結構上都可稱得上是喜劇，其中原因是它們同時具有共通的喜劇形態。《維爾杜先生》中將其命題：謀殺或可對社會有益，也可是情緒發洩的必然結果，減至荒謬的程度；《奇愛博士》則將其命題：人需要原子武器及戰鬥以保存人種，歸結至荒唐可笑的田地。尚·雷諾（Jean Renoir）的《遊戲規則》（*The Rules of the Game*）亦暗示了這種「歸謬法」；雖然其主要架構並不盡然在此。尚·雷諾架構電影的命題是：電影形式的優劣遠比片中情感的具體宣泄更為重要。此命題的終結即是死亡。

 ## 輕鬆、多向分析，且迂迴漸進的原則

《遊戲規則》的架構原則，採用的並不是「歸謬法」那種繃緊單向，且具節奏感的情節推展形式，取而代之的是一種輕鬆、多向分析，且迂迴漸進的原則。這種架構或可描述為作者對某個群體運作的深究，它可能比較了兩

個社會團體或階層的反應；藉著這種架構，觀者一方面可看出劇中人對於一個外來刺激的不同反應；另一方面也可觀看到他們對不同的外來刺激相近似的反應。這類情節通常具有多重層次；劇情以兩、三個，甚至更多的路線發展。

喜劇電影中，以這種多層的社會分析作為其架構基礎的電影，例如尚‧雷諾的電影《跳河的人》（*Boudu sauve des eaux*）、《遊戲規則》及《金馬車》（*The Golden Coach*），何內‧克萊（Rene Clair）的《還我自由》（*A Nous la liberte*），馬塞勒‧卡內（Marcel Carne）的《奇異！奇異！》（*Bizarre, Bizarre*）及卓別林的《大獨裁者》（*The Great Dictator*）等。電影中這類架構頗具法國風味。

敘述小說中常見的架構

喜劇電影的第五種架構常在敘述小說中見到，舞台上倒不尋見。電影中的中心人物統一了這種架構。影片跟著這個中心人物轉，同時審視了他對不同情況情緒上及行動上的反應。這在流浪英雄（picaresque hero）的旅程故事也常見。

電影中最突出的流浪英雄非卓別林莫屬了。直到1936年《摩登時代》（*Modern Times*）以後，他才捨棄這個形式。然而，卓別林的喜劇同儕中，少有人用到這種鬆散、以人物為中心的喜劇架構。

挖苦式的喜劇片如《卡比利亞之夜》（*Nights of Cabiria*）、《發條桔子》（*A Clockwork Orange*）也以這種浪漫英雄架構為其形式。

反覆變化

接著這一個喜劇電影情節，我們似乎在任何小說形式中無法找到相似的例子。這類架構或者可用一個音樂名詞給予最佳的形容——「反覆變化」（riffing）；但我們也可簡單地稱它作「打混」（goofing），或「大雜碎」

（miscellaneous bits）或「即興無常的插科打諢」（improvised and anomalous gaggery）。

最近這類電影中，最顯著的例子要屬李察·賴斯特（Richard Lester）導演的兩部披頭四（Beatles）的音樂喜劇片：《一夜狂歡》（*A Hard Day's Night*）與《救命》（*Help*），路易·馬盧（Louis Malle）的《地下電車的莎姬》（*Zazie dans le metro*），以及伍迪·艾倫的喜劇——相當無章法地蒐集各種戲謔嘲諷與玩笑，節奏性地加以反應變化之。

以上六種劇情架構中，任何一種通常都可製造出一部喜劇，然而還是有很明顯的例外。電影中如《天堂的小孩》（*Children of Paradise*）、《愚人船》（*Ship of Fools*）、《偉大的安勃遜家族》（*The Magnificent Ambersons*），或可視為多層結構的非喜劇電影。第一類「男孩最後得到女孩」的劇情結構，不但可建構喜劇，也可作為哭哭啼啼的通俗劇的基礎。比較劉別謙（Ernst Lubitsch）的《風流寡婦》與埃里克·馮·斯特羅亨（Erich von Stroheim）的《風流寡婦》之間差異之處，即可證明：同樣的電影結構模式有喜劇與非喜劇的用法。

最後的兩種喜劇情節，在非喜劇的結尾也經常用到。

典型的劇情

接下來這一種也是通俗劇電影（或是冒險片，或是浪漫片）中典型的劇情。劇中主要角色，不管是自願地還是被迫地，都要承擔一項艱難的任務，過程中他常常得冒著生命危險。他成功地達成任務，同時也贏得了戰鬥、女孩的芳心及一袋黃金。引用這類劇情的非喜劇片有《俠骨柔情》（*My Darling Clementine*）、《北西北》（*North by Northwest*）、《赤膽屠龍》（*Rio Bravo*）、《寬容的大衛》（*Talable David*）、《梟巢喋血戰》（*The Maltese Falcon*）、《巴格達大盜》（*The Thief of Bagdad*）及其他上千部電影，其中許多部電影也都含有喜劇的成分與筆觸。利用這類劇情的喜劇片則有《將軍號》（*The General*）、《航海家》（*The Navigator*）、《小兄弟》

（*The Kid Brother*）、《美少年》（*The Mollycoddle*）、《拉文達山區民眾》
（*The Lavender Hill Mob*）等等。這類情節中，喜劇及非喜劇不同的用法，完
全取決於該電影是為了引起觀眾發笑而製造出一種「喜劇氣氛」，還是為了
引起觀眾的懸疑、緊張、期待而製造一種「非喜劇氣氛」。

共同的特點

喜劇電影此類的劇尾形式與前述形式具有相同的特點——這類故事中的
主要人物最後將會發現他一生歷程所犯下的錯誤。這類劇情做喜劇用途的電
影有《史密斯先生去華盛頓》（*Mr. Smith Goes to Washington*）、《新鮮人》
（*The Freshman*）、《蘇里文的行程》（*Sullivan's Travels*）、《為戰勝的英
雄歡呼》（*Hail the Conquering Hero*）、《公寓春光》（*The Apartment*），及
其他許多喜劇電影。這些情節都是在一種喜劇氣氛中達成的，這種氣氛的醞
釀是來自觀眾的三種期待：誰發現的？發現什麼？發現之後結果如何？

第四節　喜劇的營造與傳達

除了喜劇情節，傑若‧馬斯特在同一本書中，告訴我們營造喜劇氣氛的
幾個方法❶：

1. 電影一開演時或是尚未開演時，觀眾就可感受到喜劇的線索。第一個
　 線索可能即是片名。
2. 如果這部電影具有喜劇氣氛，我們很快地可從劇中的角色察知。假如
　 是由一位大家所熟知的喜劇演員來扮演主要角色，我們幾乎可以肯定
　 這部電影必定具有喜劇性。
3. 從電影故事的題材中，或可讓我們察覺其喜劇氣氛的存在。
4. 從對話中我們也將察知電影中所見的喜劇氣氛。因為喜劇片的對話不
　 是很好笑，就是聽起來很有趣，前後不一致、機械化，或者是不自

然。

5.電影作者若知道他是在拍一部電影,這即是一種藝術的自覺。

6.電影很可以明顯地利用電影技巧,創造出其喜劇或非喜劇的傾向。

傑若‧馬斯特還認為喜劇電影傳達思想有三種途徑:

📽 激勵導引、循循善誘的途徑

喜劇電影傳達嚴肅深思的第一種途徑,即是激勵誘導觀眾去反省影片中的嘲諷戲謔(ironies)、模稜兩可(ambiguities)、矛盾(inconsistencies)等意涵。這種激勵誘導的方式,大多沿用在不可能是表演形態的喜劇片中,其意圖在暗喻象徵人類世界,而非僅僅表面模擬。

📽 直接闡述、道德教化的途徑

喜劇電影傳播思想的第二個途徑,則較傳統並為人所熟悉。這類電影中的表演及對白很明晰地刻劃出,或甚且提倡某種價值觀。

📽 知不知沒關係、輕鬆逃避的途徑

喜劇電影傳播思想的第三個途徑,仍是沿襲著舊有形式。就算是最輕鬆、逃避主義式的歡樂喜劇片,都會隱含某些嚴肅的價值觀。不管怎樣,觀眾可能無須省察影片的價值觀,仍可看懂這個喜劇;藝術家(或是藝匠)或許並不在乎觀眾是否能找到其嚴肅的思想內涵;或者他們根本不知其作品中包含了什麼樣的價值觀。

第一種喜劇電影允許觀眾去推論出一套價值觀,也堅持觀眾要如此做;第二種喜劇電影直截了當地告訴觀眾它的價值觀;然而第三種喜劇電影,僅僅暗示了某些價值,至於觀眾是否有覺察,則跟它的喜劇效果毫無關聯[16]。

喜劇絕大部分都是經過精心設計的「預構模式」所製造而產生的一定「喜感」,它們的設計絕對是依乎創造者(藝術家)因個人的生命敏感度與偏好,來製造出一種感情深處帶有嘲謔性的嬉耍人生的把戲。掌握了這個道理,才能成為高明的編劇。

註釋

❶ 《簡明戲劇詞典》，第20頁，上海辭書出版社，1990年9月。

❷ 《簡明戲劇詞典》，第4至5頁。

❸ 朱瑪編，《電影手冊》，第205頁。

❹ 許南明主編，《電影藝術辭典》，第16頁。

❺ 姚楠、邱力爭著，《影視藝術觀賞指南》，第52至53頁。

❻ 劉一兵著，《電影劇作常識100問》，第123至124頁。

❼ 《中國大百科全書》（電影卷），第417頁。

❽ 麥克‧塞納特（1880-1960），美國早期電影導演、製片人和演員，美國喜劇電影的先驅。1912年創辦啟斯東電影公司（Keystone Film Company），以攝製喜劇電影著稱。此後專事喜劇影片的拍攝，直到有聲電影興起，他的事業才逐漸衰落。

❾ 路易斯‧雅各布著，劉宗錕等譯，《美國電影的興起》，第223至225頁。

❿ 查理‧卓別林（1889-1977），著名電影演員、導演、製片人、劇作家、作曲家。一生中共拍攝八十餘部喜劇片，是電影史上最重要的喜劇演員、導演。

⓫ 同❾，第239至240頁。

⓬ 廖祥雄著，《電影藝術縱橫談》，第55頁。

⓭ 同⓬，第56頁。

⓮ 傑若‧馬斯特著，李迪才譯，〈喜劇結構〉，刊《電影欣賞雙月刊》第3卷第3期，1985年5月，第52至55頁。

⓯ 同⓮，第56至57頁。

⓰ 同⓮，第60至61頁。

附　錄

附錄一　編劇的術語

abstract form　抽象式形式

組織電影的一種類型。透過視覺或音響特性，如形狀、色彩、節奏或運動方向等特性，將各部分連結在一起。

adaptation　改編

將其他文學體裁的作品，如小説、戲劇、敘事詩等，根據其主要的人物形象、故事情節和思想內容，充分運用電影的表現手段，經過再創造，使之成為適合於拍攝的電影文學劇本。改編既是把一種文學體裁的作品轉換為電影文學劇本，就必然對原作有所增刪與改動，而改動的幅度、情節各異。改編歷來是電影劇本的一個重要來源，既占有相當的比例，也不乏膾炙人口的佳作。

aerial perspective　空中透視

從一個比前景更不明確的觀點距離，呈現畫面中物體的深度。

anti hero　反英雄

電影、戲劇或小説中的一種角色類型。他們富有同情心，但以非英雄的形象出現，通常對社會、政治和道德採取冷漠、憤怒和不在乎的態度。電影中的反英雄典型可見於《養子不教誰之過》（1955）中的詹姆斯‧狄恩，以及《浪蕩子》（1970）中的傑克‧尼克遜，他們外表強硬，充滿恨意，但內心非常敏感。他們追求個人的真理與正義，為改變自己卑微的地位而奮鬥，希望能掌握自己的命運。

athletic film　體育片

是以各類體育運動以及反映體育工作者的生活為題材的影片。體育片主要以體育活動、訓練和比賽為背景展開故事情節，刻劃人物性格，並以精采的體育表演作為影片特色。

biographical film　傳記片

以歷史上傑出人物的生平事蹟為題材的一種影片。傳記片與一般故事片不同，在情節結構上受人物事蹟本身的制約，即必須根據真人真事描繪典型環境，塑造典型人物。傳記片雖然強調真實，但須有所取捨、突出重點，在歷史材料的基礎上允許想像、推理、假設，並做合情合理的潤飾。

black comedy　黑色喜劇

在1950年代晚期和1960年代初期所流行的一種喜劇電影，以處理恐怖的題材為

主,如核子戰爭、謀殺、毀傷等。

classical cinema 古典電影

不是很嚴格的區分影片風格的方法,意指美國主流劇情片,大約是從1910年代中期到1960年代末。古典電影在故事、明星、製作上都很強,剪接則強調古典剪接。視覺風格很少擾亂角色的動作。其敘事結構簡潔,並逐漸推向高潮,結尾則多為封閉形式。

closure 結尾

劇情片尾時交代所有因果關係以及交會所有敘事線的階段。

continuity 分鏡頭劇本

專供電影導演拍攝影片時現場使用的一種工作劇本,產生於文學劇本確定以後、影片正式開拍之前。由導演根據電影文學劇本提供的基礎,經過總體設計和藝術構思再創作而成。它將未來影片所要表現的全部內容,分切成幾百個準備拍攝的鏡頭,詳細註明鏡號、畫面、攝法、內容、音樂、音響效果和鏡頭有效長度等,以作為影片設計的施工藍圖。導演對其中每一個鏡頭將來在完成片裡應起什麼作用,都經過深思熟慮,並為此規定了具體的拍攝方法,以使造型表現、聲音構成、蒙太奇效果和演員的表演能得到和諧完美的體現。影片攝製組各部門透過分鏡頭劇本理解導演的具體要求,從而完成自己的任務。分鏡頭劇本是攝製組制訂拍攝日程計畫和測定影片攝製費用的依據。

contrivance 公式化情節

指一較機械性或固定模式的劇情設計。公式化情節的套用,常會削弱劇情的可信度。譬如在西部片中,當某個堡壘受到攻擊,居民危在旦夕的一剎那,一支騎兵隊卻適時趕到化解了危機。大多數公式化情節都被視為編劇缺陷,但也有一些導演利用俗套來製造反諷效果。

dance or ballet film 舞劇本

以舞蹈和舞蹈語言代替對白的一種影片。主要借助音樂舞蹈表達故事情節和塑造人物形象。舞劇片多由成名舞劇改編,主要角色一般都由藝術上有造詣的專業舞蹈演員擔任。

detective film 偵探片

以偵探為中心人物,以刑事案件的發生、偵探和破案為故事線索,描寫偵探協助司法機關偵破疑難案件的影片。偵探片的起源與十九世紀末歐美各國盛行的偵探小說有密切關係。1930至1940年代,美國好萊塢攝製的大量偵探片,幾乎都是根據暢銷的偵探小說改編的。偵探片一般都具有離奇曲折的情節和強烈的懸疑。

1950年代以後，偵探片逐漸發展成推理片。它在形式上雖然仍保持著偵探片離奇曲折的情節，但加強了邏輯推理，在情節鋪排上細緻嚴密、精確合理。

dialogue 對白
影片中由人物說出來的語言。電影藝術的主要表現手段之一，用以突出人物的性格，宣泄人物在特定情境下的思想感情活動，交代人物與人物之間的相互關係，推動劇情的發展，揭示主題思想。電影是以連續不斷運動的畫面直接訴諸人的視覺的藝術，因此，電影的對白要凝練、生動，更符合生活的真實，發揮言簡意賅、發人深思的藝術效果。電影的對白應具有形象性和動作性的特點，符合生活化和性格的要求。

diegesis 與劇情相關的元素
在劇情片中，關於該故事的世界，包括即將要發生以及沒有在銀幕上出現的事件與空間。

diegetic sound 劇情聲音
任何依劇情所存在的空間之人或物所發出的聲音、音樂或音效。

disaster film 災難片
描寫毀滅性災害對人類造成巨大災難的影片。除了主要渲染驚心動魄的災難本身，還描述擺脫、戰勝或躲避災難的方式方法。也有宣揚非理性的、宗教的解救作用的。災難片已有很久歷史，1970年代尤為盛行，特別是美國和西方科學發達的國家，每年都花很大投資競相拍攝原子戰爭和核子災難的影片。

domestic comedy 家庭喜劇
集中於家庭成員關係的電影形式。

Dramatic structure 戲劇結構
開場teaser／激勵動作inciting action／上升動作rising action／高潮climax／下降動作fall action／結局ending是組成一齣戲或一部影片情節發展及解決過程的基本架構，戲劇家維多利·薩杜曾整理出一套一般戲劇性發展的順序規則：

1. 開場：通常出現於一齣戲或一部影片的開端，透過它，觀眾可瞭解人物的身分、過去、計畫，以及他們彼此之間的關係與相互的情感。
2. 激勵動作：通常是在電影發展後不久所發生的一些困擾人物的事件，當它發生時，觀眾可洞悉劇情將如何推展，人物將如何採取下一步行動。
3. 上升動作：發生在激勵動作之後的事件，能加強戲劇性的趣味，使電影故事的衝突逐步升高，並使得情節複雜化。
4. 高潮：指電影故事中發生的事件、動作等的顛峰狀態，它能集合各種事件

與動作而塑造出扣人心弦的場面，在此關鍵點上主角所做的決定，往往會
影響到戲劇衝突的結果。

5. 下降動作：在電影高潮之後發生的事件或情節片段。

6. 結局：電影故事中的最後時刻，在這段時間內所有各自發展的故事線、懸
疑、不明狀況都被揭發，糾纏的情節終得解開，所有情節的矛盾處都得到
合理的解釋。

這套模式經常被電影編導們自覺的創造性所打破，尤其是很多現代電影作品，都
常常捨棄高度嚴格的戲劇結構，或將上述的模式故意複雜化或加以倒錯運用。

epic 史詩片

一種主題偉大的電影類型，通常包括英雄事蹟。主角是個人化（國家、宗教或地
域）上理想的化身。史詩片的調子都非常莊嚴。在美國，西部片是最受歡迎的史
詩類型。

espionage film 間諜片

是以刺探政治、經濟、軍事、科技情報活動為題材的影片。是西方電影中較早出
現的驚險樣式片種之一。有的按照現實生活中發生過的真實間諜事件編寫，有的
僅僅根據事件線索進行大量的虛構杜撰。間諜片的故事情節突出渲染間諜或反間
諜人員的機智勇敢、克敵制勝的英雄主義思想和行為。

expressionism 印象主義

強調極端扭曲的電影風格，犧牲客觀，強調藝術上自我表達之抒情風格。

fairy tale film 童話片

以童話為題材，主要為兒童拍攝的一種影片。童話片的內容多以古代傳說、神
話、動物和無生物的擬人化故事、寓言為情節線索，運用想像、幻想和誇張手法
塑造形象，反映生活，並以優美動人的意境和畫面、通俗有趣的對話，使兒童觀
眾在美的享受中接受教育。童話片內容的全部構思雖然都依據幻想產生，但它的
情節和事件或多或少都以真實事件為依據，從現實的基礎上產生幻想，又從幻想
的情節中反映現實。童話片屬於兒童片的範疇，要符合兒童心理和愛好的特點，
它可以拍成美術片，也可以拍成由真人扮演角色的故事片。

faithful adaptation 忠實的改編

從文學作品改編的電影，能捉住原著的精髓，通常以特殊的文學技巧來對等電影
技法。

feature film 故事片

合文學、戲劇、音樂、繪畫諸種藝術因素，透過具體視聽形象反映生活，以塑造

人物為主，具有故事情節，並由演員扮演的影片。由演員扮演是故事片區別於其他片種的基本特徵。故事影片一般直接取材於現實生活，也可從歷史或其他方面選取題材，如神話、幻想等。對其他體裁作品的改編，也占相當的比例。1980年代也出現了一些非情節性、非性格化的影片。故事影片放映的時間，大致在一個半小時左右，構成一個單獨的放映單位。

film noir 黑色電影

原為法文。為第二次世界大戰後興起的一種美國都市電影類型，強調一個宿命而無望的世界，在那個孤寂與死亡的街道上無路可走。「黑色」指其風格是低調、高反差、結構複雜，有強烈的恐懼及偏執狂的氣氛。黑白電影通常是具低調燈光與陰鬱氣氛的偵探或驚悚片。

film realism 電影的真實性

電影創作中，透過藝術形象反映社會生活所達到的正確程度。電影，在思想內容方面有著必須真實可信的共同要求，在藝術表現上要求接近生活，任何一個細微末節，都不能有悖於生活而失真。電影的真實性，與創作者世界觀、生活經驗以及藝術修養緊密相連。認識生活、反映生活，從而創造出符合生活本質的真實，即比生活更高、更典型、更富於藝術感染力的作品，是電影工作者的共同追求。

flash back 回溯、倒敘

改變故事次序的方法：情節回到比影片已演過的時空更過去的時光描述。

flash forward 前敘

改變故事次序的方法：情節移到比影片已演過的時空之未來的時空之描述。

formalism 表現主義

美學形式重於主題內容的電影風格。時空經常被扭曲，強調人或物抽象、具象徵性的特質。表現主義者通常是抒情的，自覺地凸顯個人風格，求取觀眾的注意。

gangster film 強盜片

以重大的搶劫案和強盜、監獄生活為題材的影片。1930年代初期製片商曾大量攝製。多以描寫強盜作案、警匪格鬥、囚徒越獄等等為內容。近年來，這類影片轉向揭露勢力龐大的家族罪惡集團。

genre 類型

公認的電影形式，由預先設定的慣例來界定。某些美國類型片有西部片、驚悚片、科幻片等。是一種既成的敘事模式。

historical film 歷史片

歷史文獻片和歷史故事片的合稱。歷史文獻片只真實地記錄重大的歷史事實。歷史故事片多根據歷史小說和歷史劇改編，也有直接從史實取材創作的，它以歷史人物或歷史事件為表現對象，並從歷史事實中提煉戲劇衝突和情節，因此，一部分傳記片也屬於歷史片。歷史故事片允許一定的虛構和聯想。在結構上要求既忠於歷史事實，又達到藝術完整，避免歷史自然主義。優秀的歷史故事片都透過重大的歷史事件去細緻刻劃人物性格，用歷史人物的崇高精神和光輝業績教育鼓舞人民，並在一定程度上幫助人民認識某一歷史時期的社會生活狀況。歷史故事片是早期電影的一個主要樣式。

horror film 恐怖片

以製造恐怖為目的的一種影片。故事內容荒誕離奇，引起恐怖。如描寫鬼怪作祟、勾魂攝魄，描寫凶猛動物噬人等等，使觀眾毛骨悚然。

insert 插入

電影借助平行蒙太奇手段同時表現幾條情節線的一種方法。根據劇情發展的需要，在影片的某些部分插入某個特定的情節，以表現相互關聯的人物在當時當地的思想和行為。更有效地刻劃人物性格和推動情節的發展。插入的運用可以選取最重要的、必須的、應該強調的，諸如動作、語言、表情、心理活動，以至一個完整的情節，省略一切次要的環節，使影片情節緊湊，結構簡練。插入不受地點和時間的限制，可以是同一地點同一時間，也可以是同一時間兩個地方。

internal diegetic sound 內在劇情聲音

觀眾聽得到，但同場戲的演員聽不到的。來自該場景空間某個人物的內心聲音。

juvenile film 兒童片

專為兒童觀眾拍攝的、反映兒童生活，或以兒童的心理、眼光去看事物的影片。兒童片的內容適應兒童的興趣愛好和理解、接受能力，淺顯易懂，生動活潑，富有趣味性，能引起兒童的興趣和思維活動，使其從中得到啟發和教育。兒童片的範圍很廣，凡是影片主題屬於教育兒童，或教育大人如何正確對待兒童，對兒童觀眾能夠起到增長知識、陶冶性情、鍛鍊意志、培養個性作用的各種影片，如美術片、童話片、科學幻想片、健康的驚險片、具有知識性和趣味性的科教片等，都屬於兒童片的範疇。

kung fu film 功夫片

亦稱武打片、武術片，以表現中華武術技藝為主體的影片。1920年代初期默片階段，中國電影就開始出現根據神怪武俠小說改編的武術打鬥影片，但多為離奇荒誕、宣揚神功奇術之作。1940年代末至1950年代中期，香港電影工作者拍攝

了具有濃厚中國民族特色，講究實戰技擊的功夫片。1970年代香港影星李小龍的功夫片風靡了全世界。

linearity 直線敘事

在劇情片中，明顯的因果動機鋪陳，且在過程中沒有逸題、拖延或與劇情無關的情節。

literal adaptation 無修飾改編

改編自舞台劇的電影，其對白及動作都原封不動地搬過去。

loose adaptation 鬆散改編

改編自別的媒體的電影，兩者之間只有表面相似。

MacGuffin 麥加芬母題

源於電影導演希區考克的電影技法，指將電影故事帶入動態的一種布局技巧。它通常指在一部懸疑影片的情節開始時，能引起觀眾好奇並進入情況的戲劇元素，如某一個物體、人物，甚至是一個謎面。如《梟巢喋血戰》（1941）中的獵鷹像，是所有人物力圖爭奪的東西。在希區考克的《大巧局》（1976）中，麥加芬是指一位失蹤的繼承人。《大國民》（1941）中報社記者尋求「玫瑰花蕾」的意義，被某些評論家視為與麥加芬一樣的布局技法。「玫瑰花蕾」變成引起觀眾好奇心的戲劇元素，推動影片對凱恩其人的回溯，從而有助於解釋他的生命意義。

narration 敘述

以敘述者的角度直接用語言來介紹影片內容、交代劇情或發表議論的一種方式。紀錄片是最常使用解說的一種電影類型，而且通常以畫外音來解說，敘述者不會出現在畫面上。但在劇情片中敘述者有時候會直接對著攝影機說話，如《狼的時刻》（*Hour of the Wolf*, 1968）中的麗芙·烏曼。

offscreen sound 畫外音

音源在同一場景，但在銀幕框外，與音源動作同時發生的聲音。

operatic film 歌劇片

一般根據歌劇改編，主要依靠歌唱來刻劃人物、展開情節和推動劇情發展的影片。歌劇片的主要角色多由專業歌唱演員擔任。歌劇片在1930年代的好萊塢曾風行一時。

order 順序

劇情片中，依故事事件所發生的時間前後關係，編入情節之中。

original screenplay 原著劇本

電影編劇根據自己的構想所寫出來的電影劇本,而非自現成小說、戲劇或歌劇所改編的劇本。劇本的構想可能得自一個歷史事蹟、一個新聞事件,或某個有意思的人物。

parody 嘲仿

開別的影片或其他作品玩笑的影片或片段。開玩笑的對象通常是比較嚴肅的作品。嘲仿是以戲弄一部嚴肅作品的風格、成規或母題作為影片之意圖和格局。嘲仿的作風大致流行於1960年代後。電影歷史到了一定發展階段,其可被援引的作品或規範變多了,始有嘲仿的作風出現。有些創作者,如法國新浪潮導演,如美國導演伍迪·艾倫等人,經常以嘲仿之作,展示其對電影文化或其他藝術傳統文化的博識,並以幽默的態度及無傷大雅的戲謔形式,對舊作品做機智與現代化的運用,有時更流露出特殊的情感和敬意。

persona 角色

拉丁字,原意為「面具」。文學、電影,或戲劇作品中的角色。更精確來說,角色的心理形象,特別是與其他層次的現實有關聯時所創造出來的。

plot 情節

在劇情片中,所有事件都直接呈現在觀眾眼前,包括事件的因果關係、年代時間次序、持續的時間長度、頻率及空間關係等。它與故事對立,因為故事是觀眾根據敘事中所有事件的想像式的結合。

political film 政治片

以現實生活中重大的政治事件為題材的影片。從不同的政治立場和政治要求角度出發拍攝的政治片,內容具有強烈的政治傾向。政治片一般都有一個嚴肅的主題,著重在理性上表現政治事件,不太追求故事性。政治片作為政治鬥爭的一種工具,具有很大的宣傳鼓動和教育作用。

realism 寫實主義

一種影片風格,企圖複製現實的表象,強調真實的場景及細節,多以遠景、長鏡頭及不扭曲的技巧為主。

scenario 劇本

描述對白及動作的文字,有時包括攝影機的運作。

scene 場

不是很精確的影片單位,由相互關聯的鏡頭組成,通常有個中心點──一個場景、一件事件,或一個戲劇高潮。一場是指發生在某一時間、空間內。

screenplay（script）劇本

對白及動作的文字，有時包括攝影機的運作。

screwball comedy 神經喜劇

在1930年代盛行的一種喜劇形態，以瘋狂的動作、俏皮的話語，以及兩性關係為重要的情節元素。通常描寫上流社會的人物，所以豐美的布景和服裝是其視覺元素。神經喜劇非常偏重角色的講話，與鬧劇相反。

sequence 段落

電影的每一區域包括一個完整的事件脈絡。在劇情片中，等同於場（scene）。

shooting script 分鏡劇本

將逐個鏡頭仔細寫出來的劇本，通常包括技術上的指導，是導演及工作人員拍片時用到的劇本。

slapstick 鬧劇

盛行於默片時代的喜劇形態，依賴廣泛的肢體動作與啞劇，而不是口頭上的小聰明或角色的對白，以為效果。

social problem film 社會片

以當代社會問題為題材的一種影片。內容涉及整個社會領域存在的比較嚴重的問題，如危害社會安全秩序的結夥搶劫、毆鬥凶殺、流氓活動，以及家庭倫理、社會道德等各個方面。

sound over 旁白

銀幕上某場景裡時空中的人物均聽不到的聲音。

space （電影）空間

電影裡，有幾種三度空間呈現出來：約束空間、情節空間、觀賞空間。是一個平面的銀幕空間。

story 故事

在劇情片中所看到、聽到的事件，以及我們認為已發生的事件之一切因果關係、時序、頻率及空間關係的總合。與情節（plot）對立，情節的劇情中實在演出的部分。

story values 故事價值

電影的敘事吸引力，可能是存在於改編的財產中，或一個劇本的高度技巧裡，或兩者皆具。

storyboard 分鏡表

在影片開拍前對一個或數個景的系列素描圖，使劇本更易懂，也是拍攝時的指南。分鏡表是用來計畫電影拍攝的工具，通常釘在牆上，看起來像連環圖畫。

structure in playwriting 電影劇作結構

是指電影劇作的組織方式和內部構造。影片劇作者根據對生活的認識，按照塑造形象、表現主題和思想內涵的需要，運用電影思維和各種藝術手段，把一系列生活材料、人物、事件等，分別輕重主次，合理勻稱地加以安排和組織，透過一定的體系和連貫性形成一個統一的整體，使其既符合生活規律，又適應特定的藝術要求。由於現實生活的豐富性、複雜性，創作者的思想觀念和藝術才能的獨特性，觀眾審美需要的多樣性，具有創造性的影片其劇作結構不會彼此雷同，甚至同一題材在不同的創作者手中也會創造出不同結構的作品。電影劇作結構按時間空間處理，可分為順序式和時空交錯式兩種主要類型；按敘事角度，可分為主觀敘述和客觀敘述兩種格局；按劇作和各文學門類的關係，可分為戲劇式、散文式、綜合式等結構形式。

subplot 次要情節

一則電影故事之次要發展，它往往觸及主要情節或豐富主要情節。勞勃·瑞福的《凡夫俗子》（*Ordinary People*, 1981），有一涉及一年輕女子的次要情節。這女子和主要人物提摩西·赫頓一樣，在精神崩潰之下力圖振作。最後女子自殺身亡，這使得赫頓在康復的過程中，受了很大的刺激。

suspension 懸疑

根據觀眾觀賞影片時情緒需要得到伸展的心理特點，編劇或導演對劇情做懸而未決和結局難料的安排，以引起觀眾急欲知其結果的迫切期待心理。它是戲劇創作中使情節引人入勝，維持並不斷增強觀眾興趣的一種主要手法。

戲劇懸疑源自心理學中人們由持續性的疑慮不安而產生的期待心理。在西方編劇理論中，最早涉及懸疑手法的是亞里斯多德的《詩學》。在中國戲曲理論著作中，李漁《閒情偶寄》詞曲部格局一章中提出的有關「收煞」的要求，內涵與懸疑基本相似，主張「令人揣摩文，不知此事如何結果」。

theme 題材

廣義指電影文學劇本所描寫的社會、歷史生活的領域，如工業題材、農村題材、軍事題材、知識分子題材、歷史題材等等；狹義指經過作者概括、集中、提煉、加工後，組織進作品中的那些生活現象，即表達一定主題的生活素材。

thrill and adventure film 驚險片

以驚險情節貫穿全片的故事片，由於它的樣式和題材的特定要求，一般較多地利

用懸疑、誇張的結構手法，使故事情節曲折離奇、矛盾衝突、緊迫尖銳，場面驚險、扣人心弦，具有引人入勝的特殊藝術效果。驚險片以驚險情節刻劃人物，表現主題，但因驚險情節的緊張多變，節奏快，不易表現人物過分複雜細膩的思想感情，主要是凸顯人物臨危不懼和機智勇敢的性格品質。驚險片在情節安排上，雖然可以適當地誇張，但必須真實可信、符合生活邏輯。驚險片包括間諜片、歷險片、偵探片、探險片、恐怖片、野獸片和某種科幻影片。

treatment 劇情概要

一部影片的大致敘述，比簡單的大綱長，但比完成的劇本短。

voice-over 旁白

說話者不出現在畫面上，但直接以語言來介紹影片內容、交代劇情或發表議論，包括對白的使用。旁白用最多的是紀錄片和教育影片。戲劇電影中它被用來當作一種敘述上的技巧，如《廣島之戀》（1959）即以旁白作為敘述結構；偵探片也常用旁白來代表主角的主觀心境。

war film 戰爭片

亦稱軍事片。以軍事行動和戰爭為題材的故事影片。中國拍攝的軍事題材影片，一種是以寫人為主，著重刻劃人物性格和思想精神面貌，影片中反映的戰爭事件、戰役過程和戰鬥場面，都用以烘托和渲染人物，為塑造英雄形象為主；另一種是以寫事為主，闡明重大軍事行動的特點和性質，象徵性地解釋重大軍事行動的軍事思想、軍事原則、戰略戰術的意義和威力。國外的戰爭片多以寫人物為主，頌揚傑出的軍事家和著名將領。

western 西部片

美國電影初創時期盛行的一種影片。它以十九世紀美國開拓西部疆土為背景，以白人征服美洲大陸、掠奪屠殺印地安人、頌揚拓荒精神為主要內容。

附錄二　最佳劇本

　　2006年4月7日，美國編劇協會（The Writers Guild of America）宣布電影史上「一百零一部最佳電影劇本」（101 Greatest Screenplays）。這份排行榜是由美國編劇協會成員於2005年發函給會員（近一萬五千人），從一千四百多部電影劇本中評選而出。獲選為榜首的是曾獲1944年奧斯卡最佳影片的《北非諜影》（又名《卡薩布蘭加》）。

　　在這一百零一部獲選為最佳電影劇本的影片當中，伍迪・艾倫有四部：《安妮霍爾》、《曼哈頓》、《漢娜姊妹》、《罪與慾》；法蘭西斯・柯波拉（Francis Ford Coppola）有四部：《教父》、《教父2》、《現代啟示錄》、《巴頓將軍》；比利・懷德（Billy Wilder）有四部：《公寓春光》、《熱情如火》、《日落大道》、《雙重保險》。介紹如下：

1. 《北非諜影》（*Casablanca*）
　　編劇：霍華德・科克（Howard Koch）
　　　　　朱里斯・艾普斯坦（Julius J. Epstein）
　　　　　菲利普・艾普斯坦（Philip G. Epstein）

2. 《教父》（*The Godfather*）
　　編劇：馬里歐・普佐（Mario Puzo）
　　　　　法蘭西斯・福特・柯波拉（Francis Ford Coppola）

3. 《唐人街》（*Chinatown*）
　　編劇：羅伯特・唐納（Robert Towne）

4. 《大國民》（*Citizen Kane*）
　　編劇：赫爾曼・曼奇維茲（Herman Mankiewicz）
　　　　　奧森・威爾斯（Orson Welles）。

5. 《彗星美人》（*All About Eve*）
　　編劇：約瑟夫・曼凱維奇（Joseph L. Mankiewicz）

6. 《安妮霍爾》（*Annie Hall*）
　　編劇：伍迪・艾倫（Woody Allen）

馬歇爾・布里克曼（Marshall Brickman）

7.《日落大道》（*Sunset Blad*）

編劇：查爾斯・布拉克特（Charles Brackett）

比利・懷德（Billy Wilder）

小D・M・馬什曼（D. M. Marshman Jr.）

8.《螢光幕後》（*Network*）

編劇：帕迪・查耶夫斯基（Paddy Chayefsky）

9.《熱情如火》（*Some Like It Hot*）

編劇：比利・懷德（Billy Wilder）

I・A・L・戴蒙德（I. A. L. Diamond）

10.《教父2》（*The Godfather II*）

編劇：馬里歐・普佐（Mario Puzo）

法蘭西斯・福特・柯波拉（Francis Ford Coppola）

11.《虎豹小霸王》（*Butch Cassidy and the Sundance Kid*）

編劇：威廉・高曼（William Goldman）

12.《奇愛博士》（*Dr. Strange Love*）

編劇：史丹利・庫柏利克（Stanley Kubrick）

彼德・喬治（Peter George）

泰利・索森（Terry Southern）

13.《畢業生》（*The Graduate*）

編劇：卡德・威林漢（Calder Willingham）

巴克・亨利（Buck Henry）

14.《阿拉伯的勞倫斯》（*Lawrence of Arabia*）

編劇：勞勃・布特（Robert Bolt）

米歇爾・威爾森（Michael Wilson）

15.《公寓春光》（*The Apartment*）

編劇：比利・懷德（Billy Wilder）

戴蒙德（I. A. L. Diamond）

16.《黑色追緝令》（*Pulp Fiction*）

編劇：昆汀・塔倫汀諾（Quentin Tarantino）

17.《窈窕淑男》（*Tootsie*）

編劇：賴利・吉伯特（Larry Gelbart）

莫瑞・希斯格（Murray Schisgal）

18.《岸上風雲》（*On the Waterfront*）

編劇：巴德・舒伯格（Budd Schulberg）

19.《梅崗城故事》（*To Kill a Mockingbird*）

編劇：霍頓・福特（Horton Foote）

20.《風雲人物》（*It's a Wonderful Life*）

編劇：法蘭西斯・古德瑞契（Frances Goodrich）

愛伯特・海克特（Albert Hackett）

法蘭克・卡普拉（Frank Capra）

21.《北西北》（*North by Northwest*）

編劇：爾尼斯特・列曼（Ernest Lehman）

22.《鯊堡風雲》（*The Shawshank Redemption*）

編劇：法蘭克・達拉邦（Frank Darabont）

23.《亂世佳人》（*Gone With the Wind*）

編劇：西德尼・霍華德（Sidney Howard）

24.《王牌冤家》（*Eternal Sunshine of the Spotless Mind*）

編劇：查理・考夫曼（Charlie Kaufman）

25.《綠野仙蹤》（*The Wizard of Oz*）

編劇：諾埃爾・蘭利（Noel Langley）

佛倫斯・雷耶森（Florence Ryerson）

愛德加・吳爾夫（Edgar Allan Woolf）

26.《雙重保險》（*Double Indemnity*）

編劇：比利・懷德（Billy Wilder）

雷蒙・陳德勒（Raymond Chandler）

27.《今天暫時停止》（*Groundhog Day*）

編劇：丹尼・魯賓（Danny Rubin）

哈洛德・雷米斯（Harold Ramis）

28.《莎翁情史》（*Shakespeare in Love*）

　編劇：麥克・諾曼（Marc Norman）

　　　　湯姆・史托帕（Tom Stoppard）

29.《蘇里文的行程》（*Sullivan's Travels*）

　編劇：普雷斯頓・史塔吉（Preston Sturges）

30.《殺無赦》（*Unforgiven*）

　編劇：大衛・韋柏・匹伯茲（David Webb Peoples）

31.《滿城風雨》（*His Girl Friday*）

　編劇：查爾斯・里德（Charles Lederer）

32.《冰血暴》（*Fargo*）

　編劇：傑爾・科恩（Joel Coen）

　　　　伊坦・科恩（Ethan Coen）

33.《黑獄亡魂》（*The Third Man*）

　編劇：葛理翰・格林（Graham Greene）

34.《祕密笑容》（*The Sweet Smell of Success*）

　編劇：克里夫・歐德（Clifford Odets）

　　　　爾尼斯特・列曼（Ernest Lehman）

35.《刺激驚爆點》（*The Usual Suspects*）

　編劇：克里斯多夫・麥奎里（Christopher McQuarrie）

36.《午夜牛郎》（*Midnight Cowboy*）

　編劇：瓦爾多・薩爾特（Waldo Salt）

37.《費城故事》（*The Philadelphia Story*）

　編劇：多納・司徒瓦（Donald Ogden Stewart）

38.《美國心玫瑰情》（*American Beauty*）

　編劇：亞倫・鮑爾（Alan Ball）

39.《刺激》（*The Sting*）

　編劇：大衛・瓦德（David S. Ward）

40.《當哈利碰上莎莉》（*When Harry Meet Sally*）

編劇：諾拉・伊弗朗（Nora Ephron）

41.《四海好傢伙》（*Goodfellas*）

　　編劇：尼可拉斯・皮利吉（Nicholas Pileggi）

　　　　　馬丁・史科西斯（Martin Scorsese）

42.《法櫃奇兵》（*Raiders of the Lost Ark*）

　　編劇：勞倫斯・卡當（Lawrence Kasdan）

43.《計程車司機》（*Taxi Driver*）

　　編劇：保羅・薛拉德（Paul Schrader）

44.《黃金時代》（*The Best Years of Our Lives*）

　　編劇：勞勃・薛伍德（Robert E. Sherwood）

45.《飛越杜鵑窩》（*One Flew Over the Cuckoo's Nest*）

　　編劇：羅倫斯・赫本（Lawrence Hauben）

　　　　　鮑・高曼（Bo Goldman）

46.《碧血金沙》（*The Treasure of the Sierra Madre*）

　　編劇：約翰・休斯頓（John Huston）

47.《梟巢喋血戰》（*The Maltese Falcon*）

　　編劇：約翰・休斯頓（John Huston）

48.《桂河大橋》（*The Bridge on the River Kwai*）

　　編劇：卡爾・福曼（Carl Foreman）

　　　　　米歇爾・威爾森（Michael Wilson）

49.《辛德勒的名單》（*Schindler's List*）

　　編劇：史蒂芬・查林（Steven Zaillian）

50.《靈異第六感》（*The Sixth Sense*）

　　編劇：席雅瑪蘭（M. Night Shyamalan）

51.《收播新聞》（*Broadcast News*）

　　編劇：詹姆斯・布魯克斯（James L. Brooks）

52.《淑女伊娃》（*The Lady Eve*）

　　編劇：普雷斯頓・史塔吉（Preston Sturges）

53.《大陰謀》（*All the President's Men*）

編劇：威廉‧高曼（William Goldman）

54.《曼哈頓》（*Manhattan*）

編劇：伍迪‧艾倫（Woody Allen）

馬歇爾‧伯利克曼（Marshall Brickman）

55.《現代啟示錄》（*Apocalypse Now*）

編劇：約翰‧米利亞司（John Milius）

法蘭西斯‧柯波拉（Francis Coppola）

56.《回到未來》（*Back to the Future*）

編劇：羅伯特‧贊米基斯（Robert Zemeckis）

鮑勃‧蓋爾（Bob Gale）。

57.《罪與愆》（*Crimes and Misdemeanors*）

編劇：伍迪‧艾倫（Woody Allen）

58.《凡夫俗子》（*Ordinary People*）

編劇：阿爾文‧薩金特（Alvin Sargent）

59.《一夜風流》（*It Happened One Night*）

編劇：羅伯特‧里斯金（Robert Riskin）

60.《鐵面特警隊》（*L. A. Confidential*）

編劇：布連‧海吉蘭（Brian Helgeland）

寇提斯‧漢森（Curtis Hanson）

61.《沈默的羔羊》（*The Silence of the Lambs*）

編劇：泰德‧泰利（Ted Tally）

62.《發暈》（*Moonstruck*）

編劇：約翰‧派屈克‧尚萊（John Patrick Shanley）

63.《大白鯊》（*Jaws*）

編劇：彼得‧本奇利（Peter Benchley）

卡爾‧高特列伯（Carl Gottlieb）

約翰‧米利亞司（John Milius）

64.《親密關係》（*Terms of Endearment*）

編劇：詹姆斯‧布魯克斯（James L. Brooks）

65.《萬花嬉春》（*Singin' in the Rain*）

編劇：貝蒂‧肯頓（Betty Comden）

阿道夫‧格林（Adolph Green）

66.《征服情海》（*Jerry Maguire*）

編劇：卡麥隆‧克勞威（Cameron Crowe）

67.《E‧T‧外星人》（*E. T. the Extra-Terrestrial*）

編劇：梅利薩‧馬西森（Melissa Mathison）

68.《星際大戰》（*Star Wars*）

編劇：喬治‧盧卡斯（George Lucas）

69.《熱天午後》（*Dog Day Afternoon*）

編劇：法蘭克‧皮爾森（Frank Pierson）

70.《非洲皇后》（*The African Queen*）

編劇：詹姆斯‧艾吉（James Agee）

約翰‧休斯頓（John Huston）

71.《冬之獅》（*The Lion in Winter*）

編劇：詹姆斯‧高曼（James Goldman）

72.《末路狂花》（*Thelma and Louise*）

編劇：卡利‧庫利（Callie Khouri）

73.《莫札特》（*Amadeus*）

編劇：彼德‧薛佛（Peter Shaffer）

74.《變腦》（*Being John Malkovich*）

編劇：查理‧考夫曼（Charlie Kaufman）

75.《日正當中》（*High Noon*）

編劇：卡爾‧福曼（Carl Foreman）

76.《蠻牛》（*Raging Bull*）

編劇：保羅‧施拉德（Paul Schrader）

馬迪克‧馬丁（Mardik Martin）

77.《蘭花賊》（*Adaptation*）

編劇：查理‧考夫曼（Charlie Kaufman）

多納‧考夫曼（Donald Kaufman）

78.《洛基》（*Rocky*）
　　編劇：席維斯‧史特龍（Sylvester Stallone）

79.《大製片家》（*The Producers*）
　　編劇：梅爾‧布魯克斯（Mel Brooks）

80.《證人》（*Witness*）
　　編劇：厄爾‧瓦烈司（Earl W. Wallace）
　　　　　威廉‧凱利（William Kelley）

81.《我心仍在》（*Being There*）
　　編劇：傑‧科辛斯基（Jerzy Kosinski）

82.《鐵窗喋血》（*Cool Hand Luke*）
　　編劇：唐恩‧皮爾斯（Donn Pearce）
　　　　　法蘭克‧皮爾森（Frank Pierson）

83.《後窗》（*Rear Window*）
　　編劇：約翰‧邁克爾‧海斯（John Michael Hayes）
　　　　　威廉‧艾瑞許（William Irish）

84.《公主新娘》（*The Princess Bride*）
　　編劇：威廉‧高曼（William Goldman）

85.《大幻影》（*La Grande Illusion*）
　　編劇：尚‧雷諾（Jean Renoir）
　　　　　查爾斯‧史帕克（Charles Spaak）

86.《哈洛和瑪德》（*Harold and Maude*）
　　編劇：科林‧海金斯（Colin Higgins）

87.《八又二分之一》（*8 1/2*）
　　編劇：費里尼（Federico Fellini）

88.《夢幻成真》（*Field of Dreams*）
　　編劇：菲爾‧奧爾登‧魯賓遜（Phil Alden Robinson）

89.《阿甘正傳》（*Forrest Gump*）
　　編劇：伊力克‧羅斯（Eric Roth）

90.《尋找新方向》（*Sideways*）
　　編劇：亞利山大‧佩恩（Alexander Payne）
　　　　　吉姆‧泰勒（Jim Taylor）

91.《大審判》（*The Verdict*）
　　編劇：大衛‧馬麥特（David Mamet）

92.《驚魂記》（*Psycho*）
　　編劇：約瑟夫‧史達芬諾（Joseph Stefano）
　　　　　羅伯特‧布洛許（Robert Bloch）

93.《為所應為》（*Do the Right Thing*）
　　編劇：史匹克‧李（Spike Lee）

94.《巴頓將軍》（*Patton*）
　　編劇：法蘭西斯‧柯波拉（Francis Ford Coppola）
　　　　　艾德默‧諾斯（Edmund H. North）

95.《漢娜姊妹》（*Hannah and Her Sisters*）
　　編劇：伍迪‧艾倫（Woody Allen）

96.《撞球小子》（*The Hustler*）
　　編劇：辛尼‧卡洛爾（Sidney Carroll）
　　　　　勞勃‧羅森（Robert Rossen）

97.《搜索者》（*The Searchers*）
　　編劇：法蘭克‧紐堅（Frank S. Nugent）

98.《怒火之花》（*The Grapes of Wrath*）
　　編劇：諾納利‧約翰遜（Nunnally Johnson）

99.《日落黃沙》（*The Wild Bunch*）
　　編劇：瓦隆‧格林（Walon Green）
　　　　　山姆‧匹金帕（Sam Peckinpah）

100.《記憶拼圖》（*Memento*）
　　編劇：克斯多夫‧諾蘭（Christopher Nolan）

101.《美人計》（*Notorious*）
　　編劇：本‧赫克特（Ben Hecht）

參考書目

（以下書目依出版日期排列）

一、中文書籍

1. 洪深著，《電影戲劇的編劇方法》。南京：正中書局，1935年9月初版。

2. 黃炳寅譯，《編劇學》。台北：政工幹校，1964年5月初版。

3. 徐天榮著，《編劇學》。台北：政工幹校，1966年1月10日初版。

4. 翟國謹譯，《實用電影編劇學》。台北：政工幹校，1966年11月初版。

5. 杜雲之著，《美國電影史》。台北：文星書店，1967年4月25日初版。

6. 孫本文著，《社會心理學》。台北：台灣商務印書館，1967年6月出版。

7. 李曼瑰著，《編劇綱要》。台北：三一戲劇藝術研究社，1968年8月1日三版。

8. 徐鉅昌著，《戲劇哲學》。台北：東方出版社，1968年11月出版。

9. 姚一葦著，《藝術的奧祕》。台北：台灣開明書店，1969年3月出版。

10. 姚一葦譯，《詩學箋註》。台北：中華書局，1969年4月二版。

11. 聶光炎譯，《電影的故事》。台北：皇冠出版社，1969年4月二版。

12. 龔稼農著，《龔稼農從影回憶錄》。台北：傳記文學出版社，1969年12月1日初版。

13. 張思恆譯，《怎樣寫電視劇本》。台北：輔大視聽教育中心，1970年8月出版。

14. 朱岑樓譯，《社會學》。台北：協志工業叢書出版公司，1970年9月出版。

15. 何政廣編譯，《藝術創作心理》。台北：大江出版社，1971年3月初版。

16. 房凱娣等譯，《費里尼對話錄》。台北：華欣文化事業中心，1971年5月二版。

17. 崔德林譯，《廣島之戀》。台北：晨鐘出版社，1971年6月25日初版。

18. 張耀翔著，《情緒心理》。台北：台灣商務印書館，1971年8月四版。

19. 譚維漢著，《心理學》。台北：台灣商務印書館，1971年10月三版。

20. 張春興、楊國樞著，《心理學》。台北：三民書局，1971年10月修正版。

21. 何國道著，《杜魯福訪問希治閣》。香港：文藝書屋，1972年1月初版。

22. 杜雲之著，《中國電影史》。台北：台灣商務印書館，1972年4月初版。

23. 郭有遹編著，《創造心理學》。台北：正中書局，1973年5月初版。

24. 辛繼霖譯，《輿論與宣傳》。台北：黎明文化事業公司，1973年7月出版。

25. 李文彬譯，《小說面面觀》。台北：志文出版社，1973年9月出版。

26.王章譯，《大法師》。台北：林白出版社，1974年7月1日初版。

27.劉崎譯，《悲劇的誕生》。台北：志文出版社，1974年9月再版。

28.李漁著，《閒情偶寄》。台北：台灣時代書局，1975年3月出版。

29.李傑生譯，《教父的自白》。台北：銀河出版社，1975年5月4日初版。

30.哈公（黃宣威）譯，《電影：理論蒙太奇》。台北：聯經出版社，1975年出版。

31.張慈涵著，《大眾傳播心理學》。台北：鳴華出版社，1975年10月出版。

32.朱光潛著，《文藝心理學》。台北：台灣開明書局，1975年12月出版。

33.凌風譯，《火燒摩天樓》。台北：暢銷出版社，1975年6月19日出版。

34.柳麗華譯，《教父》。台北：天人出版社。

35.李朴園著，《戲劇原論》。台北：長歌出版社，1976年2月初版。

36.趙雅博著，《文學藝術心理學》。台北：藝術圖書公司，1976年2月出版。

37.孫慶餘譯，《文學與社會良心》。台北：源成文化圖書供應社，1976年5月出版。

38.唐元瑛譯，《社會心理學》。台北：幼獅文化事業公司，1976年8月出版。

39.劉森堯譯，《電影藝術面面觀》。台北：志文出版社，1976年11月初版。

40.葉映紅編譯，《大金剛的再現》。台北：三越出版社，1977年3月15日出版。

41.羅明琦譯，《螢光幕後》。台北：好時年出版社，1977年3月20日初版。

42.葉映紅編譯，《大白鯊的幕後》。台北：三越出版社，1977年5月出版。

43.林國源譯，《戲劇的分析》。台北：成文出版社，1977年6月出版。

44.鍾玉澄譯，《卓別林自傳》。台北：志文出版社，1977年6月出版。

45.曹永洋譯，《電影藝術：黑澤明的世界》。台北：志文出版社，1977年7月再版。

46.時報出版公司譯，《星際大戰》。台北：時報出版公司，1977年8月1日出版。

47.李南衡譯，《野草莓》。台北：長鯨出版社，1977年9月初版。

48.趙如琳譯著，《戲劇藝術之發展及其原理》。台北：東大圖書公司，1977年11月初版。

49.張偉男譯，《現代電影風貌》。台北：志文出版社，1977年12月再版。

50.劉藝編譯，《法網追蹤》。台北：皇冠出版社，1977年12月初版。

51.方寸著，《戲劇編寫法》。台北：東大圖書公司，1978年2月初版。

52.羅明琦譯，《第三類接觸》。台北：世界文物供應社，1978年2月初版。

53.吳季永譯，《茫茫生機》。台北：花孩兒出版有限公司，1978年4月初版。

54.國立台灣藝術專科學校編印，《藝術論文類編》（電影）。台北：國立台灣藝術專科學校，1978年5月20日出版。

55.李幼新編著，《名著名片》。台北：志文出版社，1978年8月再版。

56.姚一葦著，《美的範疇論》。台北：台灣開明書局，1978年9月初版。

57.司徒明譯，《導演的電影藝術》。台北：志文出版社，1978年9月初版。

58.梅長齡著，《電影原理與製作》。台北：三民書局，1978年9月初版。

59.石光生譯，《現代劇場藝術》。台北：三越出版社，1978年11月初版。

60.約翰‧霍華德‧勞遜著，《戲劇與電影的劇作理論與技巧》。北京：中國電影出版社，1978年初版。

61.吳企平譯，《不結婚的女人》。台北：領導出版社，1978年12月初版。

62.漢源譯，《越戰獵鹿人》。台北：金文圖書有限公司，1979年3月10日初版。

63.均宜譯，《上錯天堂投錯胎》。台北：金文圖書有限公司，1979年4月10日初版。

64.劉藝著，《奧斯卡51年》。台北：皇冠出版社，1979年5月出版。

65.姜龍昭著，《一個女工的故事》。台北：遠大文化出版公司，1979年6月5日初版。

66.莫愁譯，《青樓豔妓》。台北：皇冠出版社，1979年7月出版。

67.吳東權著，《電影與傳播》。台北：黎明文化圖書公司，1979年8月初版。

68.黃仁編著，《世界電影名導演集》。台北：聯經出版事業公司，1979年8月初版。

69.鄧綏寧編著，《編劇方法論》。台北：正中書局，1979年10月初版。

70.杜讚貴譯，《卓別林的電影藝術》。台北：志文出版社，1979年11月出版。

71.姜龍昭著，《電影戲劇論集》。台北：文豪出版社，1979年12月初版。

72.弗雷里赫著，《銀幕的劇作》。北京：中國電影出版社，1979年初版。

73.貝拉‧巴拉茲著，《電影美學》。北京：中國電影出版社，1979年初版。

74.張駿祥著，《關於電影的特殊表現手段》。北京：人民文學出版社，1979年初版。

75.朱瑪主編，《電影手冊》。成都：四川大學中文系、四川省電影發行公司，1980年出版。

76.李幼新編著，《坎城‧威尼斯影展》。台北：志文出版社，1980年12月初版。

77.羅學濂譯，《電影的語言》。台北：志文出版社，1980年12月初版。

78.馬琦著，《編劇概論》。西安：陝西人民出版社，1981年初版。

79.廖祥雄著，《論導演對於電影特性應有的認識與控制》。台北：中國影評人協會，1981年1月。

80.王方曙等著，《電影編劇的理論與實務》。台北：中國電視公司出版部，1981年3月1日初版。

81.譚霈生著，《論戲劇性》。北京：北京大學出版社，1981年3月初版。

82.顧仲彝著，《編劇理論與技巧》。北京：中國戲劇出版社，1981年6月初版。

83.林佩霓譯，《象人》。台北：林白出版社，1981年6月10日初版。

84.廖祥雄譯，《電影的奧祕》。台北：志文出版社，1981年9月初版。

85.童橋、郭佳境譯，《法櫃奇兵》。台北：雯雯出版社，1982年1月再版。

86.夏衍著，《寫電影劇本的幾個問題》。北京：中國電影出版社，1982年初版。

87.徐昭、吳玉麟譯，《電影通史》第三卷（上下）。北京：中國電影出版社，1982年2月初版。

88.童橋譯，《金池塘》。台北：雯雯出版社，1982年3月出版。

89.中國電影家協會電影史研究部編纂，《中國電影家列傳》(一)。北京：中國電影出版社，1982年4月初版。

90.許甦、童橋編譯，《生殺大權》。台北：雯雯出版社，1982年5月出版。

91.盧滌塵譯，《凶線》。台北：雯雯出版社，1982年7月出版。

92.傑克喬譯，《失蹤》。台北：雯雯出版社，1982年7月出版。

93.李秋芬譯，《王者之劍》。台北：雯雯出版社，1982年7月出版。

94.曾昭旭著，《從電影看人生》。台北：漢光文化事業公司，1982年9月25日初版。

95.劉文周著，《電影電視編劇的藝術》。台北：光啟出版社，1982年10月初版。

96.陳國富譯，《電影理論》。台北：志文出版社，1982年2月初版。

97.姜龍昭著，《戲劇編寫概要》。台北：五南圖書出版公司，1983年3月初版。

98.陳德旺譯，《日本電影名作劇本》。台北：書林出版有限公司，1983年5月初版。

99.李春發譯，《小津安二郎的電影美學》。台北：中華民國電影圖書館出版部，1983年10月初版。

100.周晏子譯，《如何欣賞電影》。台北：中華民國電影圖書館出版部，1983年10月初版。

101.陳國富譯，《希區考克研究》。台北：中華民國電影圖書館出版部，1983年10月初版。

102.赫爾曼著，《電影電視編劇知識和技巧》。北京：文化藝術出版社，1983年初版。

103.新藤兼人著，《電影劇本的結構》。北京：中國電影出版社，1984年初版。

104.汪流著，《電影劇作結構樣式》。北京：中國電影出版社，1984年12月初版。

105.貝克著，《戲劇技巧》。北京：中國戲劇出版社，1985年初版。

106.北京電影學院文學系電影劇作教研室編寫，《電影劇作概論》。北京：中國電影出版社，1985年初版。

107. 李醒等譯，《論觀眾》。北京：文化藝術出版社，1986年初版。

108. 中國電影家協會電影藝術理論研究部、中國電影出版社本國電影編輯室編，《電影藝術講座》。北京：中國電影出版社，1986年5月初版。

109. 李克珍著，《大學生到電影院看電影的動機與行爲研究》。輔仁大學大眾傳播研究所碩士論文，1986年6月。

110. 羅曉風選編，《編劇藝術》。北京：文化藝術出版社，1986年7月初版。

111. 許南明主編，電影藝術詞典編輯委員會編，《電影藝術詞典》。北京：中國電影出版社，1986年12月初版。

112. 伊格里著，《戲劇寫作的藝術》。北京：中國戲劇出版社，1987年初版。

113. 夏衍著，《懶尋舊夢錄》。北京：中國電影出版社，1987年初版。

114. 馮際罡編譯，《小說改編與影視編劇》。台北：書林書店，1988年4月初版。

115. 張玉主編，《電影學引論》。寧夏：寧夏人民出版社，1988年7月初版。

116. 劉惠琴整理，《胡蝶回憶錄》。北京：文化藝術出版社，1988年10月初版。

117. 孫志強、吳恭儉編，《電影論文選》。北京：文化藝術出版社，1989年1月初版。

118. 王樹昌編，《喜劇理論在當代世界》。烏魯木齊：新疆人民出版社，1989年6月初版。

119. 陳孝英著，《幽默的奧祕》。北京：中國戲劇出版社，1989年7月初版。

120. 潘智彪著，《喜劇心理學》。廣東：三環出版社，1989年12月初版。

121. 大連市藝術研究所劇作理論研究組編，《劇作藝術論》。北京：文化藝術出版社，1990年1月初版。

122. 包天笑著，《釧影樓回憶錄》。台北：龍文出版社，1990年5月1日初版。

123. 張昌彥譯，《秋刀魚物語》。台北：遠流出版公司，1990年6月16日初版。

124. 李林之、胡洪慶編，《世界幽默藝術博覽》。上海：上海文化出版社，1990年8月初版。

125. 蔡才寶編，《簡明戲劇辭典》。上海：上海辭書出版社，1990年9月初版。

126. 吳光燦、吳光耀譯，《影視編劇技巧》。北京：中國戲劇出版社，1991年4月初版。

127. 中國大百科全書出版社編輯部編，《中國大百科全書》（電影卷）。北京：中國大百科全書出版社，1991年6月初版。

128. 鄭景鴻著，《中國大陸喜劇電影發展史》。香港：珠海大學博士論文，1991年7月初版。

129. 王傳斌、嚴蓉仙著，《電影鑑賞學》。北京：文化藝術出版社，1991年7月初版。

130. 趙孝思著，《影視劇本的創作與改編》。上海：學林出版社，1991年12月初版。

131. 馮光遠編，《推手：一部電影的誕生》。台北：遠流出版公司，1991年12月初版。

132. 羅藝軍主編，《中國電影理論文選》（上下冊）。北京：文化藝術出版社，1992年7月初版。

133. 中國電影出版社本國電影編輯部編，《再創作：電影改編問題討論集》。北京：中國電影出版社，1992年7月初版。

134. 焦雄屏譯，《認識電影》。台北：遠流出版公司，1992年7月16日初版。

135. 閻廣林著，《喜劇創造論》。上海：上海社會科學院出版社，1992年7月初版。

136. 上海青年幽默俱樂部編，《中外名家論喜劇、幽默與笑》。上海：上海科學院出版社，1992年8月初版。

137. 姚楠等著，《影視藝術觀賞指南》。石家莊：河北大學出版社，1992年9月初版。

138. 于成鯤著，《中西喜劇研究》。上海：學林出版社，1992年10月初版。

139. 林洪桐著，《銀幕技巧與手段》。北京：中國電影出版社，1993年3月初版。

140. 程予誠著，《現代電影學：開啓成功票房的鑰匙》。台北：五南圖書公司，1993年3月初版。

141. 汪流著，《電影劇作結構樣式》。北京：科學技術文獻出版社，1993年3月初版。

142. 曾西霸譯，《實用電影編劇技巧》。台北：遠流出版公司，1993年5月16日初版。

143. 焦雄屏著，《歌舞電影縱橫談》。台北：遠流出版公司，1993年8月16日初版。

144. 蔡秀女著，《歐洲當代電影新潮》。台北：遠流出版公司，1993年11月1日初版。

145. 郭昭澄譯，《電影的七段航程》。台北：遠流出版公司，1993年11月16日初版。

146. 劉一兵著，《電影劇作常識100問》。北京：中國電影出版社，1993年12月初版。

147. 林芳如譯，《法斯賓達論電影》。台北：萬象圖書公司，1993年12月初版。

148. 孫惠柱著，《戲劇的結構》。台北：書林出版公司，1994年1月初版。

149. 黃翠華譯，《柯波拉其人其夢》。台北：遠流出版公司，1994年3月16日初版。

150.曾偉禎等譯，《戲假情真：伍迪‧艾倫的電影人生》。台北：遠流出版公司，1994年4月1日初版。

151.易智言等譯，《電影編劇新論》。台北：遠流出版公司，1994年5月初版。

152.韓良憶等譯，《柏格曼論電影》。台北：遠流出版公司，1994年6月16日初版。

153.吳念真著，《多桑：吳念真電影劇本》。台北：麥田出版社，1994年7月25日初版。

154.席科著，《席科電影劇本選讀》。著者印行，1994年7月21日初版。

155.汪流著，《為銀幕寫作》。北京：中國電影出版社，1994年8月初版。

156.王斌著，《活著：一部電影的誕生》。台北：國際村文庫書店，1994年8月初版。

157.張正芸等譯，《電影創作津梁》。北京：中國電影出版社，1994年8月初版。

158.李黎、劉怡明著，《袋鼠男人：電影劇本與幕後人語》。台北：遠流出版公司，1994年12月16日初版。

159.嚴歌苓、張艾嘉、吳孟樵著，《少女小漁》。台北：爾雅出版社，1995年3月25日初版。

160.王迪著，《現代電影劇作藝術論》。北京：中國電影出版社，1995年5月初版。

161.李顯立等譯，《解讀電影》。台北：遠流出版社，1996年出版。

162.朱侃如譯，《千面英雄》。台北：立緒文化公司，1997年7月初版。

163.丁牧著，《電影劇本創作入門》。北京：中國廣播電視出版社，1999年2月初版。

164.蔡琰著，《電視劇：戲劇傳播的敘事理論》。台北：三民書局，2000年5月初版。

165.王書芬譯，《電影劇本寫作》。台北：揚智文化公司，2000年6月初版。

166.汪流主編，《中外影視大辭典》。北京：中國廣播電視出版社，2001年1月出版。

167.周鐵東譯，《故事：材質、結構、風格和銀幕劇作的原理》。北京：中國電影出版社，2001年8月出版。

168.趙孝思、沈亮著，《影視劇作的敘事藝術》。上海：上海大學出版社，2001年12月初版。

169.劉一兵、張民主編，《虛構的自由：電影劇作本體論》。北京：中國電影出版社，2002年3月初版。

170.徐璞譯，《電視與銀幕寫作：從創意到簽約》。北京：華夏出版社，2003年7月

初版。

171. 黃英雄著，《編劇高手》。台北：書林出版公司，2003年10月初版。

172. 劉立濱主編，《電影劇作教程》。北京：中國電影出版社，2004年2月初版。

173. 劉曄原著，《電視劇批評與欣賞》。北京：中國人民大學出版社，2004年5月初版。

174. 盧蓉著，《電視劇敘事藝術》。北京：中國廣播電視出版社，2004年6月出版。

175. 夏衍著，《寫電影劇本的幾個問題》。上海：復旦大學出版社，2004年7月初版。

176. 戴清著，《電視劇審美文化研究》。北京：中國廣播電視出版社，2004年7月出版。

177. 劉書亮等著，《中國優秀電影電視劇賞析》。北京：北京廣播學院出版社，2004年8月出版。

178. 高虹譯，《劇作技巧》。北京：中國電影出版社，2005年1月出版。

179. 陸軍著，《編劇理論與技法》。北京：中國戲劇出版社，2005年2月出版。

180. 劉曄原著，《電視劇藝術論》。北京：北京大學出版社，2005年2月出版。

181. 劉芳譯，《電影與文學改編》。北京：文化藝術出版社，2005年3月初版。

182. 斐顯生主編，《影視寫作教程》。北京：高等教育出版社，2005年3月初版。

183. 王迪著，《電影劇作導航》。北京：中國電影出版社，2005年3月初版。

184. 倪學禮著，《電視劇劇作人物論》。北京：中國廣播電視出版社，2005年6月出版。

185. 劉曄原主編，《電視劇鑑賞》。北京：高等教育出版社，2005年6月初版。

186. 李家玲、袁興旺著，《電視劇編劇藝術》。北京：中國廣播電視出版社，2005年8月出版。

187. 黃會林等著，《中國電視劇名篇讀解教程》。北京：北京師範大學出版社，2005年8月出版。

188. 金維一著，《電視觀眾心理學》。上海：復旦大學出版社，2005年8月初版。

189. 姚小鷗主編，《古典名著的電視劇改編》。北京：中國傳媒大學出版社，2006年1月出版。

190. 廖澧蒼譯，《影視編劇基礎》。台北：五南圖書公司，2006年1月出版。

191. 彭玲著，《影視心理學》。上海：上海交通大學出版社，2006年6月初版。

192. 張鳳鑄主編，《中國電影電視劇理論綜覽》。北京：中國傳媒大學出版社，2006年6月初版。

193.李勝利著，《電視劇敘事情節》。北京：中國廣播電視出版社，2006年6月出版。

194.李勝利、蕭驚鴻著，《歷史題材電視劇研究》。北京：中國傳媒大學出版社，2006年6月出版。

195.李勝利、范小青著，《中韓電視劇比較研究》。北京：中國廣播電視出版社，2006年7月出版。

196.陳吉德著，《影視編劇藝術》。北京：中國廣播電視出版社，2006年7月出版。

197.張育華著，《電視劇敘事話語》。北京：中國廣播電視出版社，2006年7月出版。

198.桂青山著，《影視劇本創作教程》。北京：北京師範大學出版社，2006年9月出版。

199.陳曉春著，《電視劇理論與創作技巧》。北京：北京大學出版社，2006年9月出版。

200.孫立軍、何澄著，《分鏡頭創作》。北京：海洋出版社，2006年9月初版。

201.孫立軍、馬華著，《劇本創作》。北京：海洋出版社，2006年9月初版。

202.劉一兵主編，《電影劇作觀念》。北京：中國電影出版社，2006年10月初版。

203.汪流、張文惠著，《怎樣把握電影節奏》。北京：中國電影出版社，2006年12月初版。

204.孟斯譯，《電影劇本的創作》。北京：中國電影出版社，2006年12月出版。

205.郝哲、柳青譯，《編劇：步步為營》。南京：江蘇教育出版社，2006年12月出版。

206.賈放譯，《民間故事形態學》。北京：中華書局，2007年1月初版。

207.白小易著，《新語境中的中國電視劇創作》。北京：中國電影出版社，2007年1月初版。

208.黃丹著，《電影編劇教學實踐》。北京：中國電影出版社，2007年5月出版。

209.曾慶瑞著，《電視劇原理》。北京：中國傳媒大學出版社，2007年7月出版。

210.何春耕著，《中西情節劇電影藝術比較研究》。長沙：湖南大學出版社，2008年8月初版。

211.徐天榮著，《突破——創作巔峰》。台北：亞太圖書出版社，2008年12月初版。

212.程予誠著，《電影敘事影像美學》。台北：五南圖書公司，2008年12月初版。

213.高前著，《編劇的前置作業——六十年廣播電視編劇經驗實錄》。台北：秀威資訊公司，2009年3月初版。

214. 劉効鵬主編，《編劇理論與實務暨教學研討會論文集》。台北：中國文化大學戲劇學系，2009年6月初版。

215. 黃淵譯，《編劇大師班——眾編劇巔峰傑作訪談錄》。上海：文匯出版社，2009年8月初版。

216. 王國臣著，《影視文學腳本創作》。杭州：浙江大學出版社，2009年10月初版。

217. 蔡鵑如譯，《作家之路——從英雄的旅程學習說一個好故事》。台北：開啓文化公司，2010年1月初版。

218. 寒河沿著，《編劇的藝術》。昆明：雲南大學出版社，2010年2月初版。

219. 周舟譯，《21天搞定電影劇本》。北京：世界圖書出版公司，2010年8月初版。

220. 王世杰主編，《影視劇作法》。北京：北京大學出版社，2010年9月初版。

221. 黎鳴著，《電視連續劇故事結構解析》。北京：中國傳媒大學出版社，2011年2月初版。

222. 周舟譯，《你的劇本遜斃了：100個化腐朽爲神奇的對策》。北京：世界圖書出版公司，2011年9月初版。

223. 楊健著，《拉片子：電影電視編劇講義》。北京：作家出版社，2011年2月初版。

224. 曾西霸著，《電影劇本結構析論》。台北：五南圖書公司，2011年12月初版。

225. 林欣怡譯，《迪士尼的劇本魔法》。台北：稻田出版公司，2011年12月初版。

226. 鍾大豐、鮑玉珩譯，《電影劇作問題攻略》。北京：世界圖書出版公司，2012年1月初版。

227. 周湧、何佳著，《影視劇作藝術教程》。北京：中國傳媒大學出版社，2012年3月初版。

228. 魏楓譯，《電影編劇劇作指南》。北京：世界圖書出版公司，2012年4月初版。

229. 彭思舟、吳偉立編著，《編劇與腳本設計》。台北：新文京開發出版公司，2012年6月初版。

230. 井迎兆著，《編劇心理學：在劇本中建構衝突》。台北：五南圖書公司，2012年7月初版。

二、英文書籍

1.Percival M. Symonds. *The Dynamics of Human Adjustment*. New York: Appleton Century Crofts, Inc., 1946.

2.Sergei M. Eisenstein. *Film Form*. New York: Harcourt, Brace & World, Inc., 1949.

3.George Bluestone. *Novels into Film*. California: University of California Press, 1957.

4.Brander Matthews(ed.). *Playmaking*. New York: Hill and Wang, 1957.

5.Karel Reisz and Gavin Millar. *The Technique of Film Editing*. New York: Hastings House, Publishers, 1958.

6.Lars Malmstrom and David Kushner. *Four Screenplays of Ingmar Bergman*. New York: A Clarion Book, 1960.

7.Seigfried Kracauer. *Theory of Film*. New York: Oxford University Press, 1960.

8.Toby Cole (ed.). Playwrights on Playwriting. New York: Hill and Wang, 1961.

9.Penelope Houston. *The Contemporary Cinema*. London: Penguin Books, 1963.

10.John Howard Lawson. *Film the Creative Process*. New York: Hill and Wang, 1964.

11.Neil Simon. *Barefoot in the Park*. New York: Random House, 1964.

12.Haig P. Manoogian. *The Filmmaker's Art*. New York: Basic Books, Inc., 1966.

13.Raymond Durgnat. *Eros in the Cinema*. London: Calder and Boyars, 1966.

14.Ian Cameron. *Luis Bunuel*. California: University of California Press, 1967.

15.Carlos Clarens. *An Illustrated History of the Horror Film*. New York: Capricorn Books, 1967.

16.Norton S. Parker. *Audiovisual Script Writing*. New Jersey: Rutgers University Press, 1968.

17.Rudolf Arnheim. *Film As Art*. California: University of California Press, 1969.

18.Ernest Lindgren. *The Art of the Film*. London: George Allen & Unwin Ltd, 1970.

19.Jerome Agel. *The Making of Kubrick's 2001*. New York: The New American Library, 1970.

20.Sergei M. Eisenstein. *The Film Sense*. New York: Harcourt, Brace & World, Inc., 1970.

21.Max Wylie. *Writing for Television*. New York: Cowles Book Company, Inc., 1970.

22.Rachel Maddux, Stirling Silliphant, and Neil D. Isaacs. *Fiction Into Film*. New York: Dell Publishing Co., Inc., 1970.

23.Theodore Taylor. *People Who Make Movies*. New York: Macfadden Bartell Corporation,

1970.

24. Sylvan Barnet. *A Dictionary of Literary, Dramatic, and Cinematic Terms*. Boston: Little, Brown, and Company, 1971.

25. Claude Lelouch. *A Man and a Woman*. New York: Simon and Schuster, 1971.

26. Louis M. Savary and J. Paul Carrico (eds.). *Contemporary Film and the New Generation*. New York: Association Press, 1971.

27. Norman Kagan. *The Cinema of Stanley Kubrick*. New York: Grove Press, Inc., 1972.

28. Jorn Donner. *The Films of Ingmar Bergman*. New York: Dover Publications, Inc., 1972.

29. George S. Kaufman and Morrie Ryskind. *A Night at the Opera*. New York: The Viking Press, 1972.

30. Charles Higham. *Hollywood at Sunset*. New York: Saturday Review Press, 1972.

31. William Johnson(ed.). *Focus on the Science Fiction Film*. New Jersey: Prentice Hall, Inc., 1972.

32. Albert J. LaValley(ed.). *Focus on Hichcock*. New Jersey: Prentice Hall, Inc., 1972.

33. John Brosnan. *James Bond in The Cinema*. New Jersey: A. S. Barnes & Co., 1972.

34. Harry M. Geduld and Ronald Gottesman. *An Illustrated Glossary of Film Terms*. New York: Holt, Rinehart and Winston, Inc., 1973.

35. Eugene Vale. *The Technique of Screenplay Writing: An Analysis of the Dramatic Structure of Motion Pictures*. New York: The Universal Library Grosset & Dunlap, 1973.

36. Douglas Garrett Winston. *The Screenplay As Literature*. New Jersey: Associated University Press, Inc., 1973.

37. Joan Mellen. *Women and Their Sexuality in the New Film*. New York: Dell Publishing Co., Inc., 1973.

38. Andrew Tudor. *Image and Influence: Studies in the Sociology of Film*. London: George Allen & Unwin Ltd., 1974.

39. John L. Fell. *Film and the Narrative Tradition*. Oklahoma: University of Oklahoma Press, 1974.

40. Raymond Durgnat. *Jean Renoir*. California: University of California Press, Inc., 1974.

41. Jack Nachbar. *Focus on The Western*. New Jersey: Prentice Hall, Inc., 1974.

42. Richard Corliss. *Talking Pictures: Screenwriters in the American Cinema*. New York: The Overlook Press, Inc., 1974.

43. Roy Armes. *Film and Reality*. London: Penguin Books, 1974.

44.Lewis Herman. *A Practical Manual of Screen Playwriting*. New York: The New American Library, Inc., 1974.

45.Peter Travers and Stephnie Reiff. *The Story Behind the Exorist*. New York: Crown Publishers, Inc., 1974.

46.Wolf Rilla. *The Writer and the Screen: On Writing for Film and Television*. New York: William Morrow & Company, Inc., 1974.

47.Favius Friedman. *Great Horror Movies*. New York: Scholstic Book Services, 1974.

48.Gerald Mast and Marshall Cohen. *Film Theory and Criticism*. New York: Oxford University Press, 1974.

49.Lee R. Bobker. *Elements of Film*. New York: Harcourt Brace Jovanovich, Inc., 1974.

50.Richard Glatzer and John Raeburn (ed.). *Frank Capra: The Man and His Films*. Michigan: The University of Michigan Press, 1975.

51.Ian Cameron. *A Pictorial History of Crime Films*. England: The Hamlyn Publishing Group Limited, 1975.

52.Robert Sklar. *Movie–Made America: A Cultural History of American Movies*. New York: Random House, 1975.

53.Francois Truffaut. *Day for Nigh*t. New York: Random House, Inc., 1975.

54.Geoffrey Wagner. *The Novel and the Cinema*. New Jersey: Associated University Press, Inc., 1975.

55.Donald Chase. *Filmmaking: The Collaborative Art*. Los Angeles CA: American Film Institute, 1975.

56.Margaret B. Bryan and Boyd H. David. *Writing about Literature and Film*. New York: Harcourt Brace Jovanovich, 1975.

57.Dwight V. Swain. *Film Scriptwriting: A Practical Manual*. New York: Hastings House, Publishers, 1976.

58.Carl Linder. *Filmmaking: A Practical Guide*. New Jersey: Prentice Hall, Inc., 1976.

59.Thomas R. Atkins. *Science Fiction Films*. New York: Monarch Press, 1976.

60.John Brosna. *The Horror People*. New York: New American Library, 1976.

61.R. H. W. Dillard. *Horror Films*. New York: Monarch Press, 1976.

62.James Monaco. *How to Read a Film*. New York: Oxford University Press, 1977.

63.George Lucas. *Star Wars*. London: Sphere Books Limited, 1977.

64.Maurice Yacowar. *Tennessee Williams and Film*. New York: Frederick Ungar Publishing

Co., 1977.

65. Gerald Mast. *Film/Cinema/Movie: A Theory of Experience*. New York: Harper & Row, Publishers, 1977.

66. Neil Simon. *California Suite*. New York: Random House, 1977.

67. Avery Corman. *Kramer vs. Kramer*. New York: New American Library, 1977.

68. Steven Spielberg. *Close Encounters of the Third Kind*. New York: Dell Publishing Co., Inc., 1977.

69. William Luhr and Peter Lehman. *Authorship and Narrative in the Cinema*. New York: Capricorn Books, 1977.

70. Jack G. Shaheen (ed.). *Nuclear War Films*. Illinois: Southern Illinois University Press, 1978.

71. Robert H. Stanley, Ph. D. *The Celluloid Empire: A History of the American Movie Industry*. New York: Hastings House Publishers, 1978.

72. David Michael Petrou. *The Making of Superman the Movie*. New York: A Warner Communications Company, 1978.

73. Seymour Chatman. *Story and Discourse: Narrative Structure in Fiction and Film*. New York: Cornell University Press, 1978.

74. I. C. Jarvie. *Movies as Social Criticism: Aspects of Their Social Psychology*. New Jersey: The Scarecrow Press, Inc., 1978.

75. Frances Marion. *How to Write and Sell Film Stories*. New York: Garland Publishing, Inc., 1978.

76. John Russell Taylor. *Hitch: The Life and Times of Alfred Hitchcock*. New York: Pantheon Books, 1978.

77. Ralph Stephenson and J. R. Debrix. *The Cinema as Art*. England: Penguin Books Ltd., 1978.

78. Constance Nash and Virginia Oakey. *The Screenwriter's Handbook: What to Write, How to Write It, Where to Sell It*. New York: Harper & Row Publishers, Inc., 1978.

79. Eric Rohmer and Claude Chabrol. *Hitchcock: The First Forty Four Films*. New York: Frederick Ungar Publishing Co., 1979.

80. Gerald Mast. *The Comic Mind: Comedy and the Movies*. Illinois: University of Chicago Press, 1979.

81. Roger Manvell. *Theater and Film*. London: Associated University Press, 1979.

82. William Kittredge and Steven M. Krauzer. *Stories into Film*. New York: Harper & Row, 1979.

83. Richard Taylor. *Film Propaganda: Soviet Russia and Nazi Germany*. New York: Harper & Row Publishers, Inc., 1979.

84. Syd Field. *Screenplay: The Foundations of Screenwriting*. New York: Dell Publishing Co., Inc., 1979.

85. Keith Cohen. *Film and Fiction: The Dynamics of Exchange*. Connecticut: Yale University Press, 1979.

86. Frank McConnell. *Storytelling and Mythmaking: Images from Film and Literature*. New York: Oxford University Press, 1979.

87. Neil Simon. *Chapter Two*. New York: Random House, 1979.

88. Martin Maloney and Paul Max Rubenstein. *Writing for the Media*. New Jersey: Prentice Hall, 1980.

89. Sidney Howard. *GWTW*. New York: Macmillan Publishing Co., Inc., 1980.

90. Garth Jowett and James M. Linton. *Movies as Mass Communication*. California: Sage Publications, 1980.

91. William Miller. *Screenwriting for Narrative Film and Television*. New York: Hasting House, Publishers, 1980.

92. Rolando Giustini. *The Filmscript: A Writer's Guide*. New Jersey: Prentice Hall, Inc., 1980.

93. Gabriel Miller. *Screening the Novel*. New York: Frederick Ungar Publishing Co., 1980.

94. Philip Mosley. *Ingmar Bergman: The Cinema as Mistress*. London: Marion Boyars Publishers Ltd, 1981.

95. Joel Sayre and William Faulkner. *The Road to Glory*. Illinois: Southern Illinois University Press, 1981.

96. Frank M. Laurence. *Hemingway and the Movies*. Mississippi: University Press of Mississippi, 1981.

97. James H. Pickering and Jeffrey D. Hoeper. *Concise Companion to Literature*. New York: Macmillan Publishing Co., Inc., 1981.

98. Louis Giannetti. *Understanding Movies*. New Jersey: Prentice Hall, 1982.

99. James Franklin. *New German Cinema: From Oberhauser to Hamburg*. Boston: Twayne Publishers, 1983.

100.John Belton. *Cinema Stylists*. New Jersey: The Scarecrow Press, Inc., 1983.

101.Richard Maltby. *Harmless Entertainment: Hollywood and the Ideology of Consensus*. New Jersey: The Scarecrow Press, Inc., 1983.

102.Syd Field. *The Screenwriter's Workbook*. Bantam Doubleday Dell Publishing Group, Inc., 1984.

103.Stephen Geller. *Screenwriting: A Method*. New York: Bantam Books, Inc., 1985.

104.Alan A. Armer. *Writing The Screenplay*. Wadsworth Publishing Company, 1988.

105.Ira Konigsberg. *The Complete Film Dictionary*. New York: A Meridian Book, 1989.

106.Barry Hampe. *Video Scriptwriting*. Penguin Books USA Inc., 1993.

電影學苑 11

實用劇本寫作【電影篇】

作　　者 / 張覺明
出 版 者 / 揚智文化事業股份有限公司
發 行 人 / 葉忠賢
地　　址 / 22204 新北市深坑區北深路三段 260 號 8 樓
電　　話 / (02)8662-6826
傳　　真 / (02)2664-7633
網　　址 / http://www.ycrc.com.tw
　E-mail　/ service@ycrc.com.tw
印　　刷 / 鼎易印刷事業股份有限公司
　ISBN　 / 978-986-298-103-0
初版一刷 / 2013 年 8 月
定　　價 / 新台幣 450 元

國家圖書館出版品預行編目（CIP）資料

實用劇本寫作‧電影篇 / 張覺明著. -- 初版.
-- 新北市：揚智文化, 2013.08
面；　公分. -- （電影學苑；11）

ISBN 978-986-298-103-0 (平裝)

1.電影劇本　2.寫作法

812.31　　　　　　　　　　　　102012448